KB264643

오늘도 나는 이젤 앞에서 서성입니다

박수철

박수철*

1950년 포항 출생. 포항동지상고 야간학부 졸업 이후 독학으로 그림 시작. 포항문화예술회관 기획 초대전 <박수철>(2005), 포항문화재단 <포항 우수작가 초대전 II>(2017), <뱅이 숲 속의 카페>(2020), <The cross 40>(2023), <정물풍경>(2024), 포항시립미술관 초대 지역 원로작가 <박수철, 오래된 꿈>(2025) 등 전시

일러두기

1. 이 책은 총 4부로 되어있다. 각 부는 박수철 작가의 삶 혹은 작업에 깊숙이 스몄던 색을 배치시켰다. 1부는 옐로우 오커(Yellow Ochre), 2부는 프러시안 블루(Prussian Blue), 3부는 크림슨 레이크(Crimson Lake), 4부는 에메랄드 그린(Emerald Green)으로 작가의 글이 색으로 한 번 더 읽히길 바란다.

2. 본문에서 단행본, 잡지 등 책은 『』(겹낫표)를 책의 일부나 단편소설, 시 등의 작품명은 「」(홑낫표), 미술, 음악, 연극 등의 작품명은 < >(홑화살괄호)로 표기하였다.

3. 저자가 관습적으로 굳은 표기와 문체, 편지글은 되도록 그대로 허용하였다.

그림아! 내 그림아! 나를 떠나 너는 어디에 있느냐?

1

때묻지 않은 황토의 알몸이 내게 쏟아지면

1969·1995

내가 일어나 햇빛이 먼저 나를 밝힐 때

나는 항상 아침이 그렇게 부끄러울 수가 없었다.

내가 일어나 햇빛이 먼저 나를 밝힐 때

나는 항상 아침이 그렇게 부끄러울 수가 없었다.

1969. 12. 31.

어머님! 제야의 종소리가 들리십니까? 제겐 방향조차도 모르겠습니다. 웬지 인간의 이런 창조는 싫어졌습니다. 긴 사랑은 어디로 가버렸는지 가난한 신의 음성도 없습니다.

그러나 어머님! 당신의 기도는 헬 수 없는 정성으로 이룬 애틋한 사랑이었습니다.

어머님! 그건 나의 찬란한 슬픔이었습니다. 하늘이 붉게 타고 있을때, 또 하나의 밤은 있었습니다. 불투명한 육박이 밤을 새며 달리고 있고, 탁류의 흐름이 더욱더 짙어져 내 앞에 자릴하고 있습니다. 그래도 웬지 어둠이 좋아졌습니다. 밤은 생각합니다. 그리고, 밤은 나를 잠들게 합니다.

그런데 어머님! 이런 밤들은 나를 이토록 허전하게 하는군요. 쓰러져가는 시각이 모두 나의 뒤에 서서 그렇게 슬피 울먹이더군요. 보내는 것은 그러하나 이만치 온 것에 마음이 아픕니다. 그러나 이렇게 아침이 왔습니다.

1971. 5. 20.

봄날, 여인들의 꿈 먹는 소리를 들었을 때, 어느 놈인가 내 감정을 끄집어 내어 눈알이 충혈되고 가슴 떨며 두 주먹을 불끈 쥐고 있을 때, 혼돈된 밤의 호흡 소리가 들리고, 깨끗한 달

빛을 홀로 마시며 보고 있을 때, 정신은 사랑하는 자들을 찾아 떠나고 육신이 홀로 있을 때, 그래서 숱한 고독이 몸속에 들어와 박히고, 난, 그들에게 끌려 웃다가, 울다가, 슬퍼하다가, 나를 잃어버렸을 때, 이 모두가 나를 슬프게 한다.

우물 옆 뜨락에 작약꽃은 다 피었다. 이 역시 나를 슬프게 한다.

1975. 6.

몇 방울의 비가 내렸고 포장되지 않은 길. 군데군데 물이 고였다. 어둠이 시작될 무렵, 초여름 냄새를 풍기려는 듯한 인상을 준다.

저녁 식사를 마친 동네 사람들이 그리 구경할 것도 없는, 한 치 발도 자유롭게 밀어 붙일 곳 없는 거리를 보며, 문전에 혹은 골목 모퉁이에 나와 눈만 꺼벅거리고 있을 뿐이다. 가까이서 훑어보는 이러한 때의 정경은 이상스럽게도 서글픔이 일렁인다.

하얀 빛깔의 교복을 입고 곱게 빗어 묶은 머리카락과 향그란 냄새를 풍기려는 듯 움직이는 종아리. 연약해 보이는 손에 무거운 책가방을 들고 집으로 향하는, 하나가 아니라 두 명의 여학생이 이 풍경 속에 없었더라면. 이 거리는 지지분한

오물장이었을 거다.

거리가 멀어져도 하이얀 빛깔은 아직도 선명하게 구역질 나
는 내 속을 말끔히 씻어낸다.

1975. 8. 23.

분명히 11시 30분인 줄 알았는데 상당한 시간이 지나도 12
시를 알리는 싸이렌 소리가 나질 않았다. 좀처럼 잠이 들지
않았다. 몇 시인지는 알 수가 없었지만 대개 두서너 시간으로
짐작되었다.

지붕을 후두기는 빗방울 소리가 났다. 그렇게 몇 차례씩 계
속되었다.

썩 이른 아침은 아니지만 밖에서 조반을 준비하는 어머니
의 그릇 씻는 소리에 6시 깨나 되었을 거라 짐작한다. 다시 잠
이 든다. 어렴풋이 어머니의 목소리가 들렸다. 그 소리는 꿈속
에서 아스라히 일어났다 사라지는 듯이 들렸다. 다시 일어난
다. 벌써 햇살이 훤히 밀고 들어왔다. 조용하다. 모두들 학교
를 간 모양이었다. 옷을 입고 나간다. 바깥 공기는 서늘하다.
바람도 역시 여름의 땀을 식히던 바람은 아니었다. 가을은 이
렇게 바람과 함께 오는가 보다. 퍽 서글픈 느낌이 든다. 팔굽
혀 펴기를 몇 번 한다. 그림자에 보이는 팔뚝이 너무 약해 보

였다. 그만 일어서버렸다. 고양이 녀석은 벌써 빈 평상 위에서 햇빛을 즐기고 있다. 혓바닥으로 발을 핥는다. 발가락 사이로 갈쿠리보다 더 앙칼진 발톱이 보였다. 쥐란 놈은 그것에 걸리면 아마도 영락없이 잡히고 말 것이라는 것을 확신했다. 밥상을 덮은 보자기를 들어내고 몇 숟갈 뜨다 말고 냄비에 밥을 비벼 물통을 들고 가게로 나갔다. 몇 숟갈 뜨니 반도 못 먹어 배가 불렀다. 겨우 밥 반 그릇에 배가 부른 것이다. 신문 광고에 의하면 타조는 몸집에 비해 머리가 작은 것으로 건망증이 심하다는 것인데 때문에 식사하는 것까지도 잊어버린다고 했다. 그러나 한 번 먹기를 시작하면 개나 닭의 20배가 넘는 먹이를 소화시킨다고 했다. 하지만 나의 식성은 항상 적게 자주 먹어야 한다. 먹다남은 것을 들고 나오다 뚜껑이 젖혀지면서 땅바닥에 "퍽"하고 엎질러지고 말았다. 휙 돌아보던 어머니가 버럭하고 야단했다. 약간 화가 났지만 이해하고 말았다. 동네 다른 사람들에 비해 아직도 부엌일을 벗어나지 못하는 오랜 짜증과 일의 과로에서 오는 것이라….

동원 훈련 때 스케치 해둔 것을 손대어 봤다. 색채가 살아나는 것 같아 마음에 들었다.

밤 늦게까지 『죄와 벌』을 탐독했다.

1975. 9. 4.

새벽녘, 몇 시인지는 알 수 없는 시각에 두둑둑하는 소리에 잠이 깼다. 소나기가 내리 퍼붓고 있었다. 밖을 나가니 벌써 어머니가 다 치운 뒤였다. 그냥. 이대로 아침을 맞으려다 어느새 잠들었다. "일어나서 밥 먹으라."는 어머니의 음성을 들었다. 날이 드는가 싶더니 시름시름 또 비가 오고 만다.

"거지들은 비가 오는 날의 심리 작용을 이용해서 구걸을 나선다."고 『문학사상』의 소설 평론에서 말한 것처럼. 이런 날은 누구보다도 울적하기만 했다.

의복에서라도 다소 기분 전환시켜보려, 또한 누구를 맞는 기다림 같은 기분으로, 와이셔츠를 입고 넥타이를 단정히 매고 온통 서글픔과 적적함이 공간을 메운 이 방안에서 자리에 누워 책을 본다.

잠이 든다.

수철,

그간 어떻게 지내고 있느냐. 한꺼번에 많은 걸 생각하지 말고 하나씩 천천히 시작하길 바란다. 의식의 양면성은 조화를 이루어야 하며 그 조화는 자신의 노력에 의해야만 이룰수가 있는 것. 일면은 역상황 - 즉 탈현실과 타면으로는 현실순응의식 내지 현실지향의식이랄까?

많은 시간을 탈현실 쪽으로 기울어지면, 그건 괴로운 몸부림 많은 시간을 현실 속에 함몰시키면, 그건 무의미한 권태, 현명한 자는 항상 예로부터 중용이란 걸 생각해 냈고, 그건 이상과 현실의 조화와 같은 것이 아닌가. 그건 조그마한 하나의 실천으로부터 시작되는 것이 아닌가.

1975. 9. 4. 형으로부터

수철,

고맙소. 때때로 진지하고 숙연해질 때 마음이 통함을 통감하오. 당신 아직도 기력이 대단함을 볼 수 있겠오. 아니면 심한 시장기에 방귀 냄새까지 순수한 입맛이 댕기는 착각을 하는 것인지. 뭐 그것이 그 말입니다. 그 말의 출신과 습관이 달라서 그렇죠.

"오늘을 바로 처신합시다. 그럽시다."라고 외침은, 그래도 얼굴이 붉은 기름이 도는 놈들의 구호.

여보시오. 예술과 생활이 함께 섞어질 수 있겠습니까. 예술은 창조 아니겠소. 생활과는 멀리 있습니다. 잠자는 시간을 께외하고는 24시간 노동, 우리의 생활들이 쉬울 수 있습니까.

계획을 세워서 내일을 산다고 하지만 앞으로의 계획들이

아슬아슬하고 두렵고 참담할 뿐, 한가닥의 초롱불빛조차 보이지 않으니 죽지 않고 사는 것이 기적이 아니겠오.

생활도, 예술도, 우리 안에서 허우적거리다 사라져가는 공허를, 여보시오, 당신은 말하는 것이 아닙니까.

예술 그것은 생활이 만신창이가 되어 죽을 그날이 되어야 조금씩 고개를 드는 법이라오.

이중섭도 이상도 그런 습관에 익숙했든지, 멋모르고 빠졌든지 오늘의 그들과 그 당시의 그들은 얼마나 두꺼운 벽이 있습니까. 또 우리는 베토벤의 백작도 시대의 기회도 없는 가난뱅이들 아니겠오.

썼지요. 그리고 쉬었다가 또 썼지요.

그리고 화가 나서 찢어버리고 또 조금 써 봤지요.

처음부터 신경질적이라 끝내 화만 남을 뿐이오.

당신 처신할 구멍이 생길 수 있다니 그리고 무척이나 기다리니 기쁘구려. 신혼생활 재미있소. 그런데 달라는 게 많고 모자라는 것이 많아, 여운이 밝지 못하오. 하지만 사는 것이 다 그런 모양 아니오? 내 결혼했으니 기회있으면 오시오. 반겨 하겠오.

1976. 1. 21. 충근

1976. 12.

　비록 내 몸속을 찌르는 주삿바늘이 내 몸을 낫게 한다 할지라도 내 심중을 찌르는 일언의 눈빛만도 못한 것을….

　비록 모든 기계가 스윗치의 작동으로 거구한 기구를 움직이게 한다 할지라도 바람에 흔들리는 하나의 풀잎만도 못한 것을….

　우리의 겨울이 따뜻한 훈기 속에 잠들고 있을 때 우리는 그것이 우리를 감싸고 있는 의식의 품속임을 알아라. 그래서 당신들의 추운 겨울이 비록 난로와 스팀의 훈기로 따뜻해진다 할지라도 사랑할 수 있는 사람들의 품속만도 못한 것을 알아라.

　모두가 나를 위하여 웃지는 않는다. 모두가 나를 위하여 울지도 않는다. 삶에 내가 성실해야 함은 아무도 우리에게 던져줄 한 조각의 빵도 없기 때문이다.

　골목을 사랑하라. 그러지 않고 우리는 진실해질 수 없다. 골목을 사랑하라. 그것은 우리의 가난한 삶을 가난하지 않게 한다. 골목을 사랑하라. 이것이 우리의 최소이자 최대이기도 하니까.

박형.

시간에 이끌려 지구 한 모퉁이로 향해 맨발로 뛰고 있
오. 아무도 - 아무 것도 - 보이지 않는 곳으로 말이오.

난, 이 지상 어디쯤 와있는지조차 모르면서 또 어디론
가 떠나야 하오.

올해도 멍한 하늘을 보고, 눈이, 하얀 눈이 내려주었
으면 하는 바램처럼 이 겨울을 지켜보면서 또다른 가을
을 기다려야겠오.

영남일보에는 올해 모집이 없어졌오. 혹시나하고 난 부
쳤는데, 그것도 나의 역작이라고만 하는 것을 미친놈처럼
웃어버려야겠오….

당신의 편지 잘 읽었오. 일이 되는 것 같아서 당신의 알
찬 오늘의 생활이 내일을 약속할 것을 믿어의심치 않소.

당신의 안부는 계획된 음모처럼 어머님에게 잘 전해지
고 있오.

요즘은 당신이 잘 먹고 좋은 주인을 얻어있다는 이야기
를 듣고 꽤 기뻐하시오.

아무쪼록 이 곳 걱정을 마오. 당신의 건강과 알찬 생활
이 계속하기를 빌겠오. 난필 용서하오. 글이 자꾸만 울렁
거리는 이 마음은 당신만이 알 것이오. 다음은 좋은 글
로 긴 편지쓰겠오. 안녕하오.

1977. 丁巳 섣달 김원택

1977. 7. 31.

아버지께서 그렇게 쉽게 돌아가시리라곤 생각을 못했다. 아니 생각할 수가 없었다. 그래도 일주일은 더 생명이 연장될 것이라고 믿었다. 아니, 아버지는 끝내 오랜 병고의 먼지를 훌훌 털고 몇 년을 더, 아니, 오랫동안 돌아가시지 않을 것으로 생각되었다.

그런데 모든 것이, 모든 것이 아니었다. 아버지는 우리의 믿음을 순식간에 파멸시키고 말았다.

5분 전까지만 해도 우리들은 마당에 모여 서서 지난 얘기를 하고 있었다. 물론 그때는 아버지께서 갑자기 위독해졌다는 소식을 형에게 전했고 형이 급히 내려 왔을 때였다. 형이 오고 난 후 의외로 아버지의 상태가 호전되어 있었다. 그래서 다소 안심을 하고 마당에서 큰 걱정이 아니라는 듯이 얘기를 하고 있었던 것이었다.

그런데 순간 방안에 있던 동생으로부터 불안한 음성이 들려왔고 우리들은 가슴 죄이며 방으로 들어갔다. 이미 아버지의 숨결은 조금씩, 아니 더 빠른 속도로 줄어들기 시작했다. 우리들은 완전히 절망했다. 얼굴이 화끈 화끈 달아올랐고 가슴이 걷잡을 수 없이 뛰기 시작했고 온 전신을 해머로 두들기는 것 같은 상황 속에서 무엇을 어떻게 할 수 없이 넋 빠진 자들이 되어 아버지의 간간히 뛰는 심장에 우리는 마지막 믿음을 두고 있을 뿐이었다.

어머니는 옆에서 애처로운 음성으로 아버지의 생명을 부르며 조심성 있고 가냘픈 비명을 울리고 있었다. 그러나 아버지는 시작도 끝도 없는 숨이 되어 이미 모든 조직의 동작이 끝나버렸던 것이었다.

그렇게 살고 싶어하셨던 소원이 무너진 채….

너무 너무 하실 말이 많아서 입을 열어도 말이 되지 못하신 채 돌아가신 것이다.

이대로 누워 있으면 죽을 것만 같아서 앉으려 했고 일어서려고 안간힘을 쓰시던 그 모습, 모든 기력이 상실되어 두 다리가 주저앉아 버려도 우리들에게 의지한 채 일어서려 했던 모습, 눈을 감으면 죽을 것만 같아 눈을 더 크게 뜨려 했던 모습, 눈을 감고 있으면 더 볼 것을, 더 오래 볼 것을 보지 못할 것 같아 더 많이, 조금이라도 더 오래 보려고 눈을 뜨려 했던 모습.

아버지는 아버지의 피와 살을 모두 우리들에게 나누어 주신 채 앙상한 겨울 나무처럼 뼈만 가지고 돌아가셨다.

아니다. 저러다 눈을 뜨실 것이다. 숨을 쉬실 것이다. 아니다. 아버지는 돌아가신 것이 아니다.

사람들이 아버지를 묶는다. 옷을 입히고 묶는다. 힘껏 묶는다. 왜 그대로 두지 않을까? 저러면 이젠 숨을 쉬시지 못한다.

움직이지도 못한다. 아버지를 죽인다. 죽인다. 아버지를 묶지 마라. 입과 귀와 코를 봉하지 마라. 아버지는 악마와 같은 검은 관 속에 들어가시고 육중한 뚜껑이 닫힌 채 영구차에 실려졌다. 평생 이런 차는 타지 않을 거라 믿었던 내가 이런 차를 타다니…. 도무지 거짓말인 것만 같았다. 정말 거짓말이다. 그런데 영구차는 공원묘지로 향하고 있다. 인부들이 파놓은 묘지에 묻혀진다. 흙을 덮는다. 흙 속에 묻힌다. 나의 아버지를 흙에 묻지 마라. 흙을 퍼내어라. 관을 부수어라. 관을 열어라. 내 아버지의 몸을 자유롭게 하라 묶었던 종이를 풀어라. 내 아버지 숨막혀 죽는다.

아버지, 나의 아버지.

아버지는 진정으로 우리를 염려하셨다. 우린 지금에야 그걸 깨닫는다. 이미 때가 늦은 지금에야 말이다. "미국에는 편지하지 마라." 미국에 있는 딸자식이 염려가 되어 아버지는 자신의 죽음을 알리게 하고 싶지가 않으셨던 것이었다. 그리고 그것이 아버지가 딸자식을, 하나밖에 없는 딸자식을 멀리 타국에 있는 딸자식을 진정으로 사랑하려는 소원이었다.

이 사실을 누님이 아신다면 통곡을 할 거다. 몇 날을 울어도 울음이 그치지 않을 거다. 일터에서 빵을 주면 그 빵을 자식들을 주려고 드시지 않고 집으로 가져 오셨던 아버지, 점심값을 주면 그 돈을 집으로 가져와서 자식들과 함께 저녁 반친거리를 사야지 하고 점심을 드시지도 않으시고 오셨던 아버지.
우리는 날마다 자전거에 검은 봉지를 매달고 오실 때마다 그
냥 사온 줄만 알았다. 어머니가 그 사실을 우리에게 얘기해
주기 전까지는…. 우리는 아버지의 뜻과 정성을 모른다. 겉으
로 드러내지 않는 속정과 속사랑을 우리는 모르고 있었다. 우
리는 죄인이다. 우리가 죽을 때까지. 아니다. 죽어도 아버지의
빚을 갚지 못한다. 뼛속 깊이 깊이 새겨진 빚이다.

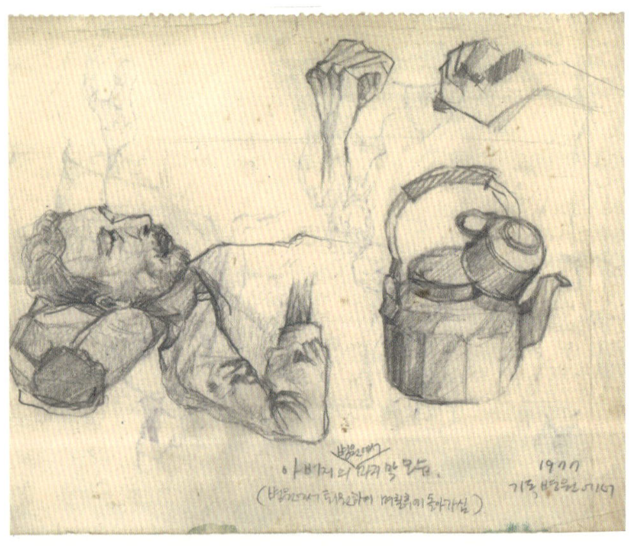

1978. 10. 4.

아버지, 저는 모과와 같이 내 생활의 모양이 형편없는 것 같습니다. 그러길래 모과를 그리면 참도 내 맘에 꼭 들게 그려집니다. 모과는 그래도 가까이 하여 냄새를 맡으면 그지없이 훌륭하고 소박하며 거짓 없는 향긋한 향기가 서려 있지요.

또 그것의 술은, 감기와 기침에 특효의 효험을 가지므로 그것을 아는 사람은 이 모과를 즐겨 찾습니다. 그러나 저는 모과의 그런 향도, 남을 낫게 해주는 재질도 없으니 모과보다 못난 인간이 아닌가 싶습니다.

아버지. 참으로 심신이 피곤한 나날입니다. 눈물이 이 몸속에 항상 고여 흐르는 것은 어찌할 수 없는 아픔입니다. 당신께서 자식에게 바라는 마음속의 뜻을 끝내 이루시지 못하시고 눈을 감으시며 저희를 얼마나 슬퍼하셨겠습니까. 아직도 저는 아버지께 영원한 죄의 표식을 지울 수가 없습니다.

아버지. 마루에 나와 앉아 문득 석류나무를 봅니다. 병석에 계시며 그렇게 석류의 꽃을 찾으셨던 당신. 몇 개의 꽃이 되었으나 이미 당신은 보지 못하고….

아버지. 비바람에 다 떨어지고 꼭 하나의 꽃이 다시 피고 늦게나마 지금은 빨갛게 물들어 있습니다. 그야말로 홍일점이란 말이 제격입니다. 매년 익기도 전에 다 떨어지던 감나무에도 감이 꼭 하나 빨갛게 익어가고 있습니다.

1979. 5.

지워버린 그림은 그 흔적을 들어내어 잔영처럼 내 가슴을 밀고 들어와 아픔이 되곤 한다. 미흡한 하나의 생명으로 태어나 병들고 시들어 그렇게 살다가 죽임을 당하고, 마치 살고 싶은 강렬한 삶의 끈질김처럼 숨이 막혀 튀어오른 힘줄처럼.

내가 그림을 그릴 수만 있다면 정말 그릴 수만 있다면 "타이티"섬을 색칠하던 고갱이 아니더라도 빛 속의 색을 향해 달음질치던 모네가 아니더라도 내가 울 수 있는 사랑만큼이라도 색칠을 할 수만 있다면 아이의 눈망울처럼 그만큼의 순수를 그릴 수가 있다면….

아! 나는 그림을 그린 것이 아니라 그림의 모양을 그린 것 뿐이다.

1980. 3. 12.

가로수에 싹이 움튼다. 그 연두색이 겁난다. 또 한 해가 말 없이 쓰러지는구나. 하늘엔 구름장이 가득하니, 날이 쌀쌀맞다. 따뜻한 방 한쪽 구석에 앉아 있으니 편안하다.

오지호 은사님, 오 교수님께 편지 쓴다. 오랜만에 충근이와 성운에게도 편지 쓴다. 그림을 어떻게 그려야 할지 이제야 조금은 알 것 같다. 뭔가 정리만 되면 되겠다.

자연이 주는, 어떤 형태와 색깔이 주는 것은 내 자신의 내부에서 더욱 승화시키고 새롭게 생명을 탄생시켜야 하겠다. 설명이 아니고 눈빛으로 하듯이 그렇게 내 마음으로 캔버스 위에 안주시켜야겠다.

그림이란 보이는 것의 정확성이 아니라
바라는 것의 정확성이다.

1980. 3. 23.

새벽, 차가운 공기가 끈질기게 몸을 파고든다. 움츠려봐도 별 소용이 없다. 바깥쪽에서 공기를 가르는 허기지고 끓는 기침 소리가 몇 차례 들려온다.

간밤에는 뼈들이 생각났다. 간밤의 공기를 몰아내는 그 기침 소리에 뼈들이 얼그러 떨어져버리는, 그리고 뼈들의 행진 같은 것이 머리에 떠올랐다.

밤새 형체를 추적해보았으나 끝내 잡지를 못했다. 아침이 오기 전 이 새벽은 고통스럽다.

이러지 말아요. 이러지 말아요.
제발 이러지 말아요.
내게 運命처럼 가르치지 말아요.
아! 나는 어둠 숲속에서 어머니 혼연 듯은 보았어요
어둠이 깨어지던 밤 늦은 아침엔 헤기전
합창을 들었어요.
그건 두꺼운 벼늪이 창틀에 와 아우성치다
돌아서고, 또, 신터치고……
기껴건 석류의 울음 소리에 천종의 속떠하게
무서워 하여.
쓰러지듯 멎은 뉘였어요.
이불 속 의 세상은 平安이었어요.
때로는 ── 훈기의 내음이 그 어둠속에 나의 눈을
뜨게 하셨어요.
아! 나는 보았어요
당신이 솟산 처럼 반 양게 솟아 오르는 꿈을 ──
꿈속의 나를.
앉은 강물은.
산속의 길에.
하늘의 끝이 보이지 않는 들판에.
당신을.
정적한 색깐들.
점점 그건 나의 그림. ── 그러나
아! 어제의 밤이 아침 까지 찾아와 나를 잡고
어제의 밤으로 돌아 가자 고……
아! 이러지 말아요. 이러지 말아요.
제발 이러지 말아요.
내게 흘흐 없는 눈물을 가르치지 말아요.

박 형에게,

소식을 들으니 정말 반갑습니다. 그간 건강은 어떠합니까? 박 형이 화실을 운영하기 시작한 지도 1년이 되는 것 같군요. 화실이 순조롭지 않는 것 같아 걱정이 됩니다. 하지만 모든 일이 그러하듯이 그것을 어떻게 사고하고 행동하는가가 중요한 것 같아요.

어느 날 이곳에 사는 한국 간호원 아가씨가 나에게 "산다는 것이 무엇이냐."고 묻더군요. 나는 지난 겨울 박 형과 광주에서 오지호 선생님의 생활을 보고 느낀 이야기를 해 주었습니다.

사랑을 저변에 둔 사고, 행동, 표현의 삼위일체를 애국자는 오로지 나라를 사랑하는 마음뿐이지 어떤 허튼 생각으로 "이렇게 하면 어떤 결과일 것"이라는 것을 결코 인식을 하지 않을 것입니다.

이것은 오직 오염되지 않은 순수한 것이고, 또한 복합된 우리의 생활 속에도 꼭 필요하다고 봅니다. 오직 자신의 나라를 사랑하는 마음과 이에 따른 행동 특히 예술가에는 이러한 것이 승화된 표현이라는 것이 있는 것 같아요.

박 형은 지금 무엇을 생각하고 있읍니까? 보고 싶소. 그리고 위로도 주고 싶소. 또한 박 형에게 좋은 결과가 있으리라 믿습니다. 지난 4월 중순에 Melbourne에서 약 1,000km 떨어진 조그마한 도시로 연수지를 변

경했습니다.

이곳은 도시 형태가 포항과 아주 비슷합니다. 포항제철보다 약간 큰 제철소가 있고 다만 해수욕장이 송도와 비교할 수 없을 정도로 아름답다는 것 외에는. 그리고 이곳은 지금 늦가을이긴 하지만 나무들이 완전히 초록이고 해수욕장에 가면 수영을 즐기는 사람들이 아직도 많이 있습니다.

지난번 Melbourne에서 물감과 붓을 준비해 놓은 것이 있어 붙여드리기로 하겠습니다. 그리고 이젤은 주로 수입품이기 때문에 너무나 비싸고 모양은 주로 한국에서 볼 수 있는 것이고 해서 준비를 하지 못했습니다. 양해해주기 바랍니다.

그럼 추후 소식을 전하기로 하고 이만 줄이겠습니다. 건강을 빌며.

1980. 4. 20. 충복
CHUNG BOCK LEE #3/19 John Street, Keiraville
N.S.W. 2500. Australia

1980. 5.

아버지…. 행렬이 지나갑니다. 어릴 때 그 행렬이 지나갈 때 손을 보이면 문둥이 손이 된다며 뒤로 감추고 보던 저승으로 향하는 묘한 분위기 속에서의 그런 행렬은 아니었습니다. 단지 행상 속의 시신을 들고 이동하는 것에 지나지않는 씁쓸한 행렬이었습니다.

그저께 큰어머니가 돌아가셨습니다. 마련된 빈소에 두 번 절을 하고 나왔습니다. 죽음이란 것에 대해서 아무런 느낌이 없었습니다. 그 사람의 삶에 절대적이 아니면 죽음에도 절대적이 될 수가 없는 것이었습니다. 눈물이란 자신이 갖는 충격적 슬픔에서가 아니라 슬프게 만들어지는 분위기에서의 출발이었습니다. 큰어머니의 죽음을 표시하는 검은 사행선이 쳐진 사진을 보자 그만 눈물이 나오려해서 고개를 돌려버리고 말았습니다.

아이들은 마치 잔치 속의 기보마냥 철모르게 떠들어대고 있었습니다. 요즈음의 아이들은 지식 전달이 과격하게 주입되어 죽음이란 것은 어떠한 것이다라고 알면서도 그 죽음에 대한 감정은 전혀 없이 자라나고 있습니다.

단지 죽음에 대한 것만이 아닐 것입니다.

"어 허이 어이야 어기넘차 어이야."

낮은 산등성 위로 행렬이 지나갑니다. 경사가 낮은 비탈을 깎아 만든 밭을 지나갑니다. 건너편 밭두렁에 쭈그러진 가죽뿐인 조그만 백발의 노파가 곧추 세워진 무릎 위에 얼굴을 파묻고 쪼그리고 앉아 이쪽을 바라보고 있었습니다. 아마도 그 노파는 그녀의 혼을 모두 이 행렬 위에 담아 놓은 것 같았습니다.

아버지, 녹음기에서 천수경, 회심곡이 종일토록 울려 나옵니다. 그렇게 싫던 향내도 이 날은 싫지가 않았습니다.

흙에서 태어나 흙으로 돌아갑니다. 공중에 뿌려 바다에 뿌려도 그건 공기가 아니되며 물이 아니되며 흙이 되어 갑니다.

1980. 6. 20.

기대 없는 절묘한 사랑, 자기 자신의 욕구를 위한 것이 아니라 모든 인간의 안식을 위하여 자기의 혼을 움직이는 작업. 이미 질서는 준비되어 있다. 이제는 이 질서에 함몰하는 일이 있어야 된다.

당신은 알고 있겠지, 가면 속의 본질을. 껍질에서 속살을 밝혀내는 일은 측정이 아니며 재주가 아니라 무의식의 행위이다. 그 절대에 함몰되었을 때 그때부터 작업은 무의식으로 진행된다.

영감靈感! 우스운 얘기는 하지 말아라. 영감은 본질에 선행되는 일이다. 그것은 그것에 의한 착상이며 신이 우리에게 준 기회이다.

1980. 6. 21.

물질을 움직이는 동물. 그들은 자동차로 아무리 먼 곳까지도 빨리 갈 수 있지만 우리의 눈에 보이지 않는 곳은 갈 수가 없다. 인간의 지혜가 갈 수 있는 물질의 끝은 결국 하나의 본질로 돌아간다. 모든 것은 그것의 본질로 돌아가게 마련이다.

우리의 지혜는 우리의 몸을 편하게 하는데 만 쓰이고 있다. 그러나 결국 우리의 몸은 영원히 편해지지 않고 한 줌의 흙으로 돌아간다. 결국 우리의 지혜는 지혜의 본질로 돌아가게 된다. 때문에 우리는 우리의 지혜를 본질로 되돌리는 일에 열심해야 한다.

1980. 6. 23.

어디서부터 오는지 바람이 찬 공기와 더불어 나의 온 전신을 식히며 지나간다. 바람은 끊임없이 나를 잠재우려했다. 창문틀 위에 앉아. 건너편 지붕 위에 떠 있는 달을 보았다. 너무 멀리 있는가 보다. 쪼그려 앉아 눈을 감았다.

바람에 덜컹거리는 창문 소리가 여기저기서 간헐적으로 들려온다. 못된 강아지 목소리도 깡마르게 짖어대며 한몫한다. 오늘따라. 혼기 서린 고양이 울음소리는 들리지 않는다.

공기는 맑다. 난, 이런 정적을 끔직히 사랑한다. 달빛이 모든 고요의 흔적을 밝혀내고 있다. 너무 깊은 밤까지 왔나 보다. 눈꺼풀에 무거운 피로가 내려 앉는다. 분명히 소리를 들었다. 그리고 잠깨어 그 다음 소리도 들었다.

"누구여!

"에이구 자는 사람을 깨워 미안합니다. 낮엔 몇 번 와도 안 계시데."

건물 주인의 아줌씨가 의자에 앉으며 말했다.

"저으기 이 방 말이제…."

여관 허가가 났다며 먼저 3, 4층을 시작하고 나중에 점차 다 시설을 개설하겠단다. 그래서 동양화 방을 자기들이 쓰며 관리를 해야되겠다고 했다.

난 떼를 써보려다 그만두고 말았다. 그건 쓸데없는 일이란 것을 짐작했기 때문이다. 원래 돈맛을 알면 돈 떼가 묻게 마련이다. 머리 속에 아득한 지평선이 깔려온다. 시계는 6:30을 가리키고 있다. 다시 잠자리에 풀석 쓰러질까하다 잠을 떨고 움직여봤다. 잠시 걸레질을 하고 자전거를 타고 나왔다.

아침거리는 부산하다. 내가 게으를 때 모두는 부지런했었다. 거리는 바쁜 사람들의 무대였다. 기계상사, 철물점, 양복점, 슈즈스토어, 음식점, 은행, 노점들, 칵테일 코너, 다방, 카페. 유월의 플러타나스 싱그런 잎 사이로 보이는 카페를 보고 있었다.

"귓구멍 막혔나!"

갑자기 소리를 지르며 택시 운전하는 녀석이 손가락질을 하며 선글라스 속에서 눈을 부라렸다. 적당히 조소를 하며 뒤따라 갔다. 녀석은 나의 기분 나쁜 웃음에 할 말을 잊고 말았다. 계속 녀석의 뒤를 따랐다. 녀석은 골목 어귀에 손님을 내려주고 서서히 가고 있었다. 난 계속 따라갔다. 아무래도 녀석이 불안했던 모양이었다. 차를 세우며 문을 열고 나오는 척했다. 녀석은 그렇게 하면 내가 겁을 내어 도망가리라고 생각했던 모양이었다. 그런데 내가 계속 접근해가자 녀석은 문을 닫더니 그만 다른 쪽으로 돌아가버렸다.

"쓸개 빠진 녀석."

나는 돌아서 부두쪽으로 나아갔다. 참으로 오랜만에 나오는 부두였다. 햇빛에 반사된 이 부두는 퇴색된 빛을 내고 있었다. 물은 썩고 말라 있었다. 울릉도행 선착장 사무실 앞에는 이동 매점의 진열 준비가 시작되고 있다. 적당히 포개고 나열하며 먼지를 털며…. 조금 더 내려가려다 그만 돌아 나갔다. 골목과 골목들은 항시 기억들이 담겨 있다. 갑자기 보이지 않던 건물이 우뚝 눈 앞에 번득였다. 고개를 들고 쳐다보았다. 하얗게 페인트칠해진 건물이었다.

그제서야 그것이 K병원에서 새도 증축 확장하는 건물이었다. 거리는 살찐 자들의 축복을 움직이는듯했다. 골목을 돌아서 바로 집으로 가려다 여학생들의 통학로 쪽으로 나가기로 했다. 아무래도 그 쪽이 머리를 식히는 일을 해주리라고 생각했기 때문이다. 남학생들이 호르라기를 불며 가능한의 멋을 부리고 있었다. 갑자기 어떤 대중가요의 가사가 생각났다.
"이 거리를 생각하세요."
　정말. 우리가 쉴 거리는 어딘가,
　피곤한 아침.

아! 잠시만 쉬고 싶습니다.
곧 일어나서 그림을 그려야 됩니다.
잠시만 쉬고 곧 일어나서 그림을 그려야 합니다.
곧 일어나… 곧….

1980. 8. 30.

　일기란 일생 쓰는 것이면서도 매일 쓸 게 없다. 많은 기억의 일들을 한꺼번에 묶어 쥐어 짜서 흐르는 것들의 기록이다.
　그렇지 이번에 흐른 것은 무엇인가. 나는 광주에 갔다왔다. 오승윤 교수와 더불어 이틀을 꼬박 취했었다. 목우회 심사위

원 조규일 선생님도 만났다. 그리고 케임브리지대학 출신의 그분도, 모 교육대학 교수, 광주사태에 휘말린 전 서울대 학생회장의 형도, 그리고 몇몇들. 아프리카 여행 중인 오지호 은사님 엽서가 왔다.

과열 과외 폐지, …… 하여튼 이런 것들이다. 그리고 보이지 않는 아내를 생각하고 아내를 그리워하며 사랑하며 날마다 아내와 포옹을 했다. 마치 유토피아처럼. 나만의 세계에 우리를 살게 했다.

그리고 그림들, 나는 나의 그림이 정지되기를 원치 않았다. 춤추며 노래하며 그리고 꿈을 꾸며 얘기하기를 원했다. 그러나 나의 그림은 한사코 정지하고 있었다. 나의 그림이 정지한 게 아니고 내가 정지하게 했다. 그런 나는 나를 미워했다.

그리고 오늘은 충복이와 긴 통화를 했다. 참, 그가 귀국한 것을 빠트릴 뻔했다. 그는 7월 초순에 귀국을 했다고….

지금은 잠을 잘거다. 그리고 내 아내를 만날 것이다. 또한 내 그림이 춤추는 것도 볼 것이다.

박수철 군에게
귀 군의 편지 반갑게 받았네. 그 후로 생각하며 열심히 살아간다 하니 기쁘기 이를데 없네.

무엇이 옳고 무엇이 진실한 것인가를 생각하며 살아가는 것이 인간이고 게 먹을 것 밖에 모르고 사는 것이 축생이라는 것을 구별할 수 있는 사람이 몇 사람이나 되겠는가?

나는 무고하며 국전관계 일로 지금(아침 7시) 서울을 떠나는 길이시. 이만 줄이네.

1980. 9. 14. 아침 母后山人 拜

1980. 11. 30.

그래요, 난 정말 그 자의 말처럼 그렇게 되기를 노력했다오. "형씨께선 아무런 걱정이 없어 보입니다. 역시 예술을 하는 사람답게 보입니다."

서울, 모든 것이 어둡게 내려앉아 있었다. 빌딩, 차, 그리고 사람. 사람들. 여자들은 모두 젊고 지성적으로 보였고 남자들도 활기차고 엘리트였다. 덕수궁 돌담길이라더니 여기가 거기구나. 작품을 접수하느라 모두가 열심이다. 그들은 그 작품을 위해 닦고, 바르고, 보여주며 최후의 애를 쓰고 있었다. 과연 그들은 무엇을 그렸는지 몰랐었다.

자연과 삶과 모든 사물의 예술인지 예술의 그것인지 몰랐었다. 모두가 둘씩 셋씩 혹은 여럿이서 분주했다. 저녁의 서울은 더욱 활기찼다. 모두가 즐거운 밤과 만나고 있었다. 난 도심지를 걸으며 나의 모습을 확인했다. 모든 사람들과 모든 건물에 반사되어 보았다.

황량한 들판이었다. 외롭고 초라하기 짝이 없는 마음의 방황이었다. 차라리 그 들판이었으면 얼마나 좋았을까? 여긴 지평선도, 쉴 잔디도 없다. 이 황량한 들판은 나를 흡수하는 것이 아니라 그들의 몸으로 나를 반사해내고 있었다.

여관의 조그마한 방은 나를 쥐어짜고 있었다. 이 조그만 방 안에서 난 포항의 모든 거리를 생각했다. 그리고 나를 만나는 사람들, 난 빨리 가고 싶었다. 여길 떠나고 싶었다. 그러나 지금은 떠날 수 없으니 답답하다. 아무래도 아침이 밝아야 한다. 빨리 아침을 만나고 싶었다.

낙선된 작품을 어찌 들고 갈 것인가? 그들이 얼마나 나를 불쌍히 볼 것인가? 어딘가 목소리가 들렸다. 난 기도했다. 그리고 얼마 후 또 한 번의 종소리가 들렸다. 난 그 종소리가 한 번 뿐인 것에 놀랐다. 결국 낙선이 되었단 말인가? 아닐거야. 방정맞은 생각은 하지 않는 것이 좋을 거야. 밖에서 노크소리가 들렸다.

"전화왔습니다." 황급히 여관 사무실로 갔다.

"박수철 씨요?" "예."

"입선은 되고, 경험이니까 열심히 하면 되겠소. 정말 애쓰셨소. 떨어진 사람들도 많으니까. 아 그래도. 어딘지 모르겠소."

"아마 내일 내려갈 것이요. 그러지요. 아 그래도."

돌아와 담배를 한 개비 물었다. 그런데 그렇게 기쁜 맘이 별로 없었다. 단지, 내가 처량해져 있지 않다는 것을 느꼈을 뿐이었다. 조금 후 또 종소리가 들려왔다. 여러 번의 종소리가. 나는 또 하나님께 감사의 기도를 올렸다.

나의 조그만한 것이지만 입선의 영광은 하나님께라고. 그런데 그 종소리는 여관 복도에서 나는 괘종시계의 종소리였다. 너무 피곤해 있었나 보다. 불과 하루 사이에.

<과외 교습을 허가받기 위해 목우회 공모전에 출품한 후>

박수철 군에게

귀 군의 편지를 받은 지가 벌써 여러 날이 된 것 같네.

정신의 세계에서 귀 군이 고통을 느끼고 또 이것을 하여 나간다는 것은 이것이 바로 참된 인간으로의 성장을 뜻하는 것이니 늘 생각하면서 산다는 것을 게을리하지 말기를 바라네. 나는 서울에서 온 후 요양 중이며 이제 많이 회복되었네. 별편으로 내 기사가 난 신문을 보내네.

1980. 12. 12 母后山人 拜

1981. 1. 25.

오지호 은사님께서 그랬다. 그림은 전쟁이 아니라고. 이제야 무언가 확실해진 것 같다. 억지로 만드는 것은 그림이 아니다. 삶도 마찬가지다.

그림. 이는 나의 생명이요, 사랑이다. 아무도 없는 이 공간을 지킬 수 있다는 것은 내가 가진 힘이다. 외롭고, 그래서 더욱 철저하게 나를 강하게 하는 것이다.

일출을 그리려는 마음이 벌써부터 있었다. 오늘 저녁은 습작으로 해본다는 것이 벌써 새벽 3시 30분이다. 정신없이 하다 보니 불이 꺼진 것도 몰랐다. 밤에는 될 수 있는 한 붓을 들지 않으려 했는데 도저히 그리고 싶어 어쩔 수 없었다. 체온으로 잠을 자야지. 나는 별로 춥지 않으니 편히 잘 거다.

수철 아저씨,

아저씨는 매일 그림을 그리려고 매일 집에 있지 않는다고 했지요. 우리들은 학교에 간다고 저녁 4시에야 집에 돌아오는 게 보통이에요.

아저씨께서 보내어 주신 물감을 잘 받았으요.

그림 아저씨의 점심 식사 값으로 물감을 싸서 보내어 주어서 점심 식사 값이 없어서 어떻게 하시는지 아저씨께서는 점심을 굶지않으시겠지요.

선물 받아 본 적은 있어도 줘본 적은 한 번도 없답니다. 아저씨 거를 구두쇠라고 하지 마셔요. 언케 만날지 모르지만 저희들은 조그만 보답이라고 하고 싶어요. 정말 정말 물감은 고마왔어요.

한문 공부 열심히 하겠어요. 우리 선생님은 총각 선생님이어요. 장가도 가지 않은 노총각 아저씨께서도 노총각이라면 아시겠지요. 집을 나가서 감기 조심 하시고 무슨 일이 생기지 않기를 바라고 좋은 그림을 그리시기 바랍니다. 그럼 연필을 놓겠어요.

1981. 2. 12. 현애

1981. 7. 20.

어제 오전엔 정물을 한 장 그렸으나 별로 마음에 들지 않았다. 그리고 오후 그분을 만났다. 우연히도 처음으로. 그는 헌 고물을 수집하는 사람이었다. 그는 내가 주는 종이와 가마니 그리고 의자 부서진 것을 받고 얼마의 댓가를 주면 되느냐고 물었다. 난 돈을 받기 위해 주는 것이 아니라고 했다. 그는 눈물을 글썽이며 내게 몇 번이고 고맙다고 하며 연신 허리를 꾸벅거렸다 .

그는 교육자였다. 세상은 그를 그렇게 만들었다. 그가 말했다. "오늘은 우연히 전날의 동료 교사를 만났는데 그와 같이 술잔을 들었다."고 했다. 그는 이 무더운 열기에 얼마만큼 취기가 있었고 지쳐 있었다. 난 그분과 많은 얘기를 주고 받았다. 그는 이미 자기에게 주어진 모든 가면과 불필요한 것들을 털어버린 채였다.

자존심, 수치, 혐오, 체념…. 난 그분의 삶보다 지극히 많은 부끄러움을 지니고 산다고 생각했다. 또 배울 것이다. 모든 것을 털어버리고 그렇게 살 수 있는 용기를….

또 만났으면 좋겠다. 만나면 짜장면이라도 같이 먹어야지.

광적이기보다는 절실해야 된다.
그림이란, 단순히 광하는 것이 아니라
가장 절실했을 때 광하는 것이다.
이때의 광이란,
육체적인 행위를 말하는 것이 아니라,
절실에 함몰되는 것이다.

1983. 2.

밤이 깊어 잠자리에 들게 되면 방바닥에 배를 깔고 베개를 가슴에 고이고 연습장과 볼펜을 쥐어들고 담배를 한 개비 피워 문체 많은 것을 생각해본다.

그림, 사랑과 추억. 미움이 아니었던 미움들. 지금이 아니라 오래된 사진 속에 박힌 얼굴, 표정, 혼자라는 외로움과 자유스러움. 내가 진실로 절실하기 위해서는 아무도 보지 않게 나 자신을 가두는 일이다. 거기에서 나를 밝히는 빛을 가득 넣고 또 하나의 빛과 꿈과 그것의 생명.

나는 영원히 갇혀 있고, 거기서 해체되어 거기서 새롭게 탄생되는 나의 분신들이 자유롭게 어느 곳이나 있을 것이다. 하나의 꽃으로, 구름으로, 바다와 배, 산과 들판과 계곡 그리고 또 하나의 얼굴로….

1984. 1. 26.

박동현, 아들은 소리 없이 자라고 있다. 난 아들에게 점점 두려움을 느끼고 있다. 내가 녀석에게 나는 내 인생에 대하여 절실하였노라고, 과연 얘기할 수 있을 것인가? 내가 과연 녀석에게 부끄럽지 않은 아비가 될 수 있을까? 녀석은 아무

말없이 나를 향하여 다가오고 있다. 내게 수많은 질문을 던지기 위해서 나는 대답할 수 있어야 한다. 힘차고 무겁게 얘기할 수 있어야 한다.

1984년 모일

내 웃음 속에는 웃음만큼이나 가난이 숨어 있고, 내 목소리 뒤에는 진실된 말만큼이나 탐욕이 있고, 소리친 만큼 게으름이 있다. 동현이는 모든 걸 아는 체 잘 자라며, 아내는 숙명처럼 지낸다.

형은 삶과 죽음 사이에서 담담한 설득을 계속하고 있고, 막내와 형수는, 그 옆에서 그런 형을 지켜보고만 있을 것이며, 막내는 어떤 상태에서 그냥 그렇게 있기만 해줘도 형에 대해 상당한 고마움을 느낄 것이다.

덕분에 나는 가게와 동현이 사이를 숨가쁘게 들락거린다.

그림은 전혀 그릴 수 없지만 그런게 문제가 아니지. 언젠가 나는, 너무나 외롭고 고독한 죽음 앞에 와 있다가, 이제껏 다 하지 못한 비애의 고통과 슬픔의 눈물을 혼자 울부짖다가 당신과, 당신과, 또 당신과, 먼 이별을 할 거다.

내가 연극이 아니라 실재일 때 내 머리 위에 하느님의 빛이 있겠고 나는 거짓과 남욕과.

　형은 음악 속에 있다. 그리고. 어떤 풍경 속에도…. 형은 이제 이 거리에 없다. 자동차의 굉음과 소란스런 논쟁들, 술 취한 자의 비틀거림처럼, 흔들거리는 이 도시의 거리에 형은 없다.

　형은 이제 자유스런 곳에 있다. 형이 못내 서러워한 것은, 형의 현실이었지만, 이제 형은 음악의 흐름을 타고 풍경 속을 거닐며, 얘기하며….

1984. 8. 25.

　그림을 그리고 싶다. 화실에서 땀 흘리며 그리고 싶다. 하지만 이젤 앞에 앉아 붓을 손에 쥐면 겁이 날 것 같다. 그리고 아무것도 그릴 수 없을 것 같다. 나는 왜 이렇게 약한가. 아! 형, 날 좀 도와줘. 동현아, 내 아들아, 너 보기가 참으로 부끄럽구나. 하나님, 나를 붙잡아주십시요.

　형, 날 좀 도와 줘. 내 옆에서 날 지켜 줘. 내가 게으르지 않고 강한 집념으로 살 수 있도록 내 영혼을 일깨워 줘. 어떤 일이 있어도 내 마음에 갈등이 일어나지 않게 도와 줘.

　형, 나는 죄인이야. 형을 잃어버린 나는 죄스러워 고통스럽다. 하나님, 우리 형, 잘있습니까? 거기에는 주로 뭘 하며 지내는지 소식 좀 전해주십시요.

눈 덮힌 계곡, 산, 들판, 파도치는 바다,
그리고 파도치는 바다가 있는 들,
이건, 내가 전심전력으로 사랑하는 것이며
내 꿈의 현실이다.
그러나, 내겐 전심은 있으나 전력이 없다.
그건 바로 게으르다는 말이다.
내가 지금부터 해야 하는 것은 전심이 아니라,
전력으로 사는 것이다.
가난하고, 삶에 고통을 당하며 끈기있게 살며,
그대로 용기를 잃지 않고 사는 사람들의 풍경,
내가 또 사랑하며 전심전력으로 몰두해야 하는 것.

1984.

임신중독증에 걸려 다리가 부어 신경이 무디어진 아내가 "침을 맞아볼까, 피를 좀 빼내면 붓기가 빠지겠지? 어디에가면 침을 잘 놓는가." 이렇게 말할 때 난 이런 생각에 잠겨 있었다.

차가운 겨울 공기처럼 냉냉하고 투명한 울트라마린블루, 코발트블루. 세룰리안블루. 그 깊고 짙은 색조 위에 불씨와도 흡사한, 붉은 점들 그리고 그 색면을 놓고 싶다. 그래 난 그런 색을 칠하고 싶다. 그런 그림 속에 있고 싶고 그리고 싶다.

그릴 수 있는 물감도 있고 캔버스, 이젤, 붓, 모든 것이 있어서 나는 행복하다.

하나의 산허리는 옆으로 돌아누운 마누라의 궁둥이 같았다.

선생님.

날씨가 추워지면서 얼마나 게을러졌는지 점심도 잊고 휴게실에 앉아 커피만으로 떼우는 날이 많아졌어요. 후박나무 잎사귀들이 유난하게 한꺼번에 떨어졌어요. 오늘 3학년들의 신통찮은 교내 미전을 돌아보고 나오면서 이상하게 마음이 무거워졌어요.

요즘 들어 부쩍 책 읽기에 열을 올리는 께게 급우들은

온갖 농담으로 충동질을 해대지만. 나다운 처신에 급급
한 나는 마음의 긴장을 풀어버리진 못해요.

그림이 조금씩, 포항에서처럼 용감해지고, 교수님의 가
끔씩의 부추킴이 기분 좋아요. 선생님이 주장하신 그림
다움이 제게 얼마나 큰 힘이 되는지 이즈음 실감해요.

선생님 걱정은 해결되어가고 있는지 걱정되요.

저 자신에 대해서만은, 특이한 기대도 각별한 각오도 없
는, 오히려 편안한 자세이므로 다른 사람들이 바라보는
만큼의 고심도 실은 없거든요.

선생님께서는 이해하시겠지요. 그림다운 그림으로 인연
을 주신 선생님께는 항상 감사해요. 끼끼 웃으시겠죠. 아
드님 여전히 귀여우신지요. 방금 이충복 아저씨 전화 받
았는데 기분이 이상해요.

1984. 10. 5. 홍태희

1986. 10. 2.

10시 30분이 조금 지나 대문을 덜커덕 열고 들어서니 방문
소리가 드르륵 나면서 동현 녀석이 "아빠아." 하면서 뛰쳐나
왔다. 난 술이 조금 취하기도 했거니와 녀석의 그 모습이 어두
운 가운데서도 환히 밝았다.

정말 즐겁고 행복한 순간이었다. 그리고 녀석을 내려놓자 녀

석은 "아빠, 오줌 누고 와~"했다. 그리고 아내가 문을 닫으라고 했으나 녀석은 문을 닫으면 아빠가 못들어 온다며 거절했다.

난 오줌을 누면서 이렇게 중얼거렸다.

'하나님 감사합니다. 이 죄 많은 자에게 이렇게 행복한 시간을 주셔서 감사합니다.'

1986. 12. 27.

눈이 온다. 눈이 온다. 아! 눈이 온다. 가슴이 이렇게 두근거릴 수가 없다. 가슴이, 오! 위대한 예술의 신이여, 기다리자. 가슴 조이며 오래도록 기다리자. 저 눈이 쌓여 내 가슴이 하얗게 될 때까지 기다리자. 여기에 감히 누가 시를, 음악을, 그림을 하겠느냐, 아니다, 그것은 찬미이며, 그것의 진실을 지키려는, 그래서 그것과 함께하며 오래도록 그것이 되려하는 간절한 소망일 뿐이다.

눈이 온다. 어제 내가 미워했던 자의 머리 위에도, 어제 배가 고팠던 자의 머리 위에도, 어제 위선했던 자의 머리 위에도 어제 슬퍼했거나 잠을 이루지 못했던 자의 머리 위에도 눈이 온다. 그리고 그들을 벌써 눈이 되었고, 눈은 그들을 눈이 되게 한다.

가장 순간적이며 가장 절실하게 변화시킨다. 나는 그렇게 해야 한다. 그렇게 눈이 되어 나려야 한다. 나려 눈으로 하나 되게….

1987. 1. 20.

비어 있는 가슴을 채우려고, 허우적이며 노니다가 집에 돌아와 방문을 열면, 조용히 잠들어 있는 두 아이와 지친 몸으로 누워 있는 아내의 얼굴을 본다.

나는 무어라 말할 수 없는 죄책감에 빠져 나 자신이 그렇게 혐오스러울 수가 없다.

"하나님. 용서하십시오."라고 하고 싶어도 입이 부끄러워 입술이 떨어지질 않고….

쉽사리 불을 끄고 자지 못하고 사죄하는 기분으로 앉아 있다가 인혜의 기침 소리, 콜록, 콜록 들으며 나는 또 한번 내 가슴이 좁혀지며, 눈물이 고인다.

아! 나는 왜 연약하여 비겁해지고 있는가?

어찌하여 나는 내 소중함을 깨닫지 못하고 스스로 버리는 행동을 하고 있는가?

아내는 원망하듯 나를 용서하지만 하나님은 나를 용서하실까?

내 늦은 밤의 귀가를 동현이 인혜, 그리고 아내에게 미안한 마음으로 용서를 빈다.

그리고, 항상 나의 길을 지켜주시는 하나님께 또한 용서를….

1987. 11. 28.

전람회 마지막 날 저녁, 그림 내릴 준비를 하고 있었다. 그런데 어디선가, "아빠"하고 부르는 소리가 들리는 듯했다. 난 다른 아이의 소리이거니 하면서 문쪽으로 고개를 돌려 보니 밖에서 아이가 어른거렸고, 다가서보니 동현이었다. 녀석은 나를 보며 밖에서 기웃거리며 "아빠"하고 불러댔다.

밖은 추웠다. 녀석은 목도리를 하고 오버를 입고 있었다. 문을 열고 나가보니, 혼자였다. "엄마는?"하고 물었다.

"나 혼자 왔다."

"뭐라고!"

녀석은 정말 혼자 왔었다. 아니, 집에서 여기까지 어디라고 혼자 왔단 말인가. 정말 기가 막혔다. 그리고 그것을 확인한 순간 왜 이렇게 가슴이 벅찬지 몰랐다. 그리고 녀석이 얼마나 커 보이는지 몰랐다. 그러나 또 한편, '큰일 날 일을 하는 구나.'하는 긴장이 있었다.

"집에 갈 수 있냐?" 하니 "나 혼자 갈 수 있다." 하고 대답했다. 웃고 말았다. 녀석을 데리고 한참 걸어가다, 제 엄마를 만났다. 도대체 어떻게 된 일이냐는 질문에 "아빠가 보고 싶어 그렇다며 혼자라도 가겠다고 해서 보냈다."했다.

이제 겨우 4살짜리인데 기가 막혔다. 그러나. 아! 녀석이 대견스러웠다. 그리고 자랑스러웠다. 그리고 한없이 가슴이 벅찬 순간이었다.

1988. 8. 23.

그림이 잘되지 않았다. 그것은 험준한 깊고 깊은 계곡이었으며 끝없는 사막이었고 끝없는 수평선이었다. 하지만 나는 속으로 이렇게 말했다.

"잘 그릴 것이다."

"정말 잘 그릴 것이다."

그러면서 속으로 울었다. 속으로 눈물을 흘렸다.

1989. 4. 25.

셧더가 내려지고 몇 개의 불빛만 남고 어스름해지면 가게의 모든 것은 휴식을 하는 듯하고 나는 그제서야 나의 자리로 돌아온다.

나의 먼 기대의 기억과 결국 지나와 버린 기대 뒤의 서글픔과 돌아가야지 하면서 이미 굳어진 것 같은 나의 일은 술 한 잔이면 또 지샐 수 있는 밤이 되고, 집에 돌아와서 천연스럽게 잠을 자는 송송한 아이들을 보면 가슴에 꽉 차있는 무언가의 행복을 느낀다.

1989. 6. 21.

동현이는 나를 딛고 올라선 또 하나의 계단이다. 언뜻 그런 생각이 들게한 것은 녀석의 언행에서 비롯되었다. 그러면서 나는 그런 녀석이 무척 자랑스럽다.

1989. 7. 17.

그리 기분이 좋지 않은 시작이었다. 가슴이 왜 이리 답답한지 열심히 장부 정리를 계속했다. FM에서 클래식 기타 소리가 청량하기도 하고 우수적이기도 하며 또한 낭만적이기도 하다.

그리고 또 한 곡이 계속된다.

<알함브라의 추억>이다. 내가 한창 그림이랍시고 거기에만 잠겨 있을 때 자주 들어서인지 추억처럼 들린다. 그러다 문득 당신이 떠올랐다. 당신의 그 어려운 생활이 어디서 오는 것일까? 그리고 당신은 왜 그렇게 서글픈 것인가? 우리는 모두가 왜 그리 다급하고 격정적으로 살아야 하는가? 모두가 내 자신이 아닌 것을….

나 자신이 아닌 또 다른 자에게 나와 같은 심정으로 기대하고 바란다는 것은 너무나 무리한 요구가 아니겠는가? 우리는 너무나도 이기적이고 현실적 욕구에 놓여져 있기 때문이다.

그것은 현실적 욕구가 이기적인 것을 불러일으키고 그 이기적인 것이 다급하고 격정적인 삶으로 이끌어 내는 것이 아닐까? 때론 우리의 요구가 그런 점이 아니라, 진실을 요구할 때도 있겠지. 나 자신이 아니라, 우리 모두의 진실된 삶을 위해서 말이다.

당신! 정말 생일을 축하하고 또한 당신의 행복한 삶을 채워주지 못해 미안해. 그리고 나는 또 나 자신을 한번 생각해본다. 생각의 끝이 이렇다. 그림을 그리고 싶다. 자연 속의 모든 것과 우리집의 풍경과 동현, 인혜, 당신, 내가 기억하는 모든 사람들, 나의 서글픔, 낭만, 모두를 그리고 싶다. 위하여 살고 싶다. 나의 이기와 감정은 모두 벗어 던지고 말이다.

1989. 10. 1.

　전날은 동현이의 운동회였다. 우리들의 옛날 운동회 쯤으로 생각했으나, 실내체육관에서 한다는 소리에 더욱 가볼 마음이 없었다. 제 어미가 한다는 소리가, 아빠들이 나와서 같이 하는 프로그램에는 "치, 아빠가 없어서 나는 혼자 놀아야겠네." 녀석은 화를 내면서 그러더란다.

　낯모르는 사람끼리 모여 뛰고 놀고 하는 것이 난 싫었다.

　내 성격 탓도 있거니와. 떠들며 뛰고 노는 것은 내 취미가 아니었다. 그래서 가기 싫었던 것이어서 동현이에게, 인혜에게 얼마나 미안했는지 모르겠다. 그 미안함은 늦은 시각에 들어와서 녀석들의 자는 모습을 보며, 새벽에 일어나서 녀석들이 일어나기 전에 가려다 녀석들 일어나는 터에 모습을 봄으로 더욱 그랬다.

　국내에서는 처음으로 중공 영화가 들어왔다. "紅高粱" - 붉은 수수밭. 마치 오랜 갈증에 비와 같은 청량함. 아침 이슬의 물방울처럼 신선함과 순수함. 막, 목욕을 끝내고 촉촉한 머리에 보오얀 얼굴의 소녀 같은, - 아! 넓디 넓은 그 황량한 들판에 불어오는 바람이 야생 붉은 수수밭을 지나면서 물결을 만들어내는 그 소리, 소리들, 바람, 물결 소리들 그건 소돔과 고모라 같은 이 세상에 의인 같은 영화였다.

전날에 늦은 시각이 된 것은 이 영화 때문이었다. 나는 녀석들에게 혼자 떠나는 것이, 그리고 연휴가 되어 제 어미와 녀석들은 부산으로 또 나와는 달리 떠나는 것이 너무 미안해서 녀석을 불렀다.

"동현아! 이것 가지고 너 맛있는 것 사 먹어라. 아빠가 너 어제 운동회 때 못 가서 미안해서 그래." 나는 돈을 천 원 주면서 그랬다. "뭘 사 먹어, 그냥 저금해야지." "아니야, 그래도 너 뭐 사 먹어. 인혜도 같이 사먹어." 인혜는 나를 물끄러미 보며 고개만 끄덕였다. 그리고 세수를 황급히 하고 돌아오니 제 어미가 부엌에서 손짓을 하며 와보라는 것이다.

동현이가요. 참- 하면서 갑자기 눈물을 흘리며 훌쩍거렸다. 나는 놀래서 멍하니 아내의 얼굴만 쳐다보았다. 아내의 울음은 이러했다. 부엌에 있는데 방안에서 동현이가 울더란다. 그래서 들어가서 왜 우느냐고 하니, 아빠가 돈을 주니 너무 고마와서 울더란다. 그리고 "아빠가 돈을 주면, 아빠는 돈을 잘 못 버는데 아빠가 쓸 돈이 없지 않느냐."는 것이었다. 그 말에 아내는 너무 감격스럽고 대견해서 그만 울음이 나오더라는 것이었다.

그 말을 듣고 나는 웃으면서 동현이의 얼굴을 보았다. 녀석은 돈을 손에 쥐고 T.V만 보고 있었다. 그리고 나는 가슴속에 무언가 가득 차 있음을 느끼며 녀석이 돌아오면 장난감을 하나 사 주기로 약속하며 떠나온 것이다.

1989. 10. 25.

　동현아! 내 나이 사십이 넘은 늦가을 어느 날 술을 한 잔 마시고 늦게 집에 돌아와 알았다. 그건 벌써 아는 일이었지만 비로소 느끼기 시작했다.

　내가 몹시 피곤하여 누워 있을 때나, 작업실도 없는 구석진 방에 외롭게 작업을 할 때면, 으레껏 못마땅해하며 나무라시는 너의 할머니를 얼마나 원망했는지　화가 나서 밖을 나가버리는 나 자신에 대해서 이제야 느끼기 시작했다는 것이다.

　"생존"

　그렇다. 할머니는 생존의 시대를 살아온 것이 전부였다. 그 어렵던 보릿고개를 지나 6.25의 격랑을 겪었고 전쟁의 폐허 속에서 우린 부둣가에서 곡식을 하역하고 그 댓가로 얼마간의 곡식을 얻어 끼니를 채웠다. 어떤 때에는 구세군 교회의 강냉이(옥수수) 죽을 배급받아 그것으로 점심을 했고 그것이 없는 날은 막걸리 양조장에서 술을 짜내고 남은 술찌꺼기(우린 이걸 '술찌개이'라고 불렀다)를 가져다 배를 채우며 술에 취해 잠이 든 적이 한 두 번이 아니었고 네가 태어나기 전 돌아가신 너의 할아버지가 나 어릴 적 멀리 일 나가시면 우린 세 끼니를 시래

기죽으로 살아야 했던, 그 생존의 시대를 살아오신 분이셨다. 오직 그분에겐 흡족히 먹는 배부름, 그리고 배부름 뒤에 또 먹을 것이 쌓여있는 여유가, 그것이 희망이요 소망인 분에게 그림이 무엇이며 예술이 무엇이었겠느냐.

아! 나는 너무나 모르고 있었다. 이런 내가 어찌 본질을 알아 그림을 그릴 수 있겠는가? 나는 나만 생각했다. 아! 이것 또한 비껴서지 못한 내 어리석음이며 졸렬함이었다.

1990. 4. 28.

옷을 파는 일보다 새로 화실을 마련했을 때처럼 꾸미는 일에 바빴다. [1]

오늘도 바빴고 어제도 바빴다. 아마 내일도 바쁠 것 같다. 그리고 이제 일에 지쳤다. 그림은 내게 무엇인지 모르겠다. 이젤은 많다. 대형 이젤, 삼각 이젤, 야외 이젤….

그런데 야외 이젤을 하나 더 샀다. 이걸 산다는 것은 경제적으로는 낭비이다. 그러나 그건 내게 중요한 의미를 준다. 그림을 그려야겠다는 나의 의지이다. 그럴 수 있는 준비는 대충 해놓았다. 이젠 내 마음을 갖추는 일만 남았다.

---

1. 옷가게(코오롱맨스타) 창고 설치하존 일

*외로워야지. 철저하게 외로워야지. 누구에게도 강요와 기대
는 하지 말자. 그건 구걸이다. 다 떨쳐버리자. 내 자유를 위하
여. 내 자유에 다가서는 것만 사랑하자. 내 자유에 혼돈이 되
는 것은, 나의 적이다.*

1990. 여름

입술이 터졌다. 내 몸과 내 마음의 피곤함이 터졌다. 15년 가
까이 세 들어 살던 사람들이 이사를 갔다. 집에 들어서면 마
치 들녘으로 일 나간 후의 시골 농가의 마당같다. 쓸쓸하다.
그래서 오히려 좋다.

잡설雜說로 즐거움을 찾던 것보다 이것이 얼마나 좋은지 모
르겠다. 작업실이 없어진 지 3년쯤 되었다. 짐들을 비운 빈방
과 부엌에 가득 채워두고 몸 뒤돌릴 틈도 없는 방안에서 조
금씩 조금씩 그려왔다. 나를 잃지 않고 나를 찾고 내가 외로
울 때 뛰어들 수 있는 나의 끈을 유지하기 위해서 말이다.

새로 비워진 빈 방에는 서너평 남짓한 홀이 딸려있었다. 이제
는 거기가 내 작업실이다. 새로 마련하기 전까지는.

3일 동안 혼자서 짐을 풀었다. 우선 작업될 수 있는 것들
만….

자고나니 입술이 터졌다. 짐을 풀면서 놀랬다. 캔버스를 하

나씩 하나씩 꺼내자 그것들은 바로 나를 비추는 거울이었다. 난 비로소 내 모습을 정확히 보게 되었다. 다듬어지고 경직된 내 모습이었다.

그동안 나는 내 풋풋함을, 끈적이는 감정, 자유롭던 움직임 그 모든 것들을 잃고 있었다. 화면에서 익는 색채가 아니라 익은 색이 놓여졌고, 알몸의 그 뜨거움이 어우러진 물감이 아니라 잘 입혀진 몸뚱어리들이 그렇게 따로따로 있었다.

이젠 찾아야겠다. 내 잃어버린 것들을 조금씩, 하나씩 찾아내어 내 가슴 깊숙히 묻어 둘 것이다. 내 가슴 속의 어떤 상념의 찌꺼기들을 떨쳐버리고 새롭게 솟은 가슴을 준비 할 것이다.

1990. 9. 9.

안주를 하려고 소주와 같이 사온 우유 하나를 인혜 녀석에게 빼앗겼다. 아무런 해명도 못해보고 빼앗겼다.

"아빠! 또 술 먹을라고 술 사 왔나! 자꾸 술 먹으면은 안된 대이." 하더니 "여기 봉지 속에는 뭐 있노?" 하면서 "히야! 아빠! 이거 인혜 먹으라고 사 왔나." 그러더니 빨대를 꽂아서 그냥 빨아 당기기 시작했다.

난 그냥 아무런 말도 못하고 씨익 웃기만 했고 그 다음은 녀석에게 빼앗긴 안주가 줄어드는 것을 쳐다보며 섭섭한 마음이었다.

안된다는 그림을 그래도 그리고 싶다. 그림이 안된다고 한 것은 벌써 10년도 더 되었다. 안될 수 밖에 없는 것은 열심하지 못했기 때문이다. 마음이 정리가 되지 않으니 더욱 그렇다. 불만과 서글픔, 회의와 후회, 생활의 근심, 이 모든 것을 가슴 가득히 안고서 이젤 앞에 앉으니 캔버스는 깜깜함뿐이다.

한 잔 마시고 그려보자. 한 잔 더 마시고 또 그려보자. 또 한 잔하고 노래 불러보자.

박 선생님,

보내주신 서신 잘 받았습니다.

첫눈 내리던 날 받은 서신이라 더 반갑고 유쾌했던가 봅니다. 눈 때문에 사람들은 더 감상적이 되었고, 끊겼던 소식도 이어지고 황폐해져 삭막하던 가슴도 조금은 습기를 느낄 수 있었던 것 같습니다.

눈 내리던 거리를 내려다 보면서 문득 바다를 보고 싶다는 생각을 했었습니다. 동해의 푸르른 바다를 말입니다.

잠시 시간을 내서 가볼 수 있는 바다를 지척에 두고 있는 곳에 살면서도, 늘 처는 멀리 있는 포항 바다를, 그리고 동해를 그리워하곤 합니다. 추억 때문일까요?

추억의 무게가 너무 무거워 애써 망각하며 살아온 제 자신이 요즈음은 더 절실하게 추억을 상기시키려 애쓰고 있답니다. 그래서 얼마전에 포항엘 내려갔던 것인지도 모르겠습니다. 그러나 돌아오던 차 속에서 깨달은 것은 아무것도 변한 것은 없는데 단지 게 자신만이 너무나 엄청나게 변모했음을 깨달았고 그래서 참 쓸쓸했습니다.

해마다 11월이면 고질병처럼 계절을 앓곤 했는데 올해도 예외는 아니었던지 지독한 열병을 치루기도 했습니다. 결코 감상도 아니었으며 게 자신과의 끝없는 투쟁이었으며 앞으로의 생의 전환이라는 점에서 무척 힘이 들었다고나 할까요.

요즈음. 바쁘게 살아가는 생활 속에서 여유는 상실되어가고 있으며 존재 가치에도 끊임없이 흔들리고 있어 나름대로는 무척 힘든 나날을 보내고 있는 중입니다.

끊임없이 고집하는 무모한 아집. 오기 오만함… 이런 것들도 이젠 한계에 이르러 툴툴 털고 새로 시작하기에는 너무 늦은 것 같고 또 자신도 없습니다.

이 연속되는 모순적 상황 속에서 버텨내기는 커녕 전 지금 너무 지쳤고 자신감마저 상실되어 사면초과. 오리무중입니다. 그래서 요즈음은 매일 '동면'이라는 단어를 생각하고 있습니다. 길고 긴 겨울잠을 자고 난 뒤의 봄의 시작처럼 다시 소생하고 싶다고나 할까요.

의식은 점차 무디어가고 논리는 그 명확성을 잃은 지 오래며 안일함에 빠져 허우적거리는 게 자신이 너무 싫어서 매일매일 스스로를 괴롭히는 일에 몰두하고 있습니다. 잠도 줄이고 먹는 일도 줄이고 사람과의 관계도 애써 끊으면서 그냥 무미건조한 채로 방치해두는 일이죠.

이제는 그것도 익숙해져서 점차 이골이 나는가 싶어서 또 다른 방법을 모색 중입니다. 사는 일이 게게 있어선 철저히 도박 같다는 생각을 떨쳐버릴 수가 없습니다.

매일매일 생존을 위해 행상하는 사람들에 비견한다면 물론 사치스러운 망상일런지도 모르겠으나 오히려 그들이 더 행복해보이고 부러운 때가 많습니다. 소유의 많고 적음이 중요한 것은 결코 아니니까요.

박 선생님께서는 하고 싶은 그림이 있으니까 분명한 것은 저보다 한 가지는 행복하다는 것입니다. 상황이 어렵고 힘들고 고달프다고 그림을 못 그린다는 것은 어쩌면 비겁한 자기 자신의 합리화인지도 모릅니다. 누구보다도 열심히 사시는 분이니까 자신의 추구하는 일도 결국 해내리라고 감히 단언해 봅니다.

우리들 모두가 느끼는 외로움은 어쩌면 어떤 누구도 충족시켜 주지는 못한 것입니다. 왜냐하면 그것은 자기 자신과의 투쟁이며 근원적인 문제이기에 더욱 더 그렇겠지요. 누군가 옆에 있다고 해서 외로움이 덜해지는 것은 결코 아니니까요. 오히려 더 벽을 느낄 때가 있습니다.

저는 요새 저 자신을 고의적으로 더 외롭게 하기 위하여 애쓰고 있는지 모르겠습니다. 진정한 자유의 날개를 달기 위해서 외로움이라는 고통을 철저히 즐기고 있는 중입니다. 그리고 새로운 깨어남을 위해서 동면을 준비하고 있는지도 모르겠습니다. 잘 될런지는 의문이지만요.

박 선생님. 얼마 지나지 않아서 시간적 여유가 생길지도 모르겠습니다. 조만간요. 그때 한자리에 앉아 회포를 푸는 것이 어떨까요? 유쾌한 마음으로 말입니다.

"구룡포"의 생새우 맛을 기억하면서 말입니다. 건강하세요.

1990. 12. 2. 朴仙英 드림

1991. 가을

가을인가 보다. 이렇게 가슴이 쓰리도록 허전하고, 알지 못하는 서글픔이 눈물겹게 몰려오는 것이…. 하나씩 떨어진 낙엽들이 가슴에 쌓였는가? 제법 쌀쌀해진 공기의 기운이 바람으로 다가와 가슴에 가득 찼는가?

풍경의 저 아득함이, 안개 저 너머 거리의 아득함이, 지난 날들의 그 기억들이 나를 그곳에 있게 하여 한 개비 피워 물은 담배 연기 속으로 밀려드는 그 아련함이 지금 내 가슴으로 펼쳐져 온 가슴에 그리움으로 가슴에 와 앉아 있는가? 내 어리석음 탓인가? *일상이 나를 묶는 게 아니라, 내가 일상에 놓여 있는 내 어리석음 탓인가?*

이렇게 가슴이 쓰리도록 허하고 알지 못할 서글픔이 눈물겹게 몰려오는 것이 말이다.

아! 그렇다. 낙엽이 되어 다 떨어졌다고 아무것도 없는 것은 아니지 않는가?

박 선생님,

어쩨는 너무 혼란스럽고 마음이 복잡해서 약속도 팽개치고 술을 한잔 마셨습니다. 그동안 꼭꼭 닫아둔 말문을 열면서 되먹지도 않는 넋두리를 주절주절 엮으면서 말입니다. 옆에 앉은 친구 녀석은 그런 내가 재미있다고 눈물까지 찔끔거리며 웃어댔습니다. 우리 사는 꼴이 이렇듯 희극적이며 그래서 몹시 비극적이 아닐까요.

요즈음은 뭐가 이성인지 뭐가 내 감성인지조차 모른 채로 그저 덤덤한 듯 무감각하게 살고 있는 중입니다. 더러는 본능에 가까운 원색으로 또 더러는 죽음처럼 무겁고 어두운 색으로 그야말로 변화무쌍한 삶의 연속입니다.

두려움이나 호기심에 조차 권태를 느끼며 흔들렸던 것은 지금이 아닙니다. 옛날이나 지금이나 달라진 것은 아무엇도 없습니다. 제각기의 시각이 상황에 따라 달라질 뿐이죠.

어쩌면 난 흔들림이 아니라 뿌리째 무너지고 있는지도 모르겠습니다. 거목일수록 그 뿌리도 깊으나 한 번 뿌리째 뽑히고 말면 다시 제자리에 서기는 어려운 일이겠죠. 그래서 나는 들에 아무렇게나 자라고 피는 들풀처럼 들꽃처럼 살고 싶은지도 모르겠습니다.

질긴 생명력, 화려하지 않은 은은한 색깔, 변함없는 항상성. 꿈에 불과할까요?

박 선생님은 힘들고 고통스럽지만 집착할 수 있는 그림이 있잖아요. 더 뭘 바라나요. 자신이 사랑하는 것에 의해 절망하고 아파하는 것, 가치롭고 아름다운 일 아닐까요?

사람들에게는 각자 제 몫의 삶과 색깔이 있을 거라 생각합니다. 힘들면 힘든 몫만큼, 편안하면 편안한 몫만큼, 각자 주어진 몫으로 그냥 살아가는 거죠. 뭐.

저는 매일매일을 절망하며 살 때가 많지만 삶이 힘들어서 절망하진 않습니다. 제겐 집착할 수 있는 꿈이, 가치가 없기 때문에 슬픈 일이죠.

구태여 감성이니 이성이니 하는 따위의 어휘에 구속당하지 말며 그냥 본능대로 사는 거죠. 뭐. 그림도 그런 것 아닐까요? 그러다 보면 언젠가 '이것이구나.' 하고 가슴으로

와닿는 날이 올테죠. 바로 그것이 고통과 절망의 시간들
에 대한 보상이며 기쁨 아니겠습니까?

　만약 죽는 날까지 가슴으로 느껴지는 그 어떤 것도 없
다면 그건 '불행'이라는 것이겠죠. 모르겠습니다. 저도 뭐
가 뭔지 모르니까 그냥 살아갈 뿐입니다.

　중독된 밥이 싫증나지 않는 날까지 열심히 살아가는
수밖에 없겠죠. 행여 제 무례한 언어들에 마음 상하셨
다면 그저 흘러가는 강물처럼 흘려 보내 버리세요. 힘내
며 사세요

1991. 9. 朴仙英 드림

1991. 9. 10.

　지금 여섯 살의 인혜는 내 생활의 청량제이다. 지금 여덟 살
의 동현이는 내 생활의 자존심이다. 그리고 아내는, 내 어리석
음을 대신하는 내 생활의 순교자이다. 어리석은 나는 헤어나
올 수 없는 깊은 물속으로 춤추며 들어간다. 그 늪에서 갉아
먹는 내 시간은 달콤하게 향유하는 내 음식이다. 그 늪에서
그러한 내 허약함을 즐긴다. 내가 지불한 나의 시간으로 말이
다. 그렇게 나는 신에게 허락받은 그 시간을 탕진하고 있다.

　돌아온 탕아! 그래서 내게도 잔칫상을 마련해 주실까? 그렇

다! 잔칫상은 돌아올 수 있는 자에게는 항상 준비되어 있는 것이다. 이제 버려야 한다. 내 어리석음을, 내 허약함을 버려야한다. 내 어리석은 그림을, 내 허약한 그림을 버려야 한다.

선생님,

오랫만에 편지 드릴 생각이 났어요. 편안하신지요.

3월 이래로 생활에 변화가 많았고 해야할 일이 제대로 정리가 되고보니 오히려 머리가 벗벗? 해지는군요. 일전에 이경형이 출장차 다녀갔었는데 어떻게 보았는지 모르겠어요. 저는 유행의 도시 PARIS에 살면서도 여전히 "포항사람" 티가 나게 버티고 있거든요.

아는 사람이 『월간미술』 8월호를 보내줬는데 선생님의

오지호 선생 주변 얘기가 많이 나왔군요.

저는 요즘의 선생님 작품이 보고싶어요. 저희들은 여기에서 이 넘쳐나는 엄청난 '자유'로부터 구속당하고 있으며 선생님의 그림은, 그 반대잖아요. 그 열악한 구속으로부터의 자유. 그림을 꾸준히 그리는 일이 중요한 것 같아요.

비행기 삯이 왕창 내렸는데, 언제 한번 고흐가 미친듯이 그림을 그렸던 마을을 보려오세요.

1991. 9. 29 paris, le 홍태희 드림

91. 9.

산소엘 다녀왔다.

교외에 들어서면 아! 싱싱한 공기와 눈앞의 그 여유들, 이제는 차 한 잔을 마시며 기억을 사랑하고픈 이 계절에 야산과 들녘은 우리의 가슴에 푸근한 잔듸를 깔아 놓는다.

그리고 우리의 시야를 넓게 한다. 인사를 끝내고 소주를 한 잔 마신 후의 기분이 산중턱을 흐르는 공기와 같다.

돌아가는 시간이 싫다. 우리의 시야를 좁게 하는 그 도시 속으로 잠겨버리는 내가 싫다. 그래서 현실에 멎어버리는 내 눈이 불쌍하다.

1991. 10. 19.

엄씨는 혼자 떠났다. 운구를 챙겨들고 그렇게 떠났다. 내가 같이 동행하기를 바랬지만 그렇게 혼자 떠났다. 그의 가슴에는 강물이 있고 그래서 자유롭게 흘러가고 싶은 바램이 있고 계곡이 있고 그래서 계곡 사이로 불어 내리는 신선한 바람이 있고 길 옆에 피어나는 꽃들이 있고 그래서 엷고 순수함이 있고 그래서 그는 그러한 것을 갖고 싶어하고 그래서 그는 그렇게 혼자 떠났다.

가을인가 보다. 낙엽이 보이지 않아도 서글퍼지는 이유가…. 벌써 돌아갈 수 없는 저 강 너머가 보이는가? 만져 볼 수 없는 그리움의 향기가 추억처럼 떠오르는가?

엄씨야! 그래서 혼자 그렇게 떠났느냐? 그래서 나도 이 화실에서 혼자 떠나고 있다.

선영에게,

아버님이 돌아가셨다니 심기가 불편하겠구나. 언제나 도움되지 못한 내가 미안할 뿐이다. 살아갈수록 세상이 점점 좁아진다. 그것 또한 내 어리석은 탓이다.

그리하여 알 수 없는 서글픔이 눈물겹도록 가슴에 밀려와도 내가 할 수 있는 일은 소주 한 잔에 자전거에 몸을 싣고 흥얼거리며 밤공기를 마시는 일이다.

나이탓인가? 나이에 눌려 쪼그라진 내 가슴 탓인가? 그래도 즐거움이 있다. 잠에서 일어나 두어 뼘 되는 창을 열면, 이 도시의 주거지에도 나팔꽃이, 호박꽃이. 그리고 잡풀들이 아침햇살에 어우러져 있는 공터가 있어서, 딸아이의 목소리가. 아들녀석의 몸기운이 있어서 가끔은 나를 기억하는 사람들이 던져주는 편지가 있어서 그래서 이 서글픔을 견딜 수 있다.

전람회는 별 의미가 없다. 시간내어 한번 와서 보라. 내 어리석음도 같이 말이다.

1991. 11. 박수철

충복!

어떻게 지내는지 궁금도 하여 몇 번이나 편지를 쓰겠다고 생각만 하다가 오늘에야 안부를 전하네. 나이 탓인가? 아니면 나이에 눌려버린 내 생활 탓인가? 늘어나는 것은 짜증과 무기력뿐일세. ○○이 말처럼, 어릴 때의 꿈을 가장 오래 간직할 수 있는 사람이 행복한 사람이라고 했는데, 그렇지 못해서일까?

그림은 몇 달째 방황만 한다. 그림이 자유롭지가 못하다. 내 사는 모습이 무기력하니 그럴 수밖에 없겠지. 이럴 때일수록 자네 모습이 무척이나 그립다네. 자네와 같이 화구를 들고 나선 것이 언제였던가? 포장마차에서 한잔을 마셨다. 소리도 질렀지. 그리고 그런 다음의 내가 처량하다.

내 그림만큼이나 내가 싫다. 자네 소식을 들었지. 인생이 생, 로, 병, 사가 아니라 생, 병, 사인가? 자네 가슴에 고인 피눈물이 내 눈 속에도 몇 방울이 고였는가? 아무 말도 할 수가 없네. 그냥 가슴에 묻어두자. 어디 가슴에 묻고 살아야 할 일이 그것뿐이겠느냐? 무녀져 내리는 가슴을 쓸어안아야 할 일이 그것뿐이겠느냐?

한잔 마시고 꿈속에서 만나야지, 만나서 노래해야지. 춤추며 지내야지. 이 각박한 세상이 아니라, 자유로운 세상에서 지내야지. 하지만 현실이 길어져 자네의 꿈마저 잃어버린다면 그건. 정말 절망이네. 그림을 그렸으면 좋겠다. 그림을 그려야 돼. 자네는, 아내 명주에게 힘을 주고 내 안부 또한 전해주게. 조만간 만날 수 있기를 바라네. 잘있게.

1992. 7. 박수철

1992. 8. 25.

오랜 후의 우리가, 지금의 우리를 기억할 때 사랑하고 용서하고 싶었던 자리가 없어서 내 어리석음에 망치질하며 가슴우는 그 아픔으로 또 한 세월을 지낼 것이라.

내 머리를 앞세우며 지난 날들에 내 가슴을 앞세우지 못함을 후회하리라. 내 작은 꿈이 욕심으로 무너져 내린 것에 깎아서 더 작은 소망으로 세우지 못함을 후회하리라. 그렇게 살다가 지쳐 버린 내가, 세상은 그렇게 사는 것이 아니라고 또 또 누구에게 말할까? 환한 웃음으로 거리는 지나는 사람들의 모습이 아침 이슬 마냥 싱그럽다.

1993. 7. 15.

하루도 빠짐없이 먹던 술에 간이 취했나 보다. 병원에서 주는 알약에 덜미 잡혀 꼼짝없이 보름을 보냈다. 장맛비가 계속되고, 여름인가? 그리고 일 년이 지났는가?

상념의 굴레 속에서 그렇게 흘려보낸 후 내가 안 것은 모든 것이 내 것인게 없다는 것이다. 아내도, 아들, 딸도 내 것이 아니다. 그리고 나 마저도 내 것이 아니다. 단지, 잠시 머물러 있을 뿐이다. 그러므로 내가 소유하려 하지 말아야 된다.

길을 걸으며, 자전거를 타고 가며 언제나. 모든 것이 내 것이 아니다. 내 것이 아니다. 아니다. 라고 되뇌인다.

그리고 가끔씩 내 가슴에 남아 있는 그 분노와 허무와 연민의 어리석은 감정의 찌꺼기가 빠져나올 때마다 머리 앓이를 뜨겁게 한다. 그런 후의 기분은 참으로 상쾌하다.

1993. 7. 18.

바람 불던 날. 송도의 그 작은 모래 언덕이 생각난다. 파도가 일고 바람이 그 바다 내음을 몰고 내 얼굴을 쓰다듬고 머리카락 위로 사라지는 그 한나절을 그렇게 무릎 세워 앉아 바다만 바라보고 있었던, 그 작은 모래 언덕이 생각난다.

지금은 흔적도 없이 변해 버렸지만 오늘 나는 하루종일 그 언덕에 앉아 있었다. 하모니카와 하프 연주의 <브리티쉬> 포크송을 들으면서 삶이란 수많은 모래알 속의 하나의 모래로 반짝이며 살면 되는 것을 왜 저혼자 바위가 되려 하는지….

1993. 7. 27.

내 아들아, 딸아, 내 있는 곳에서 음악 한줄기가 내 마음에 흘러들어와 일렁이면, 나는 때때로 내 사랑하고 싶었던 것에 열정적이지 못했던 그 기억과 내 꿈이 조금씩 조각나버린 그 편린들이 나를 한없이 그 깊고 깊은 서글픔 속으로 침잠시키며 끝없는 아득함으로 몰고 간다.

이럴 때의 지금은 너희가 있어도, 내 아내가 있어도, 들녘 사이로 떠도는 바람이며 여름날이 지나간 바닷가 모래 흔적 위를 스치는 바람이며 겨울 나그네의 옷자락을 휘감고 지나는 바람이며….

1993. 9. 17.

두 녀석들만 있을 때의 방안은 온통 수라장이다. 야단을 맞고 나도 늘상 그렇다. 화난 내 얼굴을 쳐다보는 동현이의 눈은 두려움에 젖어 있고 인혜는 멋쩍은 표정이다. 그런 녀석들을 보는 나는 갑자기 서글퍼진다. 녀석들에겐 그 작은 방 하나가 유일한 놀이터이다. 내다보이는 바다와 들녘이 없으며, 개울을 쫓아가는 물소리가, 나뭇잎을 스치는 바람 소리가 없다. 다만 회색의 벽과 그 벽 속에서 술 취한 사람의 노랫가락 소리가 있고, 검은 아스팔트와 그 위를 진동하며 지나는 자동차의 굉음, 방안의 T.V, 거리의 비디오 포스터….

학교 숙제와 집에서 해야 할 과제물을 하나도 해놓지 않았다. 몇 마디 언성이 높아졌고, 녀석들은 엉덩이를 맞았다. 내 손에서 막대 자루가 내려지는 순간 나는 심한 통증이 왔다. 그리고 내 손이 부끄러워 견딜 수가 없었다. 그것은 지금의 내가. 녀석들에게 그렇게 할 수 있는 자격이 있는가?

내 스스로가 내 생활의 무력감에 젖어버린 그 응어리를 녀석들에게 풀어낸 것은 아닐까? 하는 생각 때문에 죄책감에 사로잡혔었다. 어느새 나는 담배를 하나 물고 길게 연기를 내뿜고 있었다.

1994. 1. 23.

얼어붙은 땅 위로, 칼날 같은 바람이 휘몰아치고 돌아다니던 이 도시의 어둠 속에서 내 가슴은 찢어진 걸레처럼 찢기어져 얼어붙은 채 겨울 나그네처럼 이리저리 헤매이었고. 내 영혼은 황량한 무덤가에 서성거렸던 죽음보다 더 깊은 그 고통의 늪에서 허우적거렸던 그 긴긴 겨울이 지나고 또 지나고 말았는데 어찌하여 나는 아직도 이 길고 긴 방황으로 헤매이는가? 이제껏 살아온 내 생에서 이토록 내 영혼이, 내가슴이, 절규해버린 적이 있었던가?

아! 내 삶이여. 내 꿈이여,

어찌하여 내가. 자유하지 못하여 안주할 곳이 없는가?

내 어리석음으로 인해 내 삶과 꿈은 도적질 당했고 결국 내가 유린당하여 나를 잃어버렸고 이제 조각난 내 꿈의 흔적이 있을 뿐 이 조각난 내 꿈의 흔적이 모여 내가 될 수 있는 그날을 위하여 오늘도 방황하는가?

1994. 2.

우리가 느낀 것과 우리가 안 것은 허상이었다. 그 속에서 우린 모든 것을 가진 것인 양 모든 뜻을 이룬 것처럼 너와 내가 한데 섞인 풍선 속에 놓여져 부유하는 허상이었다.

내가 드러나고 너가 보이고, 너가 드러나고 내가 보이며, 터뜨려진 풍선 속에 너가 떨어지고, 내가 떨어지면서 우리가 느낀 것과 우리가 안 것은 허상의 실체였다.

그 속에서 우린 서로의 실체를 들고 다니며 여기 놓았다가 저기 버리고, 또 다른 허상을 찾아 나선다. 그러나 우리가 처음 느낀 것이 처음 안 것이 또한 우리의 실체이기도 하다.

우리가, 처음 느낀 것처럼. 처음 안 것처럼 다시 그런 심성으로 돌아갈 수만 있다면, 그리하여 영원히 그렇게 지니고 살 수만 있다면….

1994. 9. 1.

모두 나가고 없는 빈 마당에는, 들녘의 바람처럼, 산마루의 바람처럼 바람은 불어 드는데. 햇살은 여름날의 정오마냥 따갑다. 바람에 일렁이는 것들과 여기 저기, 이리 저리 놓여있는 모든 것들이 햇살과 그림자와 더불어 꿈 속의 정경처럼 보인다.

아직은 빨랫줄에 일렁이는 엄마의 옷자락이 있어서 다행이지만 그 빨랫줄에 바람만 스쳐 지나간다면 내 가슴 속의 쓸쓸함이 얼마나 더하랴. 보이다가 안 보여도 쓸쓸한 것을. 있다가 없으면 무너지는 가슴을 안고 얼마나 더 우랴. 삶이 그러한 것을, 이제야 어렴풋이 알고나니 내 어리석음이 얼마나 철이 없었던가. 내 삶이 얼마나 궁핍했었던가?

바람과 햇살을 보라. 아무것도 없는 체하여도 풍요롭고 아무것도 아닌 체하여도 얼마나 자유로운가. 내 삶에서 내가 진정으로 가질 것이 무엇인가? 그것은 바람과 햇살 같은 존재들, 다 내 곁에 있는…. 가질 수 있다는 것은, 단지 볼 수 있다는 것뿐. 바람과 햇살과 이 정경을 볼 수 있다는 오늘, 이 오후를 나는 사랑한다 그리고 행복하다.

1994. 10. 19.

며칠 전부터 가을 햇살을 탐닉하고 있다.

감나무 잎과 잘 익은 감에, 당국화의 꽃과 몇 그루의 나뭇잎에, 이리서리 놓여 있는 마당에 이 시월의 공기와 햇살은 너무나 풍요롭게 가득해 있다.

이 가을의 공기는 막 목욕을 끝낸 소녀의 싱그러운 내음같고 햇살은 보오얀 살결과도 흡사하다. 아직은 펼쳐지지 않은 새 공책 같으며 펼치기 이전의 그 모든 것 같았다. 아마도 세상이 처음 열렸다면, 이 가을부터였으리라.

현아.

네가 가고 난 후 지금의 나는, 빛바래진 흑백 사진 속의 한 순간처럼 정지된 채, 마치 전날 밤의 잠 속에서 일어났던 현실같은 일들이 그것이 꿈속의 일이었음에 허한 마음처럼 지금의 내 시야에 보이는 우리 집의 일상의 모습을 마주하며 우리가 사진을 찍던 그 평상 위에 멍하니 걸터 앉았다.

지금 내 눈 앞에는 너가 와있던 그 몇날들의 일들이 정말, 마치 어젯밤의 꿈 속의 일마냥 자꾸만 아른거린다.

지금의 내가 가슴 아픈 것은 너와 우리가 너무나 오랫만에 만났고 또 떠나보낸다는 그 이별 때문 만이 아니라, 그동안 형으로써 너에게 충분하지 못했고 떠나는 너에게 아무것도 해줄 수 없는 내가 너무나 서글퍼서이다.

너를 보내고 돌아온 네 형수는 아이들 방안에서 방바닥에 엎드려 울고만 있었다. 그 통곡 같은 눈물은, 이제껏 살아오면서의 모든 회한을, 형수라는 자리에서, 너를 통해서 잠시라도 행복함을 누릴수 있었던 것의 이별이며, 네게 아무것도 못해줄 수밖에 없는 우리의 삶이 억울해서 일 것이다.

네 형수의 눈물은 내 죄이다. 엄마 또한 품안에 들어온 자식을 떨쳐 보내는 그 허전함을 견디지 못해 방안에 누워 천정만 바라보고 계셨다.

그러나 어찌하랴. "회자정리"가 아닌가, 부부가 만났다가 떠나는 것이며, 부모와 자식이 만났다가, 떠나는 것이며. 형제로 만났다가 떠나는 것이며, 봄, 여름, 가을, 겨울이 만났다가 떠나는 것이며, 이 세월과 만났다가 떠나는 것이 아니겠느냐.

그러나 헤어졌다가 다시 만날 수 있다는 것은 얼마나 행복 한 일인가! 우리 다음 만남을 위하여 서로가 노력하자. 설사 또 이별이 있을지라도….

몸과 마음이 모두 건강하길 하나님께 기도하며

1994. 12.24. 형 수철
p.s LA에 있는 동생이 왔다가 떠나고…

1995. 2. 28.

04:00. 잠에서 깨어보니 이 시각이다. 갈증이 나서 물을 한 컵 마시고 와서 다시 자리에 누웠다. 잠이 오질 않는다.

어제 꺾이고 찢겨진 매화나무의 떨어진 꽃봉오리가 나를 너무 가슴 아프게 한다. 떨어진 꽃몽오리들이 활짝 웃으며 굳어져가는 잎이 자꾸만 아른거린다.

깜깜한 방안의 천정을 바라보니 어둠 속에서 조금씩 물체가 보인다. 이런 그림을 그리고 싶다. 잠들지 못한 채 눈을 감고 있으니 이제껏 내가 그려내지 못한 그림들이 무수히 그려지고 있었다.

05:40. 아이들 방으로 와서 이 글을 쓴다.

불을 넣지 않은 방이라 춥지만 냉랭한 공기가 좋다.

1995. 3. 23.

늦은 잠에서 깨어 마루에 기어나와 앉아 있었다. 아직도 덜 깬 잠이 내 몸 속에 웅크리고 앉아 내 눈을 흐리게 한다. 그렇게 잠시 앉아 있다가, 눈을 비비적이며 마당을 나오면 내 눈을 번쩍 뜨이게 하는 것이 있다. 그건 햇살이다. 환희다. 축복이다.

내 몸은 여인의 속살과 치마자락 사이로 일렁이는 숨결, 바람에 실려 햇살 속에서 녹아버린다. 그건 내 자유다. 잠이다. 꿈이다. 마치 나는 내 자유로운 잠 속처럼 이리저리 일렁이듯이 주위를 살펴보았다.

아! 그런데 무언가 보이기 시작했다. 함성같은 침묵을 들었
다. 순간 내 가슴은 뛰기 시작했고 난 그만 숨 막힌 가슴을
헤치고 나오느라 온몸을 적셨다.

1995. 4. 10.

무기력, 무의식, 무중력, 섬광 같은 빛이 칼날처럼, 창으로
들어와 방안에 획을 그을 때. 그 빛 속을 아무런 힘도 없이
아무런 의미도 없이 부유하는 먼지. 그건 춤도 아니요, 침묵
도 아니다. 부유하는 존재물. 그 자체일 뿐이었다.
분노, 갈등, 그것은 이미 오래전부터 내 가슴 속 깊이 침잠
해 있었던 내 몫이었다.

1995. 5. 14.

작업실 이전 공사로 신경을 쓴 탓인지 술을 많이 먹어서인
지, 내 생활이 궁핍해서인지는 모르지만 음식을 먹고 나면 가
슴이 답답하다.
목욕을 끝내고 처진 몸을 벽에 기대고 앉아 있으니 아이 녀
석들의 밀린 공문수학, 장원한자가 쌓여있었다. 오늘 다 해놓
지 않으면 내일 학교는 못가노라며 야단을 치니 녀석들이 바

짝 긴장을 했다. 다했다고 거짓말을 해서 용서하지 않겠다고
으름장을 놓으니 녀석들이 재빠르게 움직이기 시작했다.
  하나님! 당신이 보기에 나도 그렇지요?
  그래도 녀석들이 내겐 사랑스럽고 자랑스런 존재들이다.
  하나님! 당신이 생각하기에 나도 그렇지요?

아침이면 깨진 동쪽 출입문의 유리를
박스 테이프로 상하좌우 대각선으로 겹쳐 붙여 놓은 곳으로
햇살이 부딪혀 들어온다.
그것은 전혀 때묻지 않은 황토의 알몸으로
관용과 포용의 실체,
그 자체 옐로우 오우커 Yellow Ochre 빛이었다.

1995. 5. 16.

아직 이른 시각이라서 다시 눈을 덮고 먼저 있던 잠 속으로 들어서려 해도 한 번 열린 새벽의 문을 통해 들어오는 공기들은 나를 더이상 잠 속으로 들어서지 못하게 한다.

그리하여 어둠 속의 공간 어디쯤 내 눈을 멍하니 내어두고 있노라면 가장 먼저 서너뼘 남짓한 창이 T.V의 유리막과 시력 보안경막을 통해 이중 노출을 한 것처럼 보인다. 그것은 마치 현실과 과거 아니면 현실과 미래, 이승과 저승, 육신과 영혼, 욕망과 절제, 허구와 실체처럼 보여진다.

그리고 또 하나, 보이는 것은 방 출입문의 창이다. 이곳은 어느 정도 시간이 흘러 새벽이 유리창을 투과하면 유리무늬가 제각기 놀기 시작하고 한 쪽 창이 무너질 정도로 깨어져 박스 테이프로 가로, 세로 대각선으로 겹겹이 붙여놓은 것이 어렴풋한 창살과 어울려 흑갈색으로 드러나기 시작한다. 아침이 빛을 들고와 창에 쏟아부을 때면 창은 수정파편들처럼 반짝이고 겹겹이 붙여놓은 박스테이프 색깔들은 옐로우 오우커 Yellow Ochre 톤으로 절정에 달한다.

p.s 방 출입문 창의 유리가 무늬형태의 옛날 유리창이어서 빛이 제각각 반사된다.

95. 6. 27.

한 달 넘게 공사를 하고, 지난 목요일 작업실 집들이를 했다. 모두가 도저히 안된다는 공사를 시작했고, 끝냈다. 참으로 힘든 일이었다. 찔리고, 베이고, 멍들고 온몸이 녹아내렸다.

아이들은 "오늘 또 일하러 가느냐?"고 했고, "난 그래야 한다."고 대답했다. 공사 중 가장 힘들었던 것은 사다리가 넘어지면서 손목에 못이 찔려 신경을 다쳤을 때이다. 정말 그때는 울고 싶었다. 언제나 그랬듯이 혼자 일하고 있을 때였다.

그때 나는 예수 그리스도의 십자가를 생각했다. 십자가를 진다는 것이 이렇게 외롭고 고통스럽다는 것을 느꼈다. 그리고 십자가를 진 자는 누구에게 바라서도 누구를 원망해서도 안된다는 것을 깨달았다. 틈틈이 나를 도와준 자들에게 고마움을 느낄 뿐이다. 못에 찔려 신경을 다치던 날 난 이렇게 썼다. *지금 내가 진실로 원하는 것은 나 자신뿐이다.*

1995. 7. 2.

장마가 시작되려나 보다. 처마 끝에 비가 떨어지고 마당에도 뿌려진다. 내 집안에 비가 있다는 것은 하늘이 있기 때문이다. 그 하늘이 있어서 비가 있고 바람이 있고 햇살이 있다.

그래서 내가 그 비에 바람에 햇살에 있다는 것은 아직은 참
으로 다행한 일이다.

  송예 누님에게,
  많은 세월이 강 건너 저편에 있습니다. 마치 오래 묶어둔
나룻배처럼 그렇게 있습니다. 그리고 많은 기억의 흔적들
이 거기에 있습니다. 마치 닳고 닳아서 해체된 폐물처럼 여
기 저기에 흩어져 있습니다.
  거기에 내 어리석음과 내 허망함과 빈 둥지처럼 남은 내
가슴 하나와 겨울 나그네 되어 버린 그 아픔과 그리고
내 게으름과 내 후회와 내 노래들이 강 건너 거기에 그렇
게 있습니다.
  나는 RJ기에 서성이며 이리저리 둘러봅니다. 폐물처럼
흩어진 내 기억의 세월 속에도 주워서 닦고 만져보면 아
름답게 빛나는 것들이 있습니다. 내가 지금 누님을 생각
하는 것도 그 빛나는 아름다운 것들 중 그 하나입니다.
  내가 아직도 나를 지킬 수 있는 것은 이런 빛나는 아름
다운 것들이 샘물처럼 자리하고 있어 내 삶의 허기가 질
때는 이 샘물을 퍼 마실 수 있기 때문입니다. 언젠가 만나
고, 만나서 얘기하고, 얘기하며 볼 수 있기를 바라며…
                              1995. 8. 15. 박수철

1995. 10. 2.

가을 하늘이 있습니다. 햇살이 풍요롭게 내려 앉았습니다. 그리고 바람이 블록담 위의 호박 잎을 스치며 들어와, 마당 한쪽 편의 당국화를 어루만지며 나를 감싸고 돕니다. 마루 위에선 딸아이의 리코더 소리가 풍금 소리처럼 있습니다. 그리고 그 모든 것들과 함께 하는 내가 있습니다.

끝까지 남아 있지 못하는 것은
결국 끝까지 줄 수 있는 진실이 없기 때문이다.
단지 바람일 뿐 그리고 자신에게 돌아와
아무 것도 아닌 허구일 뿐이라는 것을 알 때
비로소 진실되는 것이리라.

1995. 11.

아내와 다투던 날 정신이 반나간 채 혼미해졌다. 그리고 돌아누운 채 크윽, 울고 말았다. 결국 나 자신마저도 지킬 수 없는 내 삶의 허무에 대한 통곡이었다. 오랫동안 먼 기억들의 시간 속에 부유하였다. 그건 나의 오랜 잠이었다.

늘상 햇빛을 탐닉하였다. 고요함, 적막, 고독, 그리고 몸서리치는 외로움. 나의 그림은 늘 강 건너 있었다. 그림에게 다가설 배가 없었다. 아내에게 있어서 나는 늘 외인外人이었다. 그림, 아이들, 아내, 어느 곳에도 책임을 지지 못했다. 아이들은 그래도 내가 숨쉴 수 있는 공간이었다.

모든 것이 나의 감상 때문이다. 다들 열심히 사는데 내가 그러지 못하였다. 내가 늘 못난 얼굴을 해서이다. 1995, 나는 못난 자화상일 뿐이었다.

자연스러우면서도 칼날같이 예리하게

자유로우면서도 불꽃처럼 열정적으로

2

바다의 숨소리가 내 영혼에 밀려올 때

1996~2012

"세룰리안블루 Cerulean Blue"를 칠하면서 눈물을 흘렸다.

볼을 타고 한줄기 용암처럼 흘러

"울트라마린블루 Ultramarine Blue"를 칠하면서 침묵을 했다.

깊고 깊은 심연의 바닷속에 좌정하고 앉아

"프러시안블루 Prussian Blue"를 칠하면서 춤을 추기 시작했다.

"세룰리안블루 Cerulean Blue"를 칠하면서 눈물을 흘렸다.

볼을 타고 한줄기 용암처럼 흘러

"울트라마린블루 Ultramarine Blue"를 칠하면서 침묵을 했다.

깊고 깊은 심연의 바닷속에 좌정하고 앉아

1996. 3. 8.

하루 종일 이젤 앞에 있어도 그림을 그릴 수 없는 것이 너무도 고통스럽다.

그릴 수 없다는 것은 내 가슴에 아무것도 없다는 것이다.

마치 황량한 들판처럼 아무것도 없다. 뭔가 찾으려 헤메어 보지만 결국 내 앞에 남아 있는 것은 흙먼지 투성이의 내 형상뿐 그런 내 형상을 마주하고 있다는 것은 더욱 더 고통스럽다.

1996. 3. 18.

뒤척이던 잠자리에서 결국 일어나 앉았다. 새벽 3시 48분 아침인 줄 알았는데 불은 켜져 있었고 T.V 모니터만 형광 불빛을 내고 있었다.

부엌에서 커피를 끓여 마당으로 들고 나왔다. 하늘을 보았다. 별들이 유난히 맑게 빛난다.

새벽 밤하늘의 공기는 너무나 투명하다. 그렇게 고개를 제쳐든 채 아버지를 불러보았다.

"아버지. 이제 여기를 떠납니다. 아버지께서 세우신 이 땅에서 떠납니다."

불현듯 어릴 때의 생각이 영사기처럼 돌기 시작했다. 아버지와 그 주변 사람들, 그리고, 우리 형제들….

마당에는 달그림자가 적막처럼 내려 앉았고 감나무는 미동도 하지 않은 채 서 있었다. 가을이면 잘 익은 감이 달빛에 주홍 빛깔로 매달려 있고 홍시가 되면 엄마는 하나씩 땄다. 엄마의 즐거움을 더해주던 일도 이제는 끝인가….

익숙해져 있던 것들로부터의 이별이 이렇게 서글픈 것인가…. 마당에 쏟아지는 그 햇살, 그 마당을 돌던 바람, 그리고 이 집의 하늘에서 내리던 비…. 그 빗물의 낙수 소리, 하얀 눈이 꿈처럼 장독 위에 내려앉아 쌓였던 겨울 어느날 풍경. 그 무덥던 여름날을 식혀주던 우물가의 풍경, 마당 이리 저리 놓여 있는 그 모든 것들.

부서진 나무 사다리가 놓여 있는 헛간 같은 화장실 주변과 건너채의 조그마한 공간이 시골집 뒷마당 같은 그런 곳. 익숙해져 있는 이 땅과 기억들로부터 떠난다는 것이…. 난 담배 연기를 깊숙히 들이마시고 길게 내뿜었다. 새벽 닭이 울고 있었다.

p.s 아버지께서 손수 지으셨고 내가 태어나 45년을 살아왔던 "대신동"의 집을 떠나면서

1996. 4. 10.

봄이 무서운 까닭은, 그 두꺼운 벽 속에 더 크게 깨고 나오기 위한 엄청난 생명력의 잠재가 있기 때문이다.

그리하여 4월은 내게 있어서 참으로 잔인한 달이다.

그것은 그 잠재가 두꺼운 벽 속의 빈 바람 뿐인 나의 허무 앞에서 서서히 그리고 너무도 분명하고 당당하게 드러내어 나를 두렵게 하기 때문이다. 결국 나는, 그 앞에 무릎을 꿇는다. 그리고 눈물을 흘린다. 패배나 내 열등의 굴욕에서가 아니라, 내 허무에 대한 눈물이다.

1996. 4. 14.

오늘 같은 햇볕은 너무나 투명하고 신선해서 마치 여인의 포근한 품속에 잠긴 것처럼 평안하다. 그리고 행복한 일이다.

감나무는 이제 막 잎이 돋았다. 나무의 반쪽이 썩어 버린 지는 오래다. 썩어 버린 한쪽이 보기 흉하게 붙어 있다. 칼로 썩은 부분을 뜯고 긁어 내었다. 잎이 돋지 않은 가지들도 모두 쳐내었다. 그리고 감나무를 다시 쳐다보았다.

"아유 시원해라."

감나무는 그렇게 말했고 나는 그 소리를 분명히 들었다.

이미 이 집을 계약할 때부터 감나무는 내 것이 아니었지만, 난 아직도 여기에 있고 그래서 감나무는 아직도 내 것이다. 이 것은 이 감나무에 대한 나의 애정이며 추억이다.

1996. 5. 6.

지금 내가 두렵고 허무한 것은 그림이 무엇이라는 것을.

그리하여 어떻게 그려져야 된다는 것을 알았을 때 그렇게 그릴 수 없다는 것입니다. 다시말해서 그런 능력이 없다는 것입니다. 그런 능력을 지닐 수 있는 것을 나는 나의 늪에 스스로 빠져 허우적대며 보내왔던 그 세월 앞에 착찹한 심정으로 남아 있습니다.

지금부터 내가 해야할 일은 나는 그림을 그려낼 수 없다는 것을 깨닫는 것입니다. 그래서, 진정으로 내가 그러할 때 그림을 그린다고 소리쳐 온 사람들에게 조금이라도 용서를 받을 수 있을 것입니다.

선생님,

선생님께 편지 쓰는 일조차 이젠 쉽지 않군요. 켜도 늙나봐요.(진실로)

제일 싫어하는 계절 여름이 다른 계절까지 침범해가며 지나치게 퍼뜩 와버린 것도 싫고, 이 이름 붙이기 힘든 유난한 일기를 견디지 못해 자주 신경성 두통과 몸살에 시달리는 꼴도 불길하고, 30년 전후의 더위에도 기진맥진하여 시시껄렁한 영화잡지 하나 잡고 뒹굴며 하루를 허비합니다. 복잡다난한 저 그림은 어찌될 것인가… 하루의 시간도 충분할 수 있고 한 달도 짧을 수 있으니까.

겹겹이 닫아 두었던 창을 여니 반가이 달이 보입니다. 꼬마가 여기 누워 달 보며 자겠다고 우기더니 제 형이 그리운지 금방 달아납니다. 정체모를 청소년들의 집단 거주지가 있는 건너 집으로부터 시간도 없이 많은 소리들이, 냄새가 건너옵니다.

내게도 저들처럼 불안하고 외롭고 마음 둘 곳 없었던 기억하기도 싫은 스무살 시절이 있긴 있었구나…. 그럼에도 불구하고 포항은 늘 그리운 땅이로군요.

생각보다 자주, 선생님의 삶터에서 그리 멀지않은 아버지의 집에서 하루, 이틀을 묵다가옵니다. 점점 엄마보다는 아버지와 지내는 시간이 편안하게 느껴질 때가 많습니다. 아버지와 딸. 엄마와 아들, 그 숙명의 애정 관계를 염두에 두지 않더라도 쓸데없는 걱정거리가 그리 많지않은 남자편이 잠깐 견디고 오기에는 수월해서겠지요.

내 몸 전체로 갈겨오는 관심의 눈초리를 거부하는 일, 그 속을 탈피하는 일도 힘들거든요. 그래서인지 아는 사람 없는 서울에서의 삶이 맘에 들어요.

우리의 뽕짝보다도 샹송이 훨씬 더 쓸쓸한 음악이라는 거 들어보면 알지요. 그들의 노래는 그냥 음울음울, 세상 달관한 사람들의 속 비운 웅얼거림 같거든요.

호소하지도 설득하려 하지도 않고, 남이 듣거나 말거나 혼자서 음음음음. 악기도 많이 쓰지 않고 리듬이 요란하지도 않고, 교향곡 좋아하시는 선생님 체질에야 딱 질색인 분위기죠. 왜냐하면 사람을 좀 무기력하게 하는 마약같은 음감이 있어서요.

그림은 구정물 같은 탁함 속에서 헤어날 길 없고(고민). 국제 통화료만 높이다가 유월이 여러 가지로 고달픈 달이긴 하지만 지나가는 희망, 구월을 향하여. 그 구월쯤에 형이 올 것 같거든요.

1996. 6. 홍태희 드림

1997. 4. 11.

4월입니다. 날은 따스하고 바람이 붑니다. 친구의 모친상으로 선린병원 영안실에 있다가 문 득 그 근처에 있는 옛날 집터를 가보고 싶었습니다. 골목과 골목, 집과 집은 마치 지금도 내가 여기를 살고 있는 듯한 느낌이었습니다.

주차장으로 변한 50평 남짓한 집터엔 이 사월의 따스한 햇볕이 가득했고 바람은 이제 막 돋아난 감나무 잎을 쓰다듬고는 썰렁한 시멘트 바닥을 쓸고 지나갑니다. 감나무는 나를 보며 아무 말도 없었습니다. 아무 말도 없는 게 아니라. 아무 말도 할 수 없는 채 그냥 그렇게 눈물만 머금은 듯 했습니다. 감나무를 어루만져 보았습니다. 감나무는 떨고 있었습니다. 엄마 얼굴이, 언제나 이 집터 어디에선가 서성거리던 엄마의 모습이 눈앞에 어른거렸습니다.

그리고 내 눈에 눈물이 고였습니다. 아침에 엄마에게 화를 낸 것이 마음에 걸렸습니다. 모과나무가 우리 방 창 가까이에 있는게 거슬린다고 가지채로 모질게 잘라버린 것을 아침에 보고 얼마나 화가 났는지 원망하듯이 소리 내자 엄마는 죄인처럼 아무 말도 없이 빨래 뭉치를 들고 마당 수돗가에 나가더니 들어오지 않았습니다. 내가 혼자 밥을 먹고 있으니 아내가 야단치듯이 말했습니다.

"어머님이 속이 상하신지 밖에서 안 들어 오시는데 식사를 하시라고 안 하고 혼자 드시는교 아이고 참."

마음을 가다듬고 나가니 나를 보지 않고 빨래만 하십니다.

"엄마! 밥 묵자."

"니 먼저 먹으라. 나는 배고프면 천천히 먹을게."

이렇게 몇 마디 하여 속상함이 풀린 듯 했습니다.

하늘을 쳐다보았습니다. 감나무 가지 사이로 보이는 하늘은 여전히 맑았습니다. 작년에 달렸다가 떨어지고 말라 붙은 감꼭지를 보며 달고 단 감을 하나 둘 맛있게 먹던 엄마의 얼굴이 눈앞에 선했습니다. 이리저리 둘러보며 건물체가 있던 곳을 더듬어보다가 씁쓸한 기분으로 그 집터를 나왔습니다.

내가 밖을 나설 때에도 감나무는 아무 말도 하지 못했습니다. 그런 감나무를 뒤로하며 길을 걸으면서 나는 감나무가 무슨 생각을 하고 있는지를 압니다. 그렇지만 내가 할 수 있는 것은 눈물을 글썽인채 걷고 있는 것 뿐이었습니다.

p.s 45년 동안 살았던
집을 떠나고 일년 후.
이때의 감나무는 1998년
<고독한 감나무>로 제작하였다.

1997. 7. 22.

형, 어찌하여 나는 이 나이가 되어도 형을 닮지 못합니까?
내게도 이제 죽음이 오나 봅니다. 그 죽음의 사자가 춤을 추
듯 내게로 다가오는 듯 하기도 하고 죽음의 강가로 이리저리
헤메이는 듯도 합니다. 살아서 내가 할 수 있는 일이 여기까
지인가 봅니다. 아니면 내 삶의 허락된 시간이 이제 다 되었
나 봅니다.

1997. 9. 15.

오늘따라 내가 늘상 맞이하는 극도의 외로움이 더한 것은
세찬 바람에 덜컹거리는 저 창문 소리 때문일까?
낙엽지는 가을의 쓸쓸함이 벌써 내 가슴에 다가와서일까?
아니면 내일이 추석이라서 이 텅빈 화실이 더욱 허전해지는
이유 때문일까?
아마도 내 스스로 나를 가두고 닫혀 버린 그 흑색의 암흑
때문일 것이다. 작업은 막연히 내 추억의 형상을 더듬는 일일
뿐이다. *때문에 그것은 그림이 아니라 내 삶의 그리움에 대한
자위일 뿐이다.*
그것이 다시 그림이 되기 위해서는 닫혀 버린 그 암흑에서 눈

을 감고 있는 일이다. 다시는 그 암흑 속에서 허우덩거리다가 깊고 깊은 늪 속으로 빠져 자신을 몰락시키는 일이 되어서는 안된다. 그냥 그 속에 눈을 감고 있어야 한다. 그리하여 그 감은 눈 속에서 평화를 얻어야 한다.

1998. 3. 12.

나는 지금 5월 말부터 폐쇄되는 이 작업실에 앉아 있다. 이미 밤 10시가 넘었고 저녁에 먹은 술이 조금 덜깬 상태이다.

창쪽으로 갈수록 어슴프레하게 놓여 정지된 의자들, 이젤, 화분, 석고, 나부상 탁자 캔버스 그리고 창쪽의 엷은 빛에 반사되는 그 반사광조차도 오래전에 멈춰버린 잃어버린 기억들 같다. 내게 있어서 이런 분위기는 너무 자연스럽다. 이런 고독과 외로움은 내 삶 속에 너무도 끈질기게 많은 시간과 공간을 점유해왔다. 그리하여 나는 가끔씩 그것들의 일부가 되어버린다.

참으로 전심전력을 다하여 이 작업실을 세웠고 지켜왔다. 내 가족보다 내 자신보다 더 이곳에 땀을 쏟았고, 모든 것을 던졌다. 하지만 모든 자연이 그대로 지켜지지 못하는 것이 스스로 세우고 키우며 소화해내는 그 위대한 정화력과 생성력보다 더 엄청난 인간의 이기주의적 행위 때문인 것처럼, 20년을 머물러 지켜온 이 자리에서 이제 떠날 준비를 다했다.

시작과 끝이 이러한 것도 내게 있어서 너무 자연스럽다.

그러나 그 너무 자연스런 것들이 나를 너무 슬프게 하여 눈물이 가슴속으로 밀려드는 고통스런 가슴앓이가 된다. 그래서 그것 또한 내게 있어서는 너무 자연스럽다. 내 삶의 시작과 죽음의 그 끝 또한, 그런 것인가?

1998. 6. 24.

새벽녘에 눈이 뜨였다. 04:30.

벌써 여명이 트였다. 대문밖 건물과 짧게 보이는 하늘. 그리고 가로등. 가로등에 반사되는 건물벽과 하늘은 절묘한 "보색대비"이자 극도의 "한남대비"를 보여주었다. 이층에 올라가 다시 확인을 해보니 넓게 보이는 하늘은 구름빛이었다. 그런데 마당에서 보이는 짧은 하늘은 코발트블루 그것이었다. 참으로 묘한 시각이었다.

그 길로 자전거를 타고 죽도시장을 돌아다녔다. 아직은 잠에서 덜 깬 풍경과, 하루의 삶이 시작하는 풍경이 교차하고 있었다.

바둑을 두면서 늘 생각하는 것은 내 감정의 연약함이다. 어떠한 경우에도 내 감정이 흔들리지 않으려고 다짐을 하여도 쉬 걸려들곤 한다. 내 자신을 설명한다는 것은 바로 내 허약함의 증거이다. 그 허약함이 결국 나를 분노의 골짜기로 몰아넣게 되고 그리하여 자멸의 길로 인도하게 된다. 그것은 내 삶에서 뿌리깊게 내려앉은 바로 내 어리석음이다. 그 어리석음이 오랜 세월의 내 삶을 얼마나 도살시켜 왔던가? 자연스러우면서도 칼날같이 예리하게 자유로우면서도 불꽃처럼 열정적으로 그렇게 해보자….

1998 9. 26.

작업실에 오면 힘없이 걸려 있는 그림들을 보면서 그렇게 힘없이 의자에 풀썩 앉아서 거울처럼 내 얼굴이 비춰진 그림들을 다시 쳐다보고는 그렇게 힘없이 살아온 내 모습에 눈물이 날 지경이다.

억지로 마음을 추스려 붓을 들고 의미를 부여해보지만 그 의미는 내 머릿속에 들어앉아 있고 그림은 저 혼자 멀리쯤 가 있다. 이미 내 삶의 실상에서 떠나버린 것이라면 포기를 해야 할 텐데, 아직도 버리지 못하는 내 어리석음의 허물이 이토록 나를 허무하게 하는가….

엊그제 대구에서 개인전을 한 호연이의 전람회에 갔다가 몇몇 화랑을 둘러보면서 나는 내 그림이 얼마나 가난하고 초라한 것인지 새삼 느꼈다. 그들의 그림은 너무나 고급스럽게 잘 차려입은 옷에 조금도 어설프지 않은 격조 높은 화장을 하고, 의연하게 앉아 있는 상류 사회의 부류들이었다. 그들의 세계는 빈약함이 없고, 든든해 보였고, 힘차고 활기 있으며 생생함이 넘쳐 흘렀다. 그런 우아한 모습에 상대적 빈곤을 느낀 것이다. 하지만 내가 찾을 수 있는 것은 없었다. 좀 더 인간적인 풋풋함과 진실의 저 깊숙한 숨소리가 없었다.

그러니 내게도 내 어리석음의 허물을 버릴 수만 있다면, 그래도 가치있는 일이리라.

T.V 에서 본 만화 영화의 한 장면에 칠해진 그 파란 코발트 블루를 힘차게 칠하고 싶다.

새로움이란 전혀 다른 것이 아닌,
늘 있어 온 것에 대한 새로운 시각이다.
그리하여 그 새로운 시각으로
또 다른 나를 세우는 것이다.

1998. 12. 4.

날씨는 점점 추워지고 있다. 올해는 더 추워진다고 하지만 그 이전부터 몸도 마음도 허기져 추워 있다. 그래도 사람들은 손수레를 끌며 1t트럭을 몰며 붕어빵을 굽고 오뎅을 끓이며 호떡을 굽는다. 소리치며, 기다리며 이 추위 속에 있다.

그런 그들 사이로 나는 자전거에 몸을 싣고 아무런 일도 하지 않은 채 다니고 있다. 아내는 생활이 제대로 되지 않는 삶에 지쳐 있고 보험료를 내지 못해 병원도 가지 못하고 파스 한 장 몸에 붙이고 나서는데 가장인 내가 이렇게 무위도식하고 있다니….

그림도 아닌 그림을 붙잡고 씨름하다가 늘상 주저앉아 버리고 방황도 허무도 아닌 채 한숨만 내뿜다가 내 자신을 버린 채 헤매고, 동생은 집에 내려와 있지만 심리적인 안정을 찾지 못하고 있는 것 같다. 그리고 나는 또 자전거를 타고 작업실로 간다.

1999. 1. 5.

아버지, 이제 저도 아버지의 나이가 되었는데도 아버지를 닮지를 못했습니다. 그렇게 오십의 나이를 가지고도 아버지를 닮지 못했습니다.

파도처럼 세월에 떠밀려 엎어지고 하얀 포말로 사라져버린 먼 기억의 날들로만 남았습니다. 눈물겹도록 지금의 내가 슬픈 것은, 내게 그림 그릴 수 있는 힘이 없다는 것입니다. 내가 살아온 것이 그렇게 힘이 없다는 것입니다.

내 머릿속의 그림이 내 눈앞의 그림이 되지 못하는 것이 너무 가슴 쓰리도록 아파서 어찌할 수가 없습니다. 내 가족과 자신에게 늘 맴돌기하다가 지쳐 버리는 나를 뭉개어 버리고 싶습니다. 내 삶의 궁핍함에 침 뱉고 나면, 어리석고 불쌍한 영혼 하나가 쓰러져 있습니다. 그리고 그 쓰러진 영혼 앞에서 기도 합니다.

내 머릿속의 삶이 내 눈앞에 있게 해주기를, 그리하여 그것이 그림이 되기를 말입니다.

99. 1. 20.

아이들의 눈을 보면 어디론가 숨어버리고 싶다. 녀석들이 바라는 만큼 내가 하지 못했고 아비로써 내가 던져 줄 수 있는 것은 늘 변명 뿐이었다.

들판에 서있어도 바람막이가 되어주지 못했고 건너야 할 강에서도 든든한 다리가 되지 못했다.

아직은 스스로 길을 찾아 나설 수 있는 힘도 없고 스스로 양식을 취할 수 있는 것이 아닌데 나는 녀석들의 힘이 되지 못했고 던져줄 수 있는 양식도 없었다.

그리하여 녀석들의 눈에는 아비의 서글픈 그림자가 스며 있는 것 같아서 나는 늘 뒤돌아 앉고 싶다.

1999. 3. 8.

올해의 겨울은 이렇게 끝나버렸다. 한 달 넘게 있다가 들어선 작업실은 시신처럼 싸늘하다. 이젤 위에는 그리다가 중지된 설경 하나가 놓여 있고 모든 것이 정지된 채 고요하다. 마치 어떤 기억 속의 한순간에 와 있는 듯하다. 잠들어 버린 것들을 깨워보려고 움직여 보지만 삶에 지쳐 버린 내 몸이 먼저 풀썩 주저앉는다.

동생의 뇌질환으로 작년 10월부터 가끔씩 자리를 비우다가 금년 2월은 한 달을 꼬박 서울대병원에서 보냈다.

우동 가게 수입으로는 턱없이 모자라는 생활비와 은행 부채, 사채 이자를 감당할 수가 없으니 무슨 방법을 찾아야 하겠지만 별 묘안이 없다. 이렇게 작업실에 앉아 있어도 그림은 보이질 않는다. 그림에 대한 내 삶이 여기서 끝나 버리는가 싶어 가슴이 답답하다. 해야할 작업이 너무나 많은데 붓을 들 수 있는 힘이 너무 약해져 버렸다.

이렇게 주저앉아 버리기엔 너무 억울하다. 캔버스가 없어서도 물감이 없어서도 아니고 그려야 할 것이 없어서도 아닌데 이젤 앞에 앉아 붓을 들 수 없는 지금의 내 심경이 너무 불쌍하다. 오! 하나님, 지금 내가 어찌해야 합니까?

1999. 3. 29.

모든 부품이 풀려 흩어진 채 아무 동작도 할 수 없는 기계처럼, 그렇게 이 작업실에 있다. 너무나 아까운 시간들이 째깍거리며 죽어간다. 마치 내 몸의 일부들이 죽어가는 것처럼 그렇게 죽어가고 있다.

한 번만 붓을 들면 되는데 여간해서 손이 가지 않는다. 내 영혼이 조금씩 조금씩 이탈되어 가는 것 같다. 벌써 이만치 와 버린 곳에서 내 잃어버린 자리를 보며 그냥 그렇게 앉아 있다.

만약, 다시 생을 시작한다면 이보다 나을 수가 있을까?

지금은 자신이 없다. 지금의 내가 이토록 허약해져버린 것은 내 감정의 굴레를 벗어나지 못함과 욕망의 꿈을 버리지 못한 어리석음과 가족에 대한 갈등, 무책임, 생활의 복잡한 굴레에 갇혀 버린 날들의 침윤이다.

아! 세월은 또다시 봄이 오건만 난 동면이 아닌 침윤의 늪에 주저앉아 흐려진 눈알만 꿈적거릴 뿐, 그 무서운 봄기운이 나를 더욱 두렵게 한다.

오십의 남자가 앉아 있습니다. 아이들도 나가고 아내도 나가고 엄마마저 미국 가 계신 텅 빈 집안의 거실에서 창밖을 바라보며, 삼 년을 살았으면서도 익숙지 않는 마당의 풍경을 바라보면서 오십의 남자가 앉아 있습니다.

아직도 남아 있는 허망한 꿈과 어리석은 욕망이, 마당에 심어진 토마토의 잎과 열매처럼 뿌리목이 말라붙어 잎은 말라서 가루처럼 부서러지고, 열매는 더 이상 굵지도 익지도 않은 채 굳어져 버린 토마토의 그것처럼, 그렇게 내 가슴에 남아서 시체처럼 드러누운 체 나를 슬프게 합니다.

내 삶이 절실하지 못하여 지난날의 기억조차도 그리웁지 않고, 다만 내 살아온 것의 흔적을 거두어 다시 세울 수 있는 것만 골라 작업을 해봅니다. 아침 마당을 쓸면서 엄마를 생각했습니다. 내게 들리던 늘 잔소리 같은 엄마의 목소리를 생각해 봅니다.

내가 이제 엄마의 그 자리에 서서 보니 그것은 잔소리가 아니었습니다. 부모들은 불확실한 것은 자식에게 말하지 않는다는 것을 알았습니다. 지금 우리가 확실한 것에 대해서 아이들에게 말한다 하여도 녀석들에겐 잔소리일 것입니다. 내가 엄마의 자리에 선 후에 깨닫듯이 녀석들이 내 자리에 선 후에 알게 될 것입니다. 이제 오십의 남자도 밖을 나섭니다. 혹시라도 내 생각의 끝이 그림이 될지 몰라서 자전거 페달을 밟으며 작업실로 갑니다.

< 대도동 집에서, 1999. 6. 16. 어느 날의 자화상>

1999. 7. 16.

언제 다시 빠질지 모르는 살얼음 위를 걸으면서 무게 중심을 다리에서 머리로 옮겨 놓은 채 <보리> 그리기에 다소 열중했다. 그러나 또다시 어둠을 몰고오는 악령들의 숨소리가 들려오며 내 몸에 묶인 사슬을 음침한 사망의 늪으로 끌어당기고 있다.

내 무게 중심은 또다시 다리로 옮겨지고 있으며 절망감으로 떨고 있다. 하지만 이제는 끌려가지 않으려 애를 쓰지 않는다. 녀석들이 나를 어디로 끌고 가든지 가급적 무게 중심을 머리로 옮기려 노력할 뿐이다.

내가 온전히 무게를 머리로 옮기고 나면 내가 어디에 있던지 그 자체가 내 안식과 평화이기 때문에 녀석들도 감히 어찌하지 못한다.

그것이 바로 내 자유요, 보이는 것에 대한 어리석음은 내 꿈이 아니라 보이지 않는 것에 대한 절실하고 진실된 내 꿈의 완성일 것이리라.

오! 하나님.

내게 내 자신을 잃지 않는 힘을 주시고 내 꿈을 이룰 수 있게 길을 열어 주십시요. 내게서 어리석음의 눈을 거두어 주시고 가슴을 열어 새롭게 나를 세워 주십시요.

1999. 11. 18.

앞으로 살아갈 날들이 자꾸만 미궁 속으로 빠져들고 있다. 불안과 초조한 마음이 늘 떠나지 않고 혼미한 채 부유하다가 밤이 되어 잠자는 그 시간은 죽음이요 평화다.

길거리를 지나면 가게 점포의 간판들이 내 못남을 더욱 아프게 하고, 시장을 지나면 바삐 움직이는 사람들이 나를 더욱 부끄럽게 한다.

아내는 미국 가는 일을 늘 잊지 않고 있고, 그런 사실이 확인 될 때마다 나는 그 자리에서 돌아서 울고 싶은 심정이다.

내게 길을 열어 주십시요. 내가 여기서 살게 허락하여 주십시요. 내 못남을 꾸짖지 마시고 내 부끄러움을 채찍질하지 마시며, 용서하소서. 그리고 내가 여기서 살게 길을 열어 주십시요.

가슴이 답답하여 마당을 나오면 찌들어진 꽃들과 말라붙은 석류, 다 떨어진 모과나무 사이로 몰려드는 황량한 바람뿐. 그 바람에 내 한숨 섞인 담배 연기만 날릴 뿐.

1999. 11. 27.

　금방이라도 숨이 턱- 하고 막혀 버릴 것 같다. 육신은 음부의 깊은 늪 속으로 쑥쑥 빠져드는 것 같고 정신은 혼미한 채 먼저처럼 분해되어 날려 다니는 기분이다.

　아이들이 "아빠"라고 부르면 너무 부끄러워 얼른 대답을 하지 못한다. 지금의 내가 아이들의 "아빠"일 수 있는가? 한 가정을 거느리는 가장일 수가 있는가?

　빵 한 조각도 제대로 살 수 없는, 쌀 한 톨도 제대로 만들어 올 수 없는 내가 어찌하여 아빠이며, 가장일 수 있는가…. 몇 날을 헌 액자 고치느라 바쁘게 움직이며 나는 내 허상의 그림자 속에 놓여있었다.

　술은 내 허약한 몸을 잠시라도 일으켜 세워주는 영양제 같으면서, 지금의 나를 잊기 위한 도피처이며, 도망치듯 내 짐을 벗어 버리려는 비겁한 수단이다. 그렇더라도. 내일 또 형벌 같은 내 삶을 견뎌내려면, 어쩌면 내게 있어서 이것은 하나의 기도이다.

파도,

그것은 내 영혼을 혼미케 하는 악마의 흰 이빨 같으며

내 어리석음을 일깨우는 해머 같으며

고독한 내 삶의 분화구이며 이 모든 것들에 대한

내 분노의 울부짖음이다.

구만의 파도는 부서지는 것이 아니라 터지는 것이다.

그리고 폭발하는 것이다.

98,12

2000. 1. 21.

나는 서둘러 작업실에 가려고 바쁘게 움직였다. 그러나 걸음을 멈추어야 했다. 공기는 영하의 기온 속에서 매섭게 움직이며 갈 수 없어 서 있는 내 몸속으로 스며들었다.

그렇게 오랫동안 나를 서 있게 한 것은 빨간 신호등이었다. 지금도 내가 가려고 하는 내 삶 속의 이편에는, 기다림 속에 젖어 있는 그 숱한 고독과 찢겨진 가슴속의 아픈 기억과 얼어붙은 내 머리 하나를 들고 내 걸음을 멈춘 채 빨간 신호등 앞에 서 있다.

2000. 8. 18.

웅크린 채 엎드려 누워 있는 아내의 모습은 무기력과 무능함과 무책에서 비롯된 허기진 내 배고픔의 못난 자화상이었다.

가슴속에는 눈물이 고여 한없이 울고 싶은데 누군가 내 눈물을 터지게 할 자가 없으니 어찌하랴. 술 한잔 들이키고 혼자 울어 버리려니 못난 내 꼴이 너무 부끄러워 그짓도 못하겠다.

2000. 10. 4.

내 슬픈 그림이여, 내 못난 얼굴이다. 늘 혼자라는 것은, 신비한 일임에도 그 속에 얼어 버리지 못함이 억울하다. 오늘도 그렇게 얼어 버리지 못하고 흩날리는 가엾은 인생아. 불쌍한 인간아. 꿈은 너를 그렇게 억울하게 하는 조롱인 것을 알고 있음에도 악마의 계곡으로 또 떠나는구나.

2001. 3. 28.

"자유인" 나는 여기에 일 년 반을 의미 없이 소모했다. 이 지역의 문화 예술의 구심축을 마련하고 그것이 내 생활의 힘이 될 수 있다면 다행이라 생각하고 시작했지만 아무것도 아니었다. 결국 나는 또 나만의 생각 속에 살아버린 것이다. 시대와 너무 멀리 떨어져 살아가는 내 생각이 이 시대의 흐름과 같이 살아가는 사람들을 움직이게 한다는 것이 욕심이었고 어리석음이었다.

그렇게 그림은 정지되어 버렸다. *애벌레가 잎을 갉아먹듯이 나는 세월을 갉아먹고 세월의 빈 가지만 남았다. 잃어버린 빈 가지. 서서히 말라가는 가지에 매달린 허기진 내 그림들, 내 모습들.* 그리고 "구만"을 잃어버렸다.

내가 그토록 내 삶 속에 가두고 싶었던 "구만"을 잃어버렸다. 도로를 내기 위해 포크레인으로 파헤쳐지고 옹벽이 세워졌다. 온몸이 갈갈이 찢어지고 머리가 부서지는 거기에서 나는 아무것도 할 수 없이 멍청히 보고만 있었다. 그렇게 쓰러져가는 구만의 죽음 앞에서 나는 통곡을 들었다.

'네가 그토록 절실했던 내가 이렇게 죽어가고 있는데 너는 거기 서서 무얼하고 있느냐?'

나는 구만을 사랑한 것이 아니었다. 구만에 대해서 나는 아무것도 아니었다. 그렇게 나는 내 앞의 모든 것에 대하여 '돌아앉은 병신[2]'이었다.

2001. 5. 22.

누님과 수미가 미국서 온 지 일주일이 지났다. 엄마에게는 살아 있는 날의 마지막 기억 남기기일 것이고, 수미의 개인적 일도 조금 덧붙혀 왔지만 수미 녀석 또한 할머니에 대한 정이 깊은 터라, 둘이 같이 온 것이었다.

엄마는 형이 세상을 달리한 후 누님에 대한 기대 심리가 더욱 절대적이었다. 누님 또한 결혼 이후 엄마에 대한 정이 강했지만 나이가 들면서부터 별나게 더 했다.

---

2. 詩를 썼던 친구의 시집에 실려있는 문구이다

누님 또한 엄마에게 절대적이다. 내가 염려스러운 것은 바로 그런 서로 간의 관계이다.

지금은 좋을 수밖에 없지만 누님이 가고 나면 엄마는 빠른 속도로 지쳐 버릴지 모른다. 어느 정도 혼자 있는 일에 익숙해 져 있지만 그것은 어쩔수 없는 익숙함이기 때문에 엄마가 갖 는 외로움은 더욱 클 것이 분명하기 때문이라. 그 외로움을 내가 대신해 줄 수 없는 것이 내 안타까움이고 내 못남이다.

"자유인"은 오늘도 열려 있지만 이 속에는 지친 아내와 그런 아내를 감싸 안을 수 없는 좁은 가슴과 조금씩 조금씩 쓰러 지는 내 삶이 있을 뿐이다.

어제는 누님과 수미, 아내와 함께 산소를 찾았다. 누님이 밖 에서 들을 수 있는 카세트를 가지고 가서 형이 즐겨 듣던 노 래를 틀어 주어야 한다며 법석을 떨길래 내가 잔소리를 했지 만 결국 누님 말에 따랐다. 미국서 가지고 온 잔디 씨를 뿌리 기 위해 힘겹게 물을 들고 가는 수고도 있었지만 누님의 그 런 정성에 나는 부끄러움을 느꼈고 누님의 그런 집착에 엄청 난 감동을 얻었다.

평소 형님이 즐겨 부르던 이태리 가곡 <산타루치아>, <오솔 레미오> 등이 들어있는 테이프을 틀어 놓고 누님은 형님의 봉분 위에 앉아 눈물을 흘렸다.

잊을 수 없고 지워지지 않는 생전의 기억이 스며들어 가슴

시리도록 서럽고 애달픈 눈물을 흘렸다. 그리고 그 노래와 함께 형님이 그 앞에서 그렇게 하듯이 향유하고 있었다. 테이프가 돌아가고 또 돌아갈 때까지 우리는 그렇게 그 자리에 형님과 같이 있었고 운명의 시간처럼 형님과 우리는 가슴 하나 쓸어 내리는 기분으로 자신의 자리로 돌아섰다.

이제껏 산소를 찾은 것 중 가장 감동적이었고, 가장 드라마틱한 날이었다. 내려오는 길에 찔레꽃이 활짝 피어있었다.

2001. 6. 7.

삶은 늘 감옥이다. 어쩌다 사람이 들어오면 오랫동안 기다리던 면회시간처럼 잠시 움직이고 나면 또 형방으로 이끌려 가는 것처럼 그렇다.

감옥 속의 마당을 돌듯이 늘 지정된 공간 속에 돌다가 자유인에 들어서면 그때부터 시간의 고문이 시작된다.

의자와 탁자 위에 꼼짝없이 틀어박힌 불빛은 마치 넋 나간 자의 눈동자처럼 움직임이 없고 불빛에 감시라도 받는 것처럼 모든 것이 숨소리조차 없이 굳어 있다.

음악은 공기와 더불어 유령처럼 천정 위를 흘러다니며 배회한다. 그러다 음악은 저 홀로 떠다니고 공기는 내 온몸을 늪처럼 죄어 들어오면 가슴이 압박되어 후-하고 숨을 길게 몰아쉰다. 그렇게 고문이 계속되면, 카운터 소파 위에 풀석 쓰러진다.

아내는 T.V 앞에 앉아 꼼짝없이 있고 T.V는 저 혼자 떠들어댄다. 나는 형편없이 오그라진 몸을 끌어안고 오! 하나님을 연신 중얼거린다. 이 감옥을 벗어나려면 내 형기를 마쳐야 하는데 도대체 내 형기가 언제까지란 말인가. 언제 무너질지 모르는 사형수인가. 아니면 벗어날 수 없는 무기징역이란 말인가.

하나님은 내게서 어떤 자백을 받으시려고 나를 이토록 고문을 하신단 말인가?

2001. 7. 20.

지금 내가 가장 우선해서 해야할 일은 사고의 단식이다. 정제되지 않고 혼미해진 내 사고의 홍수가 내 영혼을 어지럽게 하고 있기 때문이다. 그렇게 *내 사고의 공간을 비워둠으로해서 내 영혼을 맑고 투명하게 하여 내 어두워진 눈을 밝혀내는 것은 삶을 새롭게 인식하게 되는 중대한 일이다.* 담배는 좁혀지는 내 숨통의 길을 열어주는 나의 긴 호흡이다.

2001. 10. 4.

추석날 오후 늦게 처갓집에 갔다가 하룻밤을 지내고 아침에 일어나니 몸이 축 처져 버렸다. "막내 처남이 남산에 가자고 했다."고 아내가 말했지만, 아예 갈 생각이 없었다. 하지만 떠밀려 마지못해 나섰다. 그렇게 나서서 걸어가다 보니 몸이 조금씩 풀리기 시작했고 산속의 공기는 늘 그렇듯 생명 그 자체였다. *삶이란 늘 지치고 힘겨운 것이지만 그렇게 떠밀려 나서는 것이며, 그렇게 나서다 보면 또 그렇게 살아가는 것이 아닌가 싶다. 무엇에 떠밀려 나설 수만 있다면 그래도 삶은 희망적이며 소중한 가치가 있는 법이다.*

한참 올라가다 보니 한 아이녀석이 울고 있었다. 올라가다 넘어져서 조금 다친 모양이었다. 나는 녀석의 머리를 쓰다듬으며 "그렇게 해야 잘 크는 법이야." 했더니 부모들이 슬쩍 웃었다. 그런 것이다. 사람은 눈물의 댓가로 성장하는 것이다. 쓰라리고 아픈 그 눈물의 뒤에 또 다른 내가 있게 되는 것이 아닌가?

2001. 12. 3.

참으로 오랜만의 자유, 이 작업실에서 나 혼자 있을 수 있는 이 공허함이 내겐 자유이다. 하지만 완전함이 아니었다. 머리는 온갖 상념으로 혼돈스럽고, 마음은 이미 중심을 잃어버렸다. 몇 잔의 술을 마시고 욕망의 늪으로 기웃거리다 잠을 청했다. 잠은 또 하나의 자유이다. 다섯 시간의 잠. 그리고 허탈하다. 그림은 그렇게 잠처럼 잠겨 있다. 우울한 공기, 창을 여니 비가 온다. 겨울비다….

2001. 12. 29.

이 한 해는 내 삶의 허기진 그늘 속에서 때론, 감옥 속의 수인처럼, 먹이를 찾아 이리저리 헤매는 겨울 방랑자처럼 때론, 기억상실자처럼. 그렇게 살아왔다. 그리고 저무는 한 해의 끝자락에 작업실에 있는 나는 일을 하다말고 어디론가 쫓겨 갔다. 오랜 후에 찾아온 것 같은 기분이다.

이젤과 이젤 위의 그림, 작업대에 놓여진 붓과 여러 물건들, 파렛트와 캔버스. 일을 하다만 채 정지되어 있는 작업 공구들처럼 그렇게 어느 시간 속에 정지되어 있다. 내 그림은 내 삶처럼 물속 깊이 잠수해있다.

2002. 1. 10.

햇빛이 따사롭다. 또다시 시작되는 이 한 해의 힘겨운 시작. 회복되지 않은 내 영혼은 태어나서 처음으로 추위를 많이 느끼고 있다. 나는 늘 그 겨울 속에 있었지만 지금의 나는 겨울 밖에서 추위에 떨고 있다.

그림을 찾으려 작업실에 왔지만 그 어디에도 그림은 없다. 내가 찾으려는 그림은 이 작업실에는 없다. 머리를 빌려 내 마음에서 찾아야 한다. 그럼에도 굳이 이 작업실에 오는 것은 좀 더 머리를 쉽게 빌릴 수 있는 일이 되지 않을까 해서였다.

나는 돌아가야 한다. 내 스스로에 묶여 버린 사슬을 풀고 나의 언덕으로 가야 한다. 그리고 거기서 바다와 만나야 한다.

2002. 1. 31.

잠을 잔다.
작업실에서도 잠을 잔다.
나는 늘 내 울타리 속에서 움직이고 잠을 잔다.
내 울타리 밖은 모두가 일들이 많다.
나는 내 울타리 안에서 밖을 보는 구경꾼이다.
모든 색은 내 마음에서 회색으로 움직인다.
그리고 잠을 잔다.

2002. 2. 2.

닫힌 화장실 안은 흰색도 검은색도 아닌 회색의 그것처럼 정지되어 있었다. 문득 답답함의 느낌 끝에 문을 조금 열었다. 순간, 모든 것이 달라져 버렸다.

빛, 너무 분명한 빛. 그리고 그 빛에 의한 어둠과 밝음 그림자와 그늘, 드러낸 나뭇결의 흐름, 문틈 사이로 보이는 땅, 녹색의 잎들. 그리고 아! 바람. 싱그러운 공기가 얼굴을 휘감고 돌았다. 그래, 우리는 이제껏 그렇게 문을 닫고 살지는 않았는지, 조금의 틈만 열면 이렇게 달라지며 다른 것을 모르고 잊어버린 채, 나를 닫고 있지나 않았는지. 문을 열자. 작은 틈으로 문을 열어놓자.

2002. 4. 5.

봄날은 왔다. 개나리, 으름, 모과나무, 단풍나무, 밥풀떼기, 홍매, 작약과 경주에서 가져다 심은 모란, 상사초와 산나리, 담쟁이, 과꽃도 싹이 제법 올라왔고 석류와 배롱나무도 막 싹을 틔웠다. 그리고 마당의 여러 풀들…. 하지만 자유인은 아직도 얼어붙은 겨울처럼 모든 것이 잠겨 있다.

집과 가게를 내어놓았지만, 아무런 연락이 없다. 이렇게 늘 빈 공기만 움직이는 날에는 아내는 죽은 시신처럼 아무런 움직임도 표정도 없다. 이럴 때에는 너무 고통스러워 견디기가 힘이 든다.

오늘은 동현이가 내려와서 조금은 낫다. 서울 간 뒤 처음으로 왔다. 아직은 우리에게 더 절망할 것이 남아있는 모양이다.

하나님께서 그냥 그렇게 버려두시는 것이….

오늘도 이 길고 긴 시간 속에서 고문을 당하고 있다.

2002. 4. 16.

봄날은 왔다. 한동안 내가 가장 두려워 했던 봄날. 하지만 이제 이 봄날은 내게 뭔가 새로움을 가지게 하려 한다. 가장 연약한 생물의 가장 위대한 생명의 힘. 너무 놀라고 경이로움을 갖게 한다. 그것의 근원은 썩지 않는 뿌리의 든든함이다.

그리고 그 뿌리의 든든함은 끈질기게 땅의 모든 힘을 찾아가는 잔뿌리에 있다. 그것은 보이는데서 움직이는 것이 아니라 보이지 않는 곳에서 움직인다. 그리고 그 힘의 실체는 싹을 통해서 드러낸다. 햇볕은 건강한 생명을 만들어 내고 물은 그것들을 키운다. *그리고 바람은 이 모든 생명의 영혼이다.*

오랜 공백의 시간을 메워보려고 두어 달 작업실에서 몸부림쳐 보지만 내 영혼은 깨어날 생각을 하지 않고 있다.

내 머릿속에 현실의 어지러움만 가득 차 있고 심장은 늘 불안하게 뛰고 있다. 지금 그리고 있는 진달래는 몇 날을 그렇게 그려지고 있다. 보리를 그릴 때처럼 그렇게 내 생각 밖에 있는 것이다.

2002. 8. 5.

8월 1일 장모님이 이승을 떠나셨다. 89년의 세월 속에 다 녹아내리고 한줌 흙처럼 남은 그 흔적 속에 서글픈 기억으로 잠겨 버렸다.

그렇게 힘들었던 것은 아니지만 혹독한 무더위 속에 삼오를 지내고 어제 내려왔다. 부의금으로 들어온 돈은 처남들 모두의 의견으로 동현이 대학 학기 등록금 300만 원으로 받았다. 너무 뜻밖의 일이었고, 장모님의 죽음으로 얻어진 결과라 마음이 편치 못했다. 아내의 얘기는 늘 장모님이 우리 형편을 걱정하셨고, 처남들 역시 다들 걱정하였던 것에 대한 결론이었지만 고마운 마음보다, 부끄럽고 죄스런 마음이다. 오늘도 그림 지도하는 날이라 작업실에 나갔다. 지금까지 내 삶을 허기지게 하는 것은 벌어들여야 하는 일에 아무것도 할 수 없는 나에 대한 죄책감과 무능함. 날마다 쓰러지는 못난 내 모습이다.

아직도 집수리를 해야할 일이 많이 남았지만 이런 내 의식

속에서는 망치와 톱을 들고 마당에 나서기가 고통스럽다.

아내는 작업에만 전념하라고 하지만 어디 그것이 쉬운가.

가게 일을 마치고 자정이 넘어서야 집으로 오는 아내와 아이들을 보며, 나는 땅속으로 스며들고 있다.

아내는 내 표정을 읽으려 보지만 나는 그 눈 속에 갇혀 버린 죄인이다.

장모님의 타개 소식을 듣고 그날 밤, 잠을 자던 엄마를 깨워 수일 형 집으로 모셨다. 어제 돌아오는 날까지 엄마는 놀라움과 두려움과 불안함으로 우리를 죽음에서 살아나온 자처럼 바라보셨다. 오늘부터 또다시 힘겨운 시험에 들어갔다.

2002. 8. 16.

때늦은 장맛비가 오늘로써 13일째다. 하루도 빠짐없이 내리는 비에 넌더리가 난다. 또 샐까, 하는 염려스러움이 여지없이 무너지고 둑, 둑, 둑, 비는 새고 말았다.

가게는 매일 물이 넘친다. 한번씩 들러서 물을 퍼내곤 하는데, 이 빈 공간에서 물 퍼내는 일이 참으로 한심하기 짝이 없다. 모든 것이 내 어리석음으로 된 일이라 어찌할 수 없다는 걸 알지만 여간 속상한 일이 아닐 수 없다. 쌀통에는 쌀이 떨어졌는데도 물만 퍼내야 하다니, 지금의 내가 도대체 무엇인지 모르겠다.

매일 속이 메스껍고 구역질이 난다. 혼돈과 어지러움이 나를 너무 힘들게 한다. 이런 와중에도 엄마와 힘겨루기를 하고 나면 아무런 생각이 없다. 그러면서도 엄마가 죽고 나면 내가 또 어떨까? 엄마에 대한 그리움으로 슬퍼할까? 살아계실 때 못다한 내 못남을 채찍질할까? 그래도 엄마는 자의식이 너무 강했다 말이야, 라고 위안을 할까? 그렇게 또 한동안 생각하다, 아이들과 아내의 얼굴이 떠오르면 내가 너무 부끄러워 한숨을 쉬고 만다.

2002. 8. 23

하나님
나는 어제 쓰다가 잊어었다.
나는 오늘 또 쓰다가 잊어먹다
나는 내일 또 쓰다 잠부거나?
내가 낳은 믿음을 수 있게끔 무엇시 갑다드려야
내일 또 믿음 수 있게 하기 위하여 무엇서요,
기억 크늘에 비치는 나는
물는 자랑상 압니다.

2002. 9. 2.

자고 난 후 몸이 조금 나아진 것 같다. 어제는 동현이의 짐을 가지고 서울의 고시원으로 갈 때부터 돌아오는 새벽 2시까지 감기, 몸살로 너무 힘들었다.

태풍 루사가 토요일부터 몰아치는 바람에 어제 일요일까지 온 나라가 재난을 당했다. 때문에 올라가는 길을 걱정했는데 다행이 별 탈 없이 돌아왔다. 아침을 먹고 다시 누워 버렸다. 어떻게 먹고 살아야 하는지를 생각하면, 지금의 나는 이렇게 쉬 쓰러져 버린다. 아내와 나는 서로 위안을 하면서 버텨 나간다.

엄마와는 늘 전쟁이다. 내가 엄마의 나이가 되면 내가 소리친 것 이상으로 더 할 것이라는 생각이 들지만 막상 부딪치면 참으로 어렵다.

죽고 나면 다 그리운 것이 되겠지만 어찌할 도리가 없다.

땀에 젖은 몸을 씻고 있으려니 동현이 녀석이 생각 난다. 녀석이 목욕을 할 때 물에 젖은 몸을 닦지도 않고 옷도 제대로 입지 않고 나오면 내가 호되게 야단을 친다. 그러면 엉거주춤하던 그 모습이 지금 이렇게 그리울 수가 있는가? 좀 더 좋은 환경을 마련해주지 못한데 대한 내 죄책감일까?

저녁 늦게 녀석의 전화가 걸려와 목소리를 듣는 순간 반가

움에 감격했지만 나는 또 몇 마디를 건넨다.

"밀폐된 공간이니 걸레질 잘하고 먼지 나지 않게 말이지."

"아빠, 전화비가 많이 나오니 빨리 끊읍시다."

"으응, 그래, 알았다. 그래. 그래."

동현에게,

내 삶 속에서 가장 무서운 적은 바로 나 자신이다. 그리고 가장 힘 될 수 있는 것도 나 자신이다. 그러므로 내가 바로 설 수 있고 온전해질 수 있는 것은 내 자신에게 이길 수 있는 나를 다듬는 것이다.

다른 무엇이 나를 좌절케 하는 것보다 내 자신이 나를 더욱 좌절케 하며 다른 무엇이 나를 분노케 하는 것보다 내 자신이 나를 더욱 분노케 하며 다른 무엇이 나를 고통스럽게 하는 것보다 내 자신이 나를 더욱 고통스럽게 하며 다른 무엇이 나를 슬프게 하는 것보다 내 자신이 나를 더욱 슬프게 하는 것이다. 또한 다른 무엇이 내게 힘이 되는 것보다 나의 용기가 더욱 힘이 되며 다른 무엇이 나를 기쁘게하는 것보다 나의 열림이 더욱 기쁨이 된다.

네가 하고 싶은 것과 할 수 있는 것은 다르다. 하고 싶은 일에 매달리지 말고 할 수 있는 일에 전념하라. 그것이 곧 하고 싶은 일을 할 수 있도록 해주는 가장 큰 힘이다.

모든 것은 "나" 속에 있다. 어렵게 하는 것도 어렵지 않게 하는 것도, 할 수 없는 것도 할 수 있는 것도 모두가 "나"에 있다. 자기 자신 속에 묶여 있으면 모든 것이 약해진다. 자기 자신을 이겨내는 "나"가 필요한 것이다.

지금의 상황보다 더 나아질 수도 있지만 더 나빠질 수도 있다는 것을 항상 기억하고 그럴 때에 "내가 지금 할 수 있는 것"에 전념하라.

상황이 나쁠수록 견디기 힘들수록 그 시간이 길어지는 것은 내 자신이 시간을 빨리 돌리려 하기 때문이며 상황이 좋을수록 시간을 오래 점유하고 싶을수록 그 시간이 짧아지는 것도 돌아가는 시간을 스스로 멈춰놓고 있다가 갑자기 돌아가 버린 시간을 자각하기 때문이다.

그러나 시계 속의 시간은 정착하게 그 시간을 이어 간다. 그 시간을 길게 할 수도 짧게 할 수도 있는 것도 "내" 속에 있다.

감정적인 일은 마음을 다스려야 "나"가 있게 되고, 상황적인 일은 정신력이나 생각의 전환을 통해서 이겨내는 것이며, 정신력은 내가 그 상황을 견뎌낼 수 있는 힘을 내부적으로나 외부적으로 끌어들여 시간과 같이 가는 것인데 내부적인 것을 내 자신이 체험해왔던 일을 다시 상기시키며 또 다른 투쟁을 하는 것이며 외부적인 것을 나 이외의 다른 존재를 상기시켜 견딜 수 있는 힘을 얻는 것이다.

그리고 생각의 전환이란 몸은 주어진 상황 속에 있지

만 생각을 다른 일에 함몰해버리므로 시간을 잊어버리는 것이다. 만약 주어진 상황에 빠져서 시간을 빨리 돌리려 하거나 상황이 갑자기 달라지기만 바란다면 자기 스스로 시간을 길게 만들며 그 상황을 더욱 악화시키게 되며 여기에다 마음 다스리지 못해 감정적인 일까지 끌어들여 누구를 탓하거나, 분노하거나 자신의 처지를 비관하거나 한다면 그것은 자신을 허약하게 만들고 "나"를 무너지게 하는, 바로 나 자신의 패배이며 내 삶의 패배자가 되는 것이다. 그러므로 선행되어야 할 일은 네게 주어진 상황을 거부하려는 생각에서 받아들이는 생각으로 전환되어야 한다.

이것은 안다고 그냥 해나갈 수 있는 것이 아니며 끊임없는 자기 노력이 있어야 비로소 이루어지는 것이다.

다시 말해서 이 모든 것은 바로 자기 자신을 이겨내는 "나" 속에 있을 때 시작되어 완성되는 것이다. 하지만 그 완성은 언제가 될지는 아무도 모른다. 그저 끊임없이 노력할 뿐이다.

항상 나를 드러내려 하지 말고 내 목소리를 높이지 말며 움직이기 전에 생각하라.

점점 다가오는 보이다가 보이지 않는 공허함과 있다가 없어지는 것에 대한 두려움과 초조함이 시간의 맥박을 바르게 움직여나가기 때문이다.

2002. 9. 아빠가

2003. 3. 1.

마치 몇 년의 시간이 흘러 오늘에 온 것 같은데 일 년도 되지 않았나? 그렇게 또 다른 봄이 시작되고 있다. 지금쯤 "대도동"의 마당에선 온갖 새싹들이 올라오고 있을 것이다. 특히 작약꽃의 새싹과 상사초.

지금의 환경이 거기보다는 훨씬 더 나은 곳이지만 웬지 모르게 서글픈 생각이 드는 것은 그곳의 모든 것을 다 잃고 여기까지 밀려와 언제 또 밀려날지 모르는 남의 터에 있기 때문이다. 이번 겨울은 붓 한 번 들지 못한 채 그렇게 보내 버렸다.

생활을 책임져야 할 일에 몰두해 버렸기 때문이다. 일이(돈 버는 일) 없는 날보다, 있는 날이 훨씬 마음이 편했다. 그것은 내가 화실에서 그림을 가르치는 일보다 더 솔직하기 때문이었다. 몇 안되는 부인네들을 상대로 한 힘겨운 가르침은 내게 늘 피곤함뿐이었다. 그림에 솔직함도 없고 전심전력도 아니며 그렇다고 금전적 힘이 되는 것도 아니었다. 그것으로 인해 내 작업마저도 힘들어졌지만 지금껏 그것 외에 내가 할 수 있는 일이 없었고 내 지킴이었다. 예술이란 남들보다 이 세상보다 처절할 수 있고 그것을 감내하며 그 속에서 새로움을 찾아내는 힘을 가졌을 때 얻어지는 것인데 나는 처절도 아닌 혼돈 속에서 맴돌고 있었다. 그러니 차라리 지금이 편할 수 있는 것은 처절함은 아니지만 좀더 솔직함으로 살 수 있기 때문이다. 하지만 그림은 그려야 되겠다.

지금 내가 보는 만큼이라도 그려야겠다. 지금 내가 가지고 있는 것들을 추스려내어 그려야겠다. 내가 바라는 것을 그리려 하는 것이 아니라 지금 내가 보고 있는 것에 대한 진솔함과 그것을 통해 내가 바라는 것을 찾아보자. 어느 곳에 있든지 어떤 때에 있는지 내 마음이 어두우면 그 길이 없고 내 생각이 밝으면 내 눈이 밝을 것이다.

<대도동에서 양백리로 이사간 후 첫 봄에>

2003. 3. 7.

지금 나는 작업실에 앉아 있다. 그냥 물끄러미 한곳에 시선을 머문 채 그렇게 앉아 있다. 마치 오랜 방랑생활을 하고 돌아온 자처럼 기분이 그러하다. 기름기 하나 없이 응고되어 말라붙은 파렛트의 물감처럼 이 작업실에서 내 숨소리는 딱지가 엉켜붙어 보오얀 먼지를 덮고 있다. 그래! 오랜만에 왔구나.

먹고 사는 일이 중하여 인테리어 작업 현장에 매달리다 보니 그렇게 되었다. 섣부른 그림 놓고 내 양심과 영혼을 혼돈시키는 일보다 더 솔직해서 하는 일이라서 그렇게 서러울 것도 후회스러울 것도 아니지만 왠지 이 공간에 들어서 있으니 약간의 서글픔이 일어난다.

어디 내가 이 끈을 놓고서야 살 수 있겠는가?
시간이 허락되면 돌아와야지.
돌아와서 내 기침 소리를 내야지.
그리하여 잠들어 있는 내 그림들을
봄처럼 일어나게 해야 되지 않겠는가.

2003. 5. 20.

나는 오늘도 지붕 위에 칠 차양막을 준비하려고 등나무 그늘 밑에서 일을 합니다. 조금 후, 현관문 소리가 나더니 엄마가 나옵니다. 엄마는 늘 그렇게 해왔습니다.

내가 일을 하고 있는 곳으로 점점 다가옵니다. 이제 걷는 것조차 힘들어 마치 김빠지는 것 같은 숨을 몰아쉬며 걸어옵니다. 하지만 내겐 탱크가 밀려드는 것처럼 느껴집니다.

내가 그렇게 느끼는 이유는 엄마의 우발적인 행동이 어김없이 내 일의 진행에 상당한 방해 요인이기 때문에 오는, 나의 반사적인 느낌입니다.

내일은 그림 지도 수업이 있어 일을 할 수가 없기 때문에 오늘 마무리를 지어야 한다는 다급한 생각에 엄마의 다가섬에 버럭 화를 내며 소리쳤습니다.

"다른 데 가서 앉지 왜 여기 있으려 하노!"

내 짜증스런 목소리에 반해 엄마의 대답은 아주 간명하고, 조용합니다.

"니가 있응께 여 앉지."

나는 그 소리를 듣는 순간, 아무 말도 할 수가 없었습니다.

그리고 나는 한동안 깊은 깨달음 속으로 빠져들었습니다.

그것은 너무 당연하고 심오한 것이었습니다.

2003. 6. 14.

밤이 깊습니다. 개구리 울음소리가 요란합니다.

가로등이 켜져 있는 집 앞에 나와 엄마가 늘 앉던, 6~70년대 국민학교 걸상에 앉아 가로등 불빛에 이 글을 씁니다.

밤하늘을 쳐다보며 고흐는 어찌하여 밤하늘의 별을 그렸는지 생각해봅니다. 가로등 불빛에 반사된 모든 정경들이 너무 고요합니다.

며칠 전에는 동현이 녀석이 제 할머니 간식용으로 사다놓은 꿀호빵을 두 개나 구워먹다가 내게 잔소리를 들었습니다. 한참 먹을 나이에 먹을 것 하나 제대로 사주지 못하면서 별 것 아닌 음식으로 잔소리를 한 것은 내 서글픔이지만 녀석에게 절제하는 것을 가르치기 위해서였습니다.

오늘은 엄마와 또 전쟁을 치뤘습니다.

오전에는 화장실을 쓸 일이 많습니다. 그런데 엄마는 꼭 그런 시간에 화장실을 차지하고 빨래를 합니다. 화장실 바닥에 주저앉아 독점을 해버립니다. 그러면 우리는 아무도 화장실 볼 일을 볼 수가 없습니다. 그래서 몇 번이나 지금 하지 말고 나중에 하라고 해도 끝내 엄마는 고집을 부립니다. 그래서 밀치고, 당기고, 소리치고, 야단법석을 떨었지만 결국 엄마는 엄마 일을 계속하였고 나는 화장실에 앉아 볼 일을 보며 속상함을 한 개비의 담배로 달래봅니다. 그리고 또 생각을 해봅니다. 차라리 내가 다른 집에 가서 볼 일을 보더라도 다른 집에서 거절을 하면 어디 다른 곳에서 볼 일을 보더라도, 엄마의 일을 방해해서는 안된다는 것이었습니다. 모든 것이 내 욕심이었습니다. 내게는 아직도 버릴 것이 너무 많아 삶이 무겁습니다. 그렇게 하나씩 하나씩 버리고 나서 깃털처럼 가벼워지면 내 그림도 완성이 되겠지요. 하나님!

2003. 8. 7.

엄마가 심상치 않다. 이틀째 겨우 한끼 정도만 음식을 취하며 밤낮없이 자리에 누워 있다. 그것도 밥을 삶아서 떠먹여야만 된다. 힘을 쓰지 못한다. 요를 두 개나 적셔내도록 오줌을 싸고 있다. 엄마의 얼굴에서 엄마의 모습이 사라지고 있다. 마치 어느 곳에서 보았을 이빨 다 빠진 노파의 얼굴이다.

저녁을 떠먹여 드시게 하려고 일으켜 앉혀 놓으니 금방 스르르 누우려 한다. 그러다 밥상 쪽으로 머리를 향하고서는 반은 밥상에 반은 밥그릇에 얼굴을 묻어 버린다. 그순간 나는 들었던 수저를 놓고 나왔다.

마당에서 한 개비 담배를 피워 물었다. 이제 자신의 몸조차 가눌 수 없는 엄마의 모습이 싫었고 그런 자신의 상황을 너무

강하게 표현하려는 행위도 싫었다.

다시 들어와 마음을 가다듬고 베개를 높게 눕혀서 음식을 취하게 했다. 그 와중에도 음식을 다 취하고 찐만두까지 드시고 빵을 가져와서 드시겠느냐고 하니 "빵이가!" 하셨다. 다행이다 싶어 물을 한 컵 떠 옆에 두고 나왔다.

저녁에 일요화가회 월례회라 나갔다가 아내와 함께 들어왔다. 아내가 먼저 살펴보더니 인혜를 불러 요를 가져가게 하였다. 물을 마시려다 다 쏟은 모양이었다.

아내가 아무래도 병원에 모셔야 할 것 같다고 했다. 누군가가 하루종일 지키고 있어야 한다면 그렇게 하는 것이 옳다.

동현이가 시험을 앞두고 있어 마음이 뒤숭숭한데 엄마일까지 겹쳐 아내가 여간 곤란한 게 아니다.

나는 또 밖으로 나왔다. 담배를 한 대 피워 물었다. 마당을 옷으로 몸으로 쓸며 풀을 뽑던 엄마의 모습으로 돌아와주기를 기도한다.

거실 창을 통해 보이는 엄마의 방문 틈 사이로 작은 미등이 빤히 보인다. 엄마가 돌아가시면 저 미등도 꺼지겠지. 그러고 나면 엄마의 모든 기억을 더듬으며 침을 꿀꺽 삼키며 끼득 끼득 울고 있겠지.

2003. 8. 19.

내가 구만을 잊은 것은 아니지만 여기 양백리로 처소를 옮긴 후엔 수양버들이 내게 또 다른 의미가 되었다.

오래전, 내가 대신동에 살 때 일이다. 아마도 20년 전후였을 것이다. 재래식 화장실에서(그야말로 정랑이었다.) 큰 일을 보며 집 옆 공터에서 주어온 몇 장 남지 않은 무협 만화를 보고 있는데 이런 내용이 있었다. 조카가 숙부인 스승에게 무술을 배우는 과정에 숙부에게 물었다.

"숙부님. 싸움이란 이기는 것이 좋습니까, 지는 것이 좋습니까?"

"싸움이란 이기는 것도 좋은 것이 아니고 지는 것도 좋은 것이 아니니라."

"보라! 버드나무는 바람과 싸우지 않고도 잘 살지 않느냐. 이유는 곧 강이니라."

그 대목을 읽는 순간 나는 쪼그리고 앉은 채 손으로 무릎을 탁치고는 옳거니! 하고 소리쳤다.

그리고 그것은 늘 내 속에 각인되어 왔다. 오랜 세월을 살면서 어렵고 힘들 때면 수양버들을 떠올리곤 했다. 그리고 이제는 그것이 내 그림이 되기를 희망하며 시작하였다. 그러나 그것 또한 구만의 보리와 같았다. 몇 번을 그것에 다가가려 해보지만 캔버스 위의 수양버들은 수양버들이 아니라, 파렛트 위의 물감일 뿐이었다.

그리고 오늘 또다시 긁어냈다. *긁어낸다는 것은 내 허물을 긁어내는 일이다. 궁핍함과 허구와 내 조급함의 군더더기 말이다. 그것은 잘한 일이다.*

다시 또 시작하는 것이다. 내 살아온 삶 만큼 솔직한 수양버들을 가지기 위해서 말이다.

2003. 12. 6.

11월 27일 미국에서 막내가 왔다. 혼자서 왔다. 작년 12월말 가족이 다 함께 와서 올해 1월 3일 떠났는데 일년도 채 안되어서 또 그렇게 왔다. 떠나던 날 엄마의 애절한 목소리가 가슴에 떠나지 않고 늘 잠겨 있었나 보다. 저도 이제 아이들을 낳아 기르면서 나이가 들어 엄마에 대한 그리움이 더 간절해지는 것 같다. 더군다나 고향을 떠나 먼 미국에서 오래 살았으니 더욱 그러하리라. 막내가 와서 이틀째 되는 날 엄마는 자리에 누웠던 여름 이전으로 돌아왔다. 막내는 그렇게 엄마에게 엄청난 에너지를 주었다. 그런 상태는 막내가 돌아가는 이틀 전까지 지속되었고 하루 전부터 조금씩 심기가 약해졌다.
"니가 가면 나는 어짜노, 니기 가면 나는 우짜노."

"내년에 또 오잖아."

그리고 오늘 엄마는 막내가 떠날 준비를 하는 내내 불안함을 감추지 못하고 방에서 막내의 부축을 받으며 나왔다. 현관 밖으로 나가려고 애를 썼다. 아직은 갈 시간이 되지 않았다고 막내가 만류를 했지만 이런 부산함으로 분위기가 조금씩 가라앉기 시작했다. 그리고 막내가 일어서 나가려는 순간 엄마는 얼굴을 쳐다보며 손을 잡고 나서려 한다. 이미 엄마의 속은 다 비워진 채 허해져 있었고 얼굴은 넋이 나간 사람처럼 멍했고 눈동자는 불안감에 휘둥그레해졌다. 막내 대신 내가 엄마의 손을 잡고 부축하고 있었고 막내는 차 앞으로 다가섰다.

"헌아! 니가 가나? 헌아! 니가 가나?"

엄마는 애끓는 목소리로 말했다. 그런 엄마의 모습을 보던 막내는 눈물을 글썽거렸다. 차라리 오지 않았으면 좋았을 것을 하고 후회했는지도 모른다. 차에 오른 막내는 아무 말도 없이 엄마를 보고만 있었다. 얼마나 가슴이 아플까? 터져나오는 눈물을 참고 어떻게 있었을까?

그렇게 막내는 또 떠났다. 엄마는 한참을 "헌아! 헌아!"를 불러 댔고 창 너머 하늘만 보았다

나는 그런 엄마의 빈 마음을 채우려고 일부러 엄마와 함께했고, 어제 아내가 싸온 냉동 물만두를 조리해서 입에 넣어

드렸다.

그런 후 엄마는 조금씩 나아지기 시작했다.

내가 마당에서 일을 하는 동안 엄마는 내가 던져놓은 빨래를 개고 있었다. 그건 나의 계획이었고 그런 나의 계획에 엄마는 움직여 주었다. 빨래를 다 갠 후 나에게 밥을 먹자고 했다. 이런 행동은 엄마가 드러눕기 이전에 하던 행동이라 나는 놀랍고 반가웠다.

저녁 8시 지금 엄마는 자고 있으며 나는 무언가 허전한 마음 속에 놓여져 있다. 막내가 가고 난 빈자리인 것 같다.

지금쯤 LA로 향하는 비행기 속에서 막내는 어떤 생각에 잠겨 있을까?

이 작업실에서 나는 또 하나의 정물이다.

처량한 들판을 휘몰아치는 바람과

쏟아지는 따스함의 겨울 햇살과

쓰리도록 내 가슴을 파고드는 내 고독과

눈물겹도록 펼쳐지는 내 기억들,

나는 이 모든 것들을 그리워했고,

사랑했고

내 몸 부딪치며 좋아했다.

그리고 나는 그것들 속에서

내가 각인된 화석이 되고자 했다. 내 혼신의 힘에 대한, 절실함의 요구에 대한 내 그림을 통해서 말이다. 하지만 나는 늘 그것에 대한 생각만 해왔을 뿐 그 흔적을 갖지 못했다.

그릴 수 없다는 것은 고통스러운 일이다. 이젤 앞에 앉아 한참을 마음 정리하고 있다가 파렛트를 만지는 것을 시작으로 오늘도 나는 그것을 향한 준비를 한다.

2004. 1. 9.

또 한 해가 시작되었다. 55년의 생이 시작된 거다. 말이 시작일 뿐 어제와 오늘의 연속인데 그냥 금을 긋고 끝과 시작이다. 옛날처럼 어떤 의식의 정지선에서의 시작이 아니다.

며칠 전부터 일 나갈 때 즈음 일어나 마을길을 따라 농로길을 돌며 한 시간 가량 걷고 뛴다. 집을 나와서 10여 분이 지나면 해가 뜨기 시작한다. 날마다 다르게 변화하는 공기의 흐름과 날마다 다르게 시작되는 일출을 보며 날마다 다른 하늘의 색조에 경이로움으로 빠져들곤 한다. 요즈음은 해와 달을 한 하늘 아래서 볼 수 있어서 더욱더 그러하다. 내가 일어나 옷을 입고 나설 때면 아내가 "운동하러 가닝교?" 하며 덜 깬 잠 속에서 한마디 건넨다. 처음 나서던 날 "어디를 가느냐?"고 묻길래 그냥 "마을 한 바퀴 돌려고 나간다."고 했더니 그렇게 생각하는 것이었다. 하지만 내가 이렇게 나서는 이유는 단지 그것만이 아니었다.

일이 없는 날이면 또 다른 생각의 무게에 짓눌려 몸이 지치기 일쑤였다. 가족의 생계를 책임져야 할 내가 이렇게 되면 안 된다는 또 다른 강박이 일기 시작했다. 그래서 언제든지 일을 할 수 있는 조건을 갖추기 위해서 일어나는 시간을 정확하게 하고 체력을 단련하고 정신력을 다듬기 시작했다. 건강해지는 것은 당연한 일이다. 그러나 시작의 의미는 건강을 위한 것이 아니라 가족에 대한 책임이었다. 그리고 부가적으로 새벽을 느끼며 날마다 다른 일출을 체험할 수 있는 것도 한 부분을 차지한다. 아이들에게 내가 먼저 일어나 움직이는 모습을 보여줌으로 아이들도 함께 스스로 다듬을 수 있게 하려는 의미도 있었던 것이었다.

2004. 2. 24.

아침 산책을 하고 돌아오는 길에 마을길 주변을 살피며 걸어오다 건너편 둔덕 아래 나무의 잔가지 색깔이 "그린어스" 색보다 약간 밝은 듯한 연두빛 색깔이 언뜻 보였다. 이상한 색깔이다 싶어 다시금 눈여겨보다가 불현듯 그것인가 하는 생각이 스치고 지나갔다. 봄이 왔는가? 그것이 저렇게 도사리고 있었던가? 아직은 들과 그 주변이 저렇듯 동토의 땅으로 있는데. 아! 이미 그것은 자신의 시간과 자리를 예배하고 있었다.
어둠 속에서 홀연히 나타나 아무도 모르게 자리하며 빛나는 눈빛으로 이 세상을 지키고 기다리는 선지자의 은밀함처럼, 내가 잠들고 있을 때 소리 없이 새벽이 오듯이 봄은 이미 그렇게 와 있었다. 그리고 마을 안길로 들어서는 입구에 무엇인가가 눈에 띄었다. 매화었나. 아! 틀림없는 봄이 온 것이다.

나는 아직도 겨울 속을 헤매고 있는데 그것은, 지금은 겨울
이 아니라고 내게 일러둔다.

작업실에서 나는 그것도 모른 채 겨울의 끝자락에 매달려
겨울의 숨소리들을 하나씩 깨우며 손을 잡고 있었는데 아!
그것이 벌써 오다니. 이제 또 이 자리에서 밀려나야 하는가?

이번 겨울에는 예전의 겨울 작품들은 모조리 정리하여 넣어
두려고 했는데….

간헐적으로 일을 다니다보니 작업의 진행에 늘 맥이 끊겨 지
지부진하다 겨우 하나만 정리해놓고 이렇게 되어버렸다. 아직
은 내 능력이 부족하여 이런 공기의 기운을 이기지 못하니 내
년으로 돌릴 수 밖에.

허엇. 그것 참!

2004. 8. 30.

내가 죽고 나면 내가 살아온 날들에 대해서 내가 얼마나 남
아 있을까.

봄, 여름, 가을 그리고 그 겨울의 아침과 한낮과 저녁과 밤.
그때 내가 본 하늘과 그 하늘에 구름, 이사 오기 전의 마당과
동네, 그리고 그 이후의 마당과 마을의 풍경들. 내 젊은 날의
움직임과 사색들, 살아가는 희, 노, 애, 락들. 그 모든 것들이

너무 그리워 뼛속으로 깊이 깊이 다 박아 넣고 불에 태우면 또 이 공^空에서 남아돌며 내가 향유할 수 있을까?

2004. 9.

그림보다 더 소중한 그림이 너무 많은 것을 이제야 알 것 같다. 우리가 그린다는 것은 단지 배부름의 행위일 뿐 아무 것도 아니다. 바람보다 더 강한 바람으로 쓰러지며 우는 갈대를 보았는가? 밤새 그 갈대와 함께 울며 아침을 맞아 보았는가? 우리는 그것도 모른 체 말갛게 트인 하늘 아래 햇살 받으며 일렁이는 갈대를 그리려 했다.

내 몸은 그대로인데 또 다른 옷을 갈아입고, 나를 다르게 보아주기를 바랜 그 어리석음으로 부끄러움도 모른 체 여기까지 왔다. 가자, 고개숙이며 가자. 그림보다 더 소중한 나 밖의 나로 가자. 그리하여 그 부끄러움이 조금이라도 모면될 수 있게….

2005. 1. 24.

고흐가 내 그림을 보면, 한심하다 못해 우스꽝스러울 것이다. 그기 그림을 그리는 행위를 생각하면 나는 차마 얼굴을 들 수가 없다. 그는 광기로 얼룩진 화가가 아니라, 냉철한 판단력과 심오한 감성과 인간적 가슴을 가지고 전심전력으로 살아오면서 자기 억제를 처절하게 지켜온 너무나 훌륭한 예술가이다. 예수께서 인류의 구원을 위해 십자가를 지신 것처럼 고흐는 예술의 진정함을 위해 십자가를 진 것이다.

동현이가 사다 준 『고흐, 영혼의 편지』란 책을 읽고 그가 그림을 그리기 위해 어떠한 준비와 어떤 노력과 어떤 생각으로 행해 왔는지를 생각하면 감히 이젤 앞에 앉을 수가 없다. 고흐의 얘기처럼 "훌륭한 화가는 캔버스를 두려워하지 않는다. 캔버스가 그를 두려워할 뿐"이라고 했지만. 사실 나는 캔버스가 두렵다. "과연 이것이 그림인가? 오늘 또 내가 그릴 수 있을까? 한 장의 사진을 놓고 내가 할 수 있는 일이 무엇인가?"라는 질문 앞에 나는 고개를 떨굴 수밖에 없다. 그러나 나는 캔버스 앞으로 가야 한다. 캔버스가 이리 오라고 손짓한다. 나는 캔버스의 노예가 되어 버린 것이다.

아! 고흐.

2005. 2. 1.

이젤 앞에 앉으면 과연 내가 이 그림을 그릴 수 있을까? 과연 내가 이 한 장의 사진을 놓고 그릴 수 있는 것이 무엇일까?

라는 고민에 빠진다. 그리고 몇 번이나 붓을 들었다 놓는다.

또 다시 한 개비의 담배…. 눈을 그리면서 눈 위에 있지 않는 내가 눈의 무엇을 그린단 말인가? 그래 단순히 눈의 풍경을 그런 물리적 자연 현상을 그리는 것이 아니라 그런 풍경을 통해서 내가 느껴온 어떤 기억의 잔영들과 삶의 흔적들 그리고 내가 좋아하고 감동했던 풍경들에 대한 내 생각을 그렸다. 뭐, 그런 이유로 합리화 할 수는 있겠지만 그래도 뭔가 억지로 꿰맨 것 같아 석연치 않다.

그래 그건 속임수다. 그럴바에야 차라리 그리지 않는 것이 정직한 것이 아닌가? 아! 그러면 어찌 할 것인가? 늘상 시간과의 싸움, 내 궁핍함과의 싸움 그리고 내 자신과의 싸움. 이런 것들 속에 내가 그릴 수 있는 방법이 무엇이란 말인가?

있다. 그냥 그리는 것이다. 내가 그리고 싶다면 그냥 그리면 된다. 그러나 나는 그림을 그리고 있다고 말하지 말자.

그렇게 할 뿐이다.

2005. 3. 14.

2월 20일 엄마가 돌아가신 후 처음으로 작업실을 들렀다. 아직은 모든 것이 혼란스럽다. 누님도 아직 여기 계셔서 함께하는 시간이 많은지라 작업실에 올 기회기 없었다. 작업실에 들어서면 처음 느끼는 것은 늘 겨울이라는 것이다. 황량한 들판, 어느 순간에 정지되어 미동도 하지 않는 오래된 기억 같다. 단지 시계 초침 소리만 자기 자리를 맴돌며 현재의 시간을 이어가고 있다. 때가 봄이든 여름이든 가을이든 겨울이든 말이다.

이것이 현재의 나이며 실상이다. 아! 빨리 이것에서 벗어나고 싶다. 그려야 할 것들이 너무 많은데, 아버지, 수미, 설경, 보리, 수양버들, 양백리의 풍경들 그리고 앞으로 또 엄마도 그리고 싶다. 스스로 지쳐버리고 또 무엇엔가 묶여서 머릿속에서만 그리고 있다.

2005. 4. 4.

엄마가 돌아가시기 며칠 전 볼일을 보러 나간 아내 대신 엄마의 식사를 챙겨 누운 채 음식을 받아 드시던 엄마는 내 손을 자꾸 잡았다. 이제 별로 남지않은 기운으로 의식이 감감한 채로였건만 나는 몰랐다. 나는 정말 몰랐다. 나는 "밥이나 어서 먹으라."며 잡은 손을 놓았는데 몇 번이고 내 손을 잡으려 더듬거리며 내 손을 만지고 있었는데 그것이 내게 하는 말인 줄 나는 몰랐다. 정말 몰랐다.

"수철아! 너 이제껏 고생 많았다. 그리고 잘 살거라."

엄마가 내게 그렇게 하는 말이었는데 나는 몰랐다.
나는 정말 몰랐다.

　동현에게

　네 고모를 미국으로 보내고 돌아오는 길에 네게 들렸다. 오고난 후 나는 적지 않은 상념에 가슴 아프게 지내왔다. 이제껏 그렇게 해 왔지만 그래도 이번만은 조금은 낫겠거니 하고 생각하며 갔었는데 역시 다를 바 없는 그 좁은 방에 너를 둘 수 밖에 없는 내 능력의 한계에 내 스스로 내게 망치질을 하고 말았다. 동현아! 네게 미안하구나. 내가 너에게 줄 수 있는 물리적 힘이 거기까지 밖에 되지 않으니 아비로서의 책임을 다하지 못함을 용서하기 바란다.

　또 봄이로구나. 나는 언제쯤 제자리로 갈 수 있는지 모르겠다. 계절은 오고 또 오지만 우리는 그렇지 않으니 최선을 다하여 너의 자리로 갈 수 있도록 해야 할 것이다. 결과야 어떻든 네가 최선을 다했다면 그것이 네자리다.

　그리고 네게 꼭 당부하고 싶은 것이 있는데 함부로 분노하지 마라. 침착하고 침묵하도록 노력해 주기 바란다. 두려워해야 할 것이 있으면 두려워함을 너의 약함이라고 생각하지 마라. 그 두려움을 피해갈 수 있는 길이 있으면 굳이 부딪칠 필요는 없다. 달리 그 두려움에 내가 디가 서야 할 필연이라면 그건 두려움이 아니라 네가 가야할 길일 뿐이다. 긴 호흡 한 번 하고 용기를 가지고 말이다. 용기란 두려워하지 않는 것이 아니라 두려워하는 것에 지혜롭게 다가서는 것이 용기이다. 너무 쉽게 판단하고 말하지마라. 진실은 항상 깊은 곳에 숨어 있게 마련이다. 쉽게 보이는 것은 진실의 모양을 한 가식일 뿐이다.

오늘 어떠했느냐. 삶이란 하루의 시간처럼 변하고 계절의 때처럼 달라진다. 어떤 경우든 네 생각이 중요하다. 가능하면 먹는 일을 게을리 하지 마라. 그건 네 몸을 지탱하는 길이니까. 우리가 하나님과 함께 있음을 잊지 마라. 모두가 나가고 없는, 네 할머니마저 안 계시는 이 밤 늦은 시각이 조금은 쓸쓸하구나. 네 자신에게 항상 관대하길 바란다.

2005. 4. 25. 아빠 씀

2005. 6.

"보라! 저 버드나무는 바람과 싸우지 않아도 잘 살지 않느냐[3]"

바람이 오면 바람이 가는 곳으로 간다. 그러나 결국 가고 없는 것은 바람이다. 버드나무는 늘 그렇게 그 자리에 있다. 바

---

3. 무협만화에 나온 대화내용

람을 거부하려고도 맞서려고도 하지 않는다.

버드나무가 그 자리를 지키는 힘은, 거기서 생존하는 힘은 자기 중심을 강하게 세우며 뻗어 있는 부드러움 속의 강함이다.

2005. 6. 23.

해가 가장 길다는 하지가 어제였다.

어둠이 아닌 밝음이 길다는 것은 무엇이라도 해야 할 시간이 많아서 좋다. 이젠 일이 거의 없음으로 거의 매일 이 작업실에 나와 오랜 생각과 잠과 작업을 나누어 하면서 있다. 별로 해야 할 것이 없어 <보리>를 해보지만 여의치가 않다. 몇 날을 고민하는 것은 내 절실함이 모자란다는 것이다.

<보리>는 <보리>대로 있고 물감은 물감대로 있다.

그렇다는 것이지 그런 것은 아니다. 그것이 나를 너무 힘들게 하며 괴롭히고 있다. 그리던 그림 하나를 나이프로 긁어 내었다. 껍질처럼 벗겨졌다. 그 두께 만큼이나 내 헛됨이 벗겨졌다. 그 두께 만큼이나 그것이 내 헛됨이다. 아무리 생각해도 구만을 가야 한다. 구만에 있어야 한다. 머릿속에서 계속 그렇게 되뇌이고 있었다.

엄마가 돌아가신 지 여섯 달이 지났는데
오랜, 아주 오랜 일인 것 같다.
엄마를 기억하면,
어릴 때의 나와 엄마가 생각난다.
엄마는 내 오래전 시간으로 가버린 것일까.

2005. 8. 6.

혼자 아침밥을 먹고 있는데 엄마의 방에서 소리가 들렸다. 식사를 할 때마다 늘 그렇게 밥그릇과 숟가락이 부딪치는 소리를 내곤 했는데 그런 소리였다. 환청이었다. 가끔씩 그렇게 소리가 들리곤 한다. 바깥으로 나와 밭에서 소변을 보려하는데 참깨를 심어 놓은 곳에 작은 모양의 하얀 구름 같은 것이 어른거렸다. 다시 보려는데 보이지 않았다. 순간적으로 이런 생각이 일었다.

엄마의 영혼이 왔는가?

엄마인가? 그런가? 환영인가?

2005. 8. 25.

　내 의식의 어떤 것, 늘 그래 왔듯이 그려야 된다는 것이 마치 의무감처럼 되는 것은 옳지 않다. *어떻게 그려야 할 것인가? 무엇을 그려야 할 것인가? 왜 나는 그리는가?에 대한 고뇌가 끊임없이 나를 힘들게 한다.*

　T.V <아침마당>의 <그 사람이 보고 싶다> 라는 프로를 늘 보는데 그것이 중요한 것 같다. 내가 꼭 찾아야 할 것들, 절실하게 찾아야 할 것들, 잃어버린 것에 대한 간절한 요구, 그런 것들이 없어서 내 삶의 허기진 외로움에 대한 갈망, 그것을 찾아서 가자. 그것이 꽃이든, 하늘의 한 점 구름이든 아니면 그냥 선이든 점이든 내 의식의 기억 속으로 가자.

　그림을 그리는 시간보다 그려놓은 것과의 싸움으로 대부분의 시간을 보낸다. 그것을 어떻게 그려 나갈 것인가에 대한 것과 그림이 될 것인지 아닌지의 판단이다. 그리고 결론을 내린다. 지워버리기로, 내 새로운 의식의 세상이 다시 시작된다.

　동현에게,
　수고 많았다. 모든 일이 그렇겠지만 되었다는 쪽보다
안되었다는 쪽이 쓸쓸한 편이지. 하지만 되어도 지금 그

자리이고, 아니되어도 그 자리이다. 하나는 새로움으로 또 배우는 것이고 또 하나는 실패함으로 또 배우는 것이다. 목적이야 새로움으로 가는 것이지만 그것 자체가 목표의 완성은 아니다. 진정한 완성은 자신을 믿고 자신의 삶을 충실히 살아가는 것이다.

실패는 자신의 목표로 향하는 또 하나의 지름길이다. 어떤 경우이든 획일된 생각을 버려라. 그것이 아니면 안된다는 강박관념에서 벗어나야 한다. 우리는 우리가 가지고 있을 때보다 아무 것도 가지지 않은 지금이 더 많은 것을 가지고 있음을 알고 있다.

밤하늘에 별을 보라. 그중에 가장 밝은 별이 아니어도 반짝이는 별로만 있으면 족하지 않느냐. 들에 있는 수많은 들꽃 중에 어느 곳에 있든지 자신의 꽃으로 힘차고 건강한 꽃으로 있을 수 있으면 그 자체가 완성이다.

나는 너에게 감사한다. 네게 아버지로서 충분하지 못한 것에 대하여 네 스스로 힘겨루기를 하며 너를 잘 지켜온 너에게 박수를 보낸다.

그리고 열심히 하려는 네가 자랑스럽다. 진정으로

2005. 8. 아빠가

이재숙에게

어느 날 늦은 밤, 집으로 가는 길에 농로를 따라 헤드라이트의 불빛 속에 희미하게 보이는 것이 있었다. 멈춰선 채 한참을 다시 보았다. 노루였다. 한 마리, 또 한 마리, 그리고 또 한 마리의 작은 노루.

약간의 안개 속에 너무나 황홀했다. 우리가 어둡다고 느끼는 곳에도 빛이 있고 보이지 않는 곳에서도 아름다움은 늘 존재하는 것. 네 삶에도 네가 인식하지 못하는 빛이 있고, 아름다운 황홀함이 있다.

엄마에게 있어서 아이들은 늘 어릴 때의 기억이 크듯이 나에게 있어서 너는 처음 너를 보았을 때의 기억으로 늘 남게 된다. 살아오면서 조금씩 조금씩 변하게 마련이지만 귀중한 곳에 넣어둔 보물처럼 마음 어느 한 곳에라도 내 젊은 날의 소중함을, 기억을 간직해두며 잊지 않고 살아가면 어떨까?

시골에서 보는 밤하늘의 별빛은 너무나 투명한데 네 삶 속에서도 투명함이 가득하여 별빛처럼 반짝이길….

박수철

나는 너무 오랫동안 내 속에서만 살아왔다.
새삼스레 무슨 용기로 나 밖의 세상으로 나설까마는,
잠시라도 나를 뒤에 두고 쉬어 갔으면 좋겠디.

2005. 9. 27.

새로움의 탄생은 썩어없어지는 그 위에 생겨난다. 나의 그림 또한 내 희생의 댓가로 생겨나는 것이다.

내가 없어져야 그림이 있는 것이다.

무섭고 두렵다. 내가 나로 있기 위하여 들썩거리면 내 그림은 말라 죽을 것이며 내 그림이 있기 위해서는 내가 어둠 깊은 곳에서 녹아버려야 할 것이다.

아! 이 두려움을 어찌 할 것인가?

2005. 10. 1.

작업이 시작되면 너무 긴장이 된다. 마치 전투를 하는 것처럼 중요한 사건을 맞이한 것처럼 누군가를 만나는 것처럼 긴 호흡을 해야 한다.

2005. 10. 19.

잠들기 전 한참을 내 자신에게 괴롭고도 힘든 질문을 계속한다. 어디까지 내 진실함과 내가 할 수 있는 부분인가에 대한 생각이다. 그리고 머릿속에 일어나고 있는 끈적이는 물감의 형상들을 바라본다.

나는 과연 <보리>의 힘을 가졌는가? 바람과 바다 그리고 그 것의 파도, 나무들과 꽃, 하늘의 구름, 하얀 눈과 마른 가지 들, 그 모든 것에 대하여 그것의 영혼과 힘을 가지고 있지 않 음에도 그것들을 그리려 했음에 심한 죄책감을 느낀다.

그리고 그럼에도 진정 그 모든 것을 내가 그리려 한다면 내가 아는 만큼, 가지고 있는 만큼의 그림, 아니면 내 생각의 소견 이상의 것을 생각해서는 안된다고 다시 생각한다.

그러니, 내가 <보리>를 그린다면 <보리>에 대한 내 소견일 뿐이다. *나는 과연 내가 그리고자 하는 것의 영혼을 가졌는 가? 그것의 힘을 가지고 있는 것인가?*

2005. 10. 20.

감기 몸살이 시작되려나 보다. 머리가 지끈거리고 몸이 주저 앉는다. 잠바를 걸쳐 입고 소파에 눕는다. 눈을 감으면 언제 나 젖은 물감이 서로 엉켜 끈적이며 미묘하고도 생명력 있는 형상들이 보인다. 황홀한 색깔들….

엄마가 너무 보고 싶어졌다. 엄마의 모든 것들이 영상처럼 펼 쳐진다. 아! 너무 그립다. 이불 속에서 끙끙대며 앓는다. 아버 지와 형님에게도 가고 싶디.

한 시간 반이나 잠에 빠졌다. 조금 가벼워진 것 같다. 다시 작업을 시작해본다. 아니다. 아니다 했는데 정말 아니다. 그림이 이상한 쪽으로 가고 있다. 고흐가 말한 그 "검은 짐승" 같은 것에 쫓겨다니는 것 같다. 그 녀석에게 떠밀리고 쫓겨다니고 내 머릿속에서 그렇게 그리라고 속삭인다. 내가 아니다, 라고 하면 나를 윽박지른다. 그렇게 된 것 같다. 분명 내 살아온 삶이 퇴보적이지는 않는데 왜 그럴까? 한참을 고민했는데 그런 것 같다. 자유롭지 못한 것이다. 그림이 자유로움을 원하는데 내가 그 자유로움을 구속한 것 때문이다.

아무래도 내일은 생각을, 그리고 다짐을 달리해야겠다.

아! 너무 힘들고 고통스럽다.

아! 정말.

아!

빈자리,
그래 뭔가 빈자리가 있어야 되겠다.
때로는 술이 나를 거짓된 자로 남겨놓고
혼자 떠나버린다.

2005. 11. 5.

　내가 아직도 하나님 아버지께 마음 더하여 가지 못하고 바램만 많아 미웁겠지만 우는 아이 달래듯 주머니에 몇 푼의 것만 꺼내어 주어도 큰 것이라. 그렇게라도 주옵소서.

2005. 11. 18.

　어제 또 "검은 짐승"인 악마와 한판 씨름을 했다.
　늘 그렇지만 패한 자는 나이다.
　하나님께 앙당 거리며 대들다가 내 스스로 주저앉는다.
　심한 몸싸움을 하고 나면 내가 너무 부끄럽다.

2005. 12. 9.

　나는 내 눈에서 악마의 눈동자를 보았다. 그것은 분명 내 눈동자가 아니었다. 내 머릿속으로부터 나를 밀어내고 내 마음을 흔들고 자리잡은 악마의 눈동자였다.

　양지운에게,
　저녁 무렵 집을 나서며 넓은 논 위 겨울 하늘의 그 공간을 유영하는 두 마리의 새를 보았다. 너무 자유로웠고 황홀했다. 그러나 그 자유와 황홀 속에 보이지 않는 질서가 있음을 깨달았다. 나는 모르고 그들은 그들이 가는 곳을 간다. 이 자연의 질서에 따라 순종하며 자유와 황홀로 간다.

어쩌면 너도 이제 그렇게 갈 것이다. 다른 자의 길이 아닌 네 길로 말이다. 둥지를 떠나는 새는 또 다른 둥지를 만들기 위해 떠난다. 떠남은 또다른 정착을 의미한다. 네가 떠나서 정착해야 할 곳은 다른 곳이 아니라 바로 네 속에 있음을 알았으면 좋겠다.

2006. 1. 박수철

2006. 4. 11.

비는 온종일 내린다. 여지껏 그래왔던 것처럼. 그리고 앞으로 또 그렇게 이어져 갈 것처럼 끊임없이 내린다. 마치 끊어지지 않는 동아줄이 겁劫으로 이어져 있는 것 같은 느낌으로 다가온다. 내 마음이 그렇게 답답한 모양이다. 무언가 할 수 있는 일이 없이 견뎌내야 하는 이 시간들이 나를 그런 생각으로 끌고가는 모양이다.

어제부터 내리고 있는 비 탓에 백구 녀석이 이틀 동안 외출을 못하고 배변의 시원함이 틀어막힌 채 비가 추적추적 오는데도 불구하고 이리저리 덤벙대며 컹컹 짖어댄다.

한동안 잠잠하다 싶어 내다보면 집안에 있거나 비를 피해 한쪽에 앉아있다. 그러다 내가 나가는 문소리를 듣거나, 거실에 있는 나를 보게 되면 또다시 컹컹거리며 고개를 흔들며 나가자는 시늉을 한다.

나는 비가 와서 안된다며 소리지르고 다시 들어왔다. 저녁 무렵까지 그렇게 몇 번을 반복했다. 비가 조금씩 그치기 시작했다. 그 무렵부터 녀석이 또다시 짖어댄다. 밖으로 나가자며 고개를 대문 방향으로 연신 흔들어대며 짖는다.

거실에서 보니 비가 그친 것 같았다. 장갑을 들고 밖으로 나와보니 아직 잔비가 내리고 있었다. "아직 안돼." 하고 들어왔다. 녀석은 비를 맞으며 거실에 앉아 대나무 포크를 만들고 있는 나를 향해 계속 짖어댄다. 나는 녀석을 물끄러미 보다가 순간 이런 생각이 났다. 하나님도 그럴 것이다. 내가 요구하는 것과 하나님이 응답해주시는 것이 다른 것이라고. 내가 답답하여 필요할 때와 하나님이 그것을 이루어주시는 때가 다른 것이라고….

내가 포크 만들기를 계속하고 있으니 녀석은 내 쪽을 보며 끈질기게 기다리고 있었다. 그렇다. 힘들고 견디기 어려워도 끈질기게 기다리자 기도하며 기다려야 한다. 비가 그쳤다. 녀석을 데리고 밖으로 나갔다. 녀석은 바쁜 듯이 오줌을 갈겼다.

평소보다도 한참이나 오래도록….

  p.s 그림을 그려야 되는 일에 대해서 아무런 생각이 나지 않는다. 감각 상실증에 잠겨 버렸나보다.

2006. 6. 28.

다시 시작되는 더위, 전람회 이후 오랫동안 후유증과 무감각증을 겪었다. 어차피 내가 할 수 있는 일이 이것 뿐, 다시 작업실에 들락거리지만 할 수 있는 것이 별로 없다. 어제는 형님의 얼굴과 마주하고 씨름을 했다. 그리고 형님의 얼굴을 한참이나 바라보았다. 아직 미완의 캔버스 속 형님도 나를 한참이나 바라보고 있었다. 또다시 시작되는 내 궁핍함에 대한 근심과 죄책감, 길거리에 보이고 보이는 것이 차인데 나는 차 한 대 가질 수 없는 무능력함과 아이들 생각, 심한 우울감에 멈춰 있다. 그래도 선풍기는 돌아가고 있다.

2006. 7. 19.

계속되는 장마에 이 작업실도 눅눅하다. 보리를 그려 보지만 보리가 아닌 것 같다. 내가 보리를 본 것이 언제였던가? 그것도 그렇지만 내 몸 만큼만 그릴 수 있으니 지금의 나는 무기력하고 불안하다. 그러다 보니 머릿속은 어둠처럼 길이 보이지 않는다.

속이 좋지 않더니 어지러움에 속이 메스껍다. 오랫동안 누워 있었다. 눈을 감고 조금 끙끙대며 머릿속에서 보리를 생각해 보려 하지만 아무것도 떠오르지 않는다. 갑자기 청색의 "십자가"가 보인다. 여러 형태의 청색 빛깔들. 너무 신비한 청색의 불이었다. 한참 동안 떠올렸고 오랫동안 그 기억을 유지시켜 보려 했지만 사라졌다.

그것은 내 생각을 통해서 나타난 형상이 아니었다.

그건 분명한 사실이었다. 예전부터 가끔씩 이렇게 내가 생각한 것이 아닌데 이상하고 신비한 색깔과 형상들이 나타났다. 어렴풋이 기억을 해내어보지만 결국 그것을 찾아내지는 못했다.

나는 그것을 "하나님의 색채"라고 했었다. 나는 그 청색의 십자가를 찾아보기로 하여 어지러운 머리를 이끌고 이 작업실에 왔다. 그렇게 처음 시도 해보았지만 만족스런 결과를 얻지 못했다.

2006. 7. 20.

언짢은 일루 아침 일찍 나왔지만 아직 아무 것도 하지 못했다. 무의식 중에 보았던 그 십자가가 선뜻 그려지지 않는다. 어둠에서 보았던 "창", 누운 채 보았던 그 "창"을 작업하기로 하고 캔버스 6호짜리를 골랐는데 하나는 각이 틀리고 하나는 틀이 부러졌다. 그놈을 만지느라 아무것도 못했다.

지금이 오후 2시다. 고쳐놓은 캔버스를 이젤 위에 올려놓았는데 아무래도 작은 것 같다. 8호나 10호로 바꿔 작업을 해야할 것 같다. 전기밥솥에 밥을 앉혀 놓았는데 그것도 아직 소식이 없다.

2006. 11. 6.

예외 없이 오늘도 아침 식사를 끝내고 집 앞 재래식 화장실을 갔는데 오늘은 비가 축축하게 내리고 바람도 부는 터라 화장실 문을 닫았다. 으례껏 화장실 문을 조금 열어 두는데 그것은 답답함을 싫어하는 내 성격 탓이다. 한참을 바둑 기보를 보며 볼일을 보고 있는데 드센 바람이 불더니 화장실 문을 활짝 제껴 놓고 말았다. 그 순간, 어둡던 내 앞이 환하게 들어 왔다. 이제사 절정으로 물든 벚나무 단풍과 단풍나무의 불에 탄듯한 색깔, 울타리의 사철과 나무, 텃밭의 배추, 무우, 겨울초의 싹들, 밭둑에 말라 있는 옥수수대 그리고 눈앞에 마른 풀 덩굴들과 못둑의 큰 소나무들. 그 위로 하늘, 너무나 황홀했다.

갑자기 열린 풍경들이 황홀하게 펼쳐졌다. 불현듯 색채의 마술사라 불렸던 보나르가 생각났다.

"눈 먼 채로 태어나 어느 날 갑자기 눈을 떴으면 좋겠다. 그러면 나는 아무것도 모른 채 그림을 그렸을테니까."라고 고백했던 그 말이 너무도 실감나게 느껴졌다. '그래 그렇게 그려야 돼. 너무 깊이 생각을 하지 말고 지금 내가 보고 있는 느낌 그대로 그 감동 그대로 그려야 돼.' 라고 속으로 되뇌었다. 그랬다. 내가 천부적인 기질을 가지고 있다면 바로 그것이었다. 그러나 그 천부적인 기질의 능력을 전개하지 못했다면 그건 내 생각 때문이었다. 내 삶도, 사랑도, 그림도, 그리고 하나님께 더 가까이 갈 수 없었음도.

2006. 11. 7.

새벽녘, 창문이 덜컹거리는 소리가 들렸다.

졸은 결에 눈을 뜨니 누운 거실 밖의 나무들이 흔들리고 바람이 휘몰아치고 있었다. 아직도 어둠이 묻어 껌껌한데 바람은 계속 창을 흔든다. 이제 '겨울이 오나 보다.' 생각하며 다시 눈을 감는다. 몇 번을 떴다 감았다를 하다 보니 햇살이 나뭇가지로 번졌다 어제 좋지 않은 감정으로 약간 다툰 후 아내는 방안에 들어가 자고 나는 아직도 침대 위에 누워 있다. 외투를 하나 걸치고 백구를 데리고 나갔다. 어깨가 움츠려졌다. 바람은 겨울 앞을 지나는 전령 같았다. 다 베고 황량해진 논바닥 고인물에 살얼음이 약간 얼렸다. 떨리는 몸으로 거실에 들어섰다. 아내는 아직 침대 위에 있고 물을 데워 세수를 한 후 몇 가지 반찬을 데워서 엄마의 밥상에 차려 햇살을 마주하고 아침 식사를 했다. 조용한 아침 식사(항상 T.V를 켜놓은 채였다.) 늘 그랬듯이 집 앞에 있는 옛 마을 회관 외부에 만들어진 재래식 화장실로 간다. 출입문 윗쪽에 유리가 없어 발로 막아놓은 곳으로 찬 공기가 스며 들어온다. 이제 겨울이 되면 얼음 같은 공기가 들어오겠지. 뭐, 이제껏 그렇게 지내왔고, 작년에도 그 이전에도 내 삶은 잡초처럼 살아왔지. 하지만 이제 와서 참으로 후회스런 것은 내가 좀 더 정직하지 못했고, 좀 더 인내하지 못했고, 좀 더 사려깊지 못한 것이었다. 더욱더 후회되는 것은 좀 더 열정적이지 못했던 것이며 더더욱 후회되는 것은 내가 하나님께로 더 가까이 가지 못했음이다. 내가 하나님께로 더 가까이 가지 못했음이란 것은, 예수께서 우리에게 "하라" 하신 그 모든 것을 하지 못했다는 것이다.

이런 생각에 빠져 볼일을 다 끝내고 떨리는 몸을 추스리며 다시 거실로 들어왔다. 지금 감정상으로 아내와 애기는 어려울 것이고, 오토바이를 타고 갈 수 밖에 없는데 오토바이가 상록원에 있어 김 형에게 전화를 했더니 벌써 다른 곳으로 이동 중이라고 했다. 전화를 끝내고 혼잣말로 "별수 없이 걸어가야겠군."하고 거실을 지나려는데, 방안에서 아내의 소리가 들려왔다. "내가 데려다 드릴께요." 자고 있는 줄 알았는데 전화하는 것을 들은 모양이었다. 갑자기 마음에 평화가 일었다. 그리고 그런 기분을 앞세워 마당으로 나와 담배를 한 대 피워 물었다. 하나님!

아직은 이 담배가 그러합니다.

2007. 2. 24.

인혜가 파마를 하던 날, 그날로부터 녀석은 조금씩 다른 쪽으로 이동하고 있는 것이다. 봄이 오면 아무것도 드러나지 않는 곳에서 조금씩 움직이기 시작하듯이 모든 것은 그렇게 조금씩 조금씩 이쪽에서 저쪽으로 이동하는 것이다.

가끔씩 아버지, 엄마, 형이 생각난다. 살아있을 때의 모든 것이 그리워지는데 내가 죽고 나면 우리 아이들은 나의 어떤 것을 생각하며 그리워하고, 나의 어떤 것을 떠올리며 웃을까?

설날 전에는 형수가 다녀갔고 오던 날 동준이의 첫 봉급에서 오만 원을 받고 너무 많은 것을 생각했다. 내가 별로 준 것이 없는데 내게 줄 수 있는 마음을 가지고 있다는 것이 감격스러웠다. 설날에는 동현이가 왔다 갔다. 녀석은 최근 들어 제 부모 걱정을 끔찍이도 많이 한다.

2007. 2. 24.

설경을 그리고 난 후 온몸에 눈이 덮힌 것 같았다. 창밖의 거리가 온통 산과 들녘에 온통 눈이 하얗게 덮힌 것 같은 착각을 일으켜 하마터면 아내에게 "눈이 왔는데 한 바퀴 돌아볼까?"라고 전화를 할 뻔했다. 캔버스 속 눈이 이 세상의 눈이 되어버렸다.

2007. 3. 1.

어느 때에는 빈 가지들을 좋아했다. 투명하고 찬 공기와 함께하며 황량함으로 존재하는 것이 내 모습과 흡사했기 때문이었다. 땅속 깊이 생존의 근원을 간직한 채 오랜 기다림으로 인내하며 버티고 서있는 그 빈 가지들은 내 허기진 삶과 고독 속 긴긴날의 동행자였다.

그러나 다시 봄이 오고 그들은 움직이기 시작했다. 나는 아직도 그들과 함께라고 여기며 살아오다 마침내 그들은 나와 함께 있는 것이 아님을 알았을 때 봄이 무섭고 두려웠다.

'나는 아직도 동면 속에 있는데 나의 봄은 언제일까?'

나의 봄은 동면하고 있는 것 같다.

2007. 3. 4.

나는 오늘 또 나이프를 캔버스를 향해 던져버렸다.

하나님은 내게 말씀하셨다. 상식과 생각으로 그려내지 말고 느낌과 마음으로 다가서라고.

2007. 3. 15.

일주일 넘게 한 개의 캔버스에 시간과 물감과 온 몸을 다 던졌는데 결국 망가진 채 거두어 버렸다.

얼굴이 퉁퉁 부어오르는 듯이 열이 확확 달아오른다. 금방이라도 쓰러질 것 같다. 도대체 무엇인가? 검은 악마인가? 내 영혼의 사탄인가? 내 능력의 한계인가? 작업을 하면서 이렇게 온몸이 소진되기는 처음인 것 같다. 아무런 느낌도 없다. 내 몸에서 영혼이 떠나가고 몸뚱아리만 남아 허우적이는 것 같다. 그런 것이다.

아! 너무도 고통스럽다. 아니다. 이런 것을 고통이라고 할 수는 없다.

너무나 힘이 든다. 밭을 갈다가 나온 돌을 뽑아내려고 온 힘과 도구들을 다 동원했지만 내가 뽑아낼 수 있는 돌이 아니라서 포기하고만 기분이었다. 내 능력으로 할 수 없는 것에 욕심을 부렸나 보다. 너무나 속이 상해서 그 속이 까맣게 다 타버린 것 같다. 그것인가? 또 내 앞에 뛰어넘어야 할 그것이 왔는가? 또 다른 눈을 가지기 위한 벽인가?

파렛트 위 색깔은 너무나 투명한데
캔버스 속 색깔이 그렇지 못한 것은
내 영혼이 맑지 못하기 때문이다.

2007. 3. 29.

　제비꽃을 그리면서 조동진의 제비꽃을 얼마나 불렀는지 모르겠다. 한 달 가까이나 제비꽃에 매달렸다. 그것도 1호 2개, 2호 1개의 작은 캔버스에.

　그러나 매일 그 제비꽃을 지우고 있다. 몸 속에 제비꽃은 하나도 없고 온통 제비꽃의 환상만 가득하다. 결국 이러다 다시든 제비꽃이 되어버릴 것 같다. 다른 그림을 시작해도 마찬가지다. 지금 내 정신은 너무 혼란스럽고 마음은 음산하며 황량하다. 영혼은 이미 악마의 지배를 받아 움직이는 것 같다. 손은 조잡하게 움직이고 눈은 어둡고 칙칙하게 가고 있다. 마치 무엇엔가 홀린 듯이 그렇게 가고 있다.

2007. 10. 25.

매번 밥상을 마주하고 앉아 있으면 늘 어떤 불안감이 머리를 스치고 지나간다.

뒤따라와 앉은 아내의 입에서 "이게 마지막 음식입니다."라는 말이 나올 것만 같은데 도대체 어느쯤일까? 그때가 되면 나는 숨이 턱하고 멎어버릴 것만 같은데 오늘 아침도 냄비에 김이 새어 나오는 것을 보며 아내의 손이 마치 요술쟁이처럼 보였다.

이럴 때면 항상 나는 아이들 얼굴을 떠올리면서 "나는 그들에게 무엇인가?"라는 생각을 한다. 길을 걷거나, 차를 타고 있을 때, 오토바이를 타고 갈 때나 앉아 있을 때, 화장실에 있을 때, 하나님, 나 자신, 가족들에 대한 온갖 상념으로 몸은 녹아 버릴 듯하다.

작업실에서 화장실을 갔다 오면서 문득 그런 생각을 했다. 이렇게 해서라도 내가 아직은 이 작업실에 머물러 있을 수 있으니 감사해야 될 일이라고….

좋은 일이든 나쁜 일이든 내가 그것에 감사할 수 있을 때, 나를 이겨낼 수 있는 길이다.

2007. 10. 31.

나는 내가 보고 있는 것을 그대로 그리려 한다.
빨간 꽃을 푸르게 칠할 생각은 없다.
그러나 내 눈에 그것이 푸르게 보인다면 푸르게 칠할 것이다.
그것이 검게 보인다면 검게 칠할 것이다.
왜냐하면 그것이 내 마음이기 때문이다.

2007. 11. 8.

지금 내가 한 장의 사진 속에서 풍경을 찾고자 한다면 그것
은 완전한 거짓이다.
왜냐면 사진 속에는 풍경이 없기 때문이다. 인상파 화가들
이 눈앞에 펼쳐지는 풍경을 바라보며 빛의 환희를 그렸다면,
지금 나는 매일매일 내 자화상을 그린다.

그날 그날의 일기를 쓰는 것이다.
빛, 바람, 하늘, 들판, 눈, 보리, 시든 꽃,
그 모든 것들은 그날 그날의 내 마음을 담는 그릇이며
그 마음을 비추는 거울이다.

2007. 11. 12.

그전에도 그러하였지만 미국을 다녀온 후 내 삶은 오리무중의 혼돈이었다. 점점 좁혀오는 내 궁핍에 대한 불안과 초조, 그 속에 내 그림도 갇혀 버렸다.

텅 비어 버린 머리로 온갖 생각들을 끌어모아 다시 그려보지만 내가 정지한 곳은 처음 그 자리이다. 이미 수차례 그리고 지우고를 반복한 그림을 가지고 그리고, 오늘 또 그린다.

언젠가 오래전 인혜와 같이 수도산을 다녀오면서 눈이 오던 날의 기억을 떠올린다.

나는 하얗게 쌓인 눈 위에 아이를 올려 놓고 싶었다.

그래서 눈이 쌓이지 않은 눈 오는 날의 풍경이지만 나는 하얗게 눈을 칠했다. 그리고 생각대로 되지 않은 그 그림을 내 생각은 던져버리고 노래를 불렀다.

"퍼얼펄 눈이 옵니다. 하늘에서 눈이 옵니다. 하늘나라 선녀님들이 하얀가루 꽃가루를 자꾸자꾸 뿌려줍니다. 자꾸 자꾸 뿌려줍니다."

캔버스를 칠하며 나는 계속 이 노래를 불렀다.

마치 눈 오는 날의 아이처럼 말이다.

그렇게 캔버스에는 조금씩 눈이 내리고 있었다.

2007. 11. 15.

지금 내가 죽기에 가장 안타까운 일은
아직도 내가 그려야 할 캔버스가 너무 많이 남아 있는 것이고
칠할 물감이 남아 있는 것이다.
그러므로 아직은 더 살아야 한다.

2008. 2. 16.

갑철이가 내려왔다. 그는 내게 이렇게 말했다.
"형님, 아무 생각 없이 그냥 그리세요."
나는 구차하게 내 심경을 토로했지만 그의 말에 아무 말도
할 수가 없었다. 왜냐하면 오직 그 방법 밖에 없기 때문이며
그 방법이 나 스스로에 의해 갇혔고 막혔기 때문이다.

2008. 3. 2.

눈을 뜨고 밖을 보니 날이 흐리다. 날도 흐리고 내 눈도 흐리
고 마음까지 흐리니 이제 푸릇푸릇하게 네 놈이 온다해도 놀
랄 것이 없다. 이미 내 몸속은 의욕이 상실되었으니 아무 생각
없이 네 놈이 오는 걸 보고 있을 뿐이다. 봄.

2008. 3. 16.

머리를 감고 물기를 닦으면서 창문에 붙인 비닐을 이젠 또다시 떼어내야겠다고 생각했다. 추운 겨울날 바람 불어 창문 틈으로 칼날 같은 찬바람이 스며들어와 몸은 더욱 움츠렸지만 얇은 비닐 한장으로 바람을 막고는 행복감에 젖어 있었던 때를 잠시 기억해보았다. 그랬다. 아버지께서 지으신 기와집이 오랜 세월에 깨어지고 무너지면서 방안으로 비가 새면 방방마다 서너 개씩의 물동이를 받치고 지내다가 단돈 3만원으로 지붕에 포장을 덮어 씌우고는 비가 와도 물이 새지않아 그 3만원으로 행복했었다. 창에 붙인 비닐이 뿌우옇게 잘보이지 않은 것을 투명 비닐을 조금 더 비싸게 새로 사서 붙이고 난 후, 유리처럼 맑게 밖을 볼 수 있는 것에 너무 행복해했다.

그러나 지금 나는 아들 녀석이 감옥 같은 고시원에서 살아가고 있는 것은 참을 수가 없는 쓰라림이다. 딸 녀석의 등록금을 연기해야 하는 것은 참을 수 없는 고통이다.

나의 아들 동현아, 그리고 인혜야.

너희에게 너무 미안하구나. 너희를, 허허벌판에 홀로 두고 비바람에 쓰러진다 하여도, 추위에 떨며 허기진 배를 움켜쥐며 통곡을 한다 하여도, 내 살점 뜯어줄 것 밖에 아무것도 너희에게 해줄 수 없는 나를 용서해다오.

지금의 나는, 오늘은, 하루종일 속이 쓰리도록 눈물 나서 견딜 수가 없구나.

발목을 다쳐서 아무것도 할 수 없었던 한 달 반 동안 내 삶에서도 불구자처럼 아무것도 할 수 없다는 생각에 침몰하는 배처럼 점점 가라 앉고 있다.

내가 아프다고 하는 것은 그렇지 않고 살아온 날들에 감사해야함을 깨닫게 해주는 시간이다.

내가 더 아프다고 하는 것은 조금 아프고 살아온 날들에 감사해야 함을 깨닫게 해주는 것이다. 그러므로 내게 일어나는 그 모든 것은 감사하지 못한 것에 대하여 감사할 수 있게 해주는 것이다.

2008. 6. 28.

　퇴원 후 아내가 조금씩 나아지자 희망을 가지고 작업실에 나왔다. 그러나 아직은 내 머리에서 그림이 깨어날 기미가 없다. 그냥 조금씩 움직여보지만 의식이 없는 혼수 상태 같다.
　갑철이가 주고 간 『에밀 놀데』를 병원에서 열심히 보았는데 고흐와 연결해서 생각해볼 수 있는 부분(종교적인 것과 색채적인 것)이 많아서 요즈음은 하루 대부분을 그림에 관해서 생각하고 있다.

2008. 7. 30.

　내 그림이 수천 만원에 팔리는 상상을 해놓고서는 마치 미쳐버린 자처럼 혼자서 낄낄대며 웃었다.

2008. 8. 11.

　한 장의 사진은 시간이 흐른 후 대부분 그때 현장에 대한 감동이 아니라 그것에 대한 기억이며 기억된 그것을 통하여 내 마음의 현상을 표현하려 한다.

2008. 8.

화면은 거리일 수도 있고 하나의 공간일 수도 있다.

2008. 9. 5.

술이 마시고 싶거든 예수님 한 잔 가득히 담아 쭈욱 들이키고 취해 버려라. 담배가 피고 싶거든 하나님 한 대 피워 물고 성령 하나님 깊이 들이마시고, 네 영혼을 평안케 하라. 술이 그렇게 마시고 싶거든 예수님 한 병 들고 벌컥 벌컥 다 마시고 세상도 잊고 너도 잊고 그 속에 깊이 잠들어 버려라.

담배가 그렇게 생각이 나거든. 하나님 또 한 대 피워 물고 폐부 깊숙히까지 빨아들이듯이 네 마음 깊은 곳에 성령 하나님 자리하시게 하고 네 한숨 내어뱉듯이 더러운 악령 다 몰아내며 네 한숨이.

기도가 되게 하라.

2008. 9. 20.

그림이 왜 잘 안되는가에 대해서 다시 한 번 곰곰히 생각을 해보았는데 "욕심이 앞서 있고 진실이 뒤에 서면 참되게 이루어지지 않는다."라는 말이 떠올랐다.

2008. 10. 5.

　간간히 백구가 보고 싶어 속이 쓰리다. 다 버리고 가야 한다
고 머리는 그러는데 마음이 그렇지가 못하다. 자꾸만 뒤를 돌
아보다가 결국은, 내가 소금기둥이 되는 것 아닌지 모르겠다.

　어머니,
　비가 옵니다. 가을비가 옵니다. 새벽 일찍 잠에서 깨어
눈을 붙였다 떼었다 하며 자리를 떨치고 나오려는데 몸
이 늘어집니다. 그렇게 또 눈을 감고 뜨면 온 몸이 땀에
젖습니다. 몸이 약해진 것입니다. 화장지로 땀을 닦고 그
러기를 몇 번, 두두, 두두둑, 지붕 위로 빗방울 떨어지는
소리가 들립니다. 거실 앞 테라스 위에서 뚝, 뚝, 뚝, 빗방
울이 떨어집니다.
　마당으로 나와, 말리던 고구마를 담아 넣고 오토바이
를 제자리에 넣고 몇 방울의 비를 맞으며 현관문을 열고
들어오는데 갑자기 어머님이 생각났습니다. 눈물겹게 보
고 싶었습니다.
　백구를 떠나보내고 지키지 못한 자책감에 가슴 아파했
는데 아직도 내 마음에서 떠나보내지 못하고 녀석이 아른
거려 쓰리도록 아픕니다.
　어제는 어머니께서 신으셨던 파란색 슬리퍼를 태웠습니

다. 오랫동안 현관 앞 벽에 기대어 두고 어머니 계신듯 보
아왔는데 이제 하나씩 떠나보내야 되겠다고 생각했습니
다. 그래서 얼마 후 이사를 가게 되면 어차피 옷장은 새 것
으로 갈 것이라 많은 짐을 버려야 하지만 어머님 쓰시던
장농도 태우고 가려합니다. 그렇게 하나씩 떠나보내고 싶
습니다. 눈앞에 보이는 것만이라도 말입니다.

　그러나 이 머릿속에 뿌리처럼 박혀 있는 그 기억들을 가
슴속에 산하처럼 바다처럼 큰 무리로 일렁이는 어머님의
그 사랑을 어떻게 어디로 떠나보낼 수 있습니까.

　어머니, 비가 옵니다. 오랫동안 무엇을 찾으려 나섰다가
허탈하게 빈손으로 돌아오는 자처럼 추적 추적 비가 옵
니다. 이렇게 비가 오는 날이면 컹컹거리며 나를 노려보던
백구도 이제는 보이지가 않습니다. 현관문을 열고 거실
로 들어오면 내가 무엇을 하고 들어오는지 물끄러미 쳐
다보시던 어머님도 이제는 보이지 않습니다. 어머니, 비가
옵니다. 어머니, 보고 싶습니다. 눈물겹게 사무치게 보고
싶습니다. 어머니!!

2008. 10. 15. 아들 수철 올림

2008. 12. 8.

예년처럼 작업 공간을 줄여 비닐을 쳤지만 연료비가 너무 많

이 올라서 기름을 많이 땔 수가 없다. 작은 난로에 빨간 기운이라고는 하나도 없이 열기만 유지하도록 최대한 낮춰 놓으니 추위와의 싸움이 만만치가 않다. 옷을 겹겹이 입고 있지만 몸속을 파고드는 냉기를 따뜻한 물 한 잔으로 인내해본다.

그림은 아직도 혼돈과 혼미함으로 있다. 언제쯤 이 생각이 깨어날지 아직은 암담하다. 이런 싸움은 너무 힘들어 지친다.

아직도 작업실에서의 나는 쌓아지지 않는 모래 같으며
바람에 날리는 먼지 같으며
멈춰버린 시계처럼
꿈속의 내가 걸어도 걸어도 제자리이며
뛰어도 뛰어도 가지 않는 걸음처럼.

2009. 1. 31.

새들이 날아갑니다. 무리지어 날아갑니다. 그 비행하는 모습이 자유롭습니다. 그리고 너무도 놀랍고 완벽한 질서를 보았습니다. 인간들처럼 깃발을 들지 않아도, 소리치며 외치지 않아도 그 새들은 그 몸 자체가 질서입니다.

깃발을 들며 소리치며 외치지만 항상 그 깃발 속에, 외치는 그 소리 속에만 모든 것이 있을 뿐…. 이 자연 속에서 우리는, 나는, 부끄러운 허상의 자화상으로 있습니다.

2009. 2. 14.

이사 준비를 위한 제작 작업을 하는 중 일이 꼬이면서 내 자신에게 말려들고 말았다. 며칠 전부터 일이 점점 꼬이기 시작했다. 잘못 보고, 잘못 자르고, 잘못 만들어 다시 하거나 수정 작업을 하느라 시간과 힘과 마음이 빼앗겨 버리기 일쑤였다. 그러다 오늘 화가 터졌다. 던져 버린 것에 접이식 플라스틱 의자가 부서졌다. 그 부서짐이 더욱 화가 끓어 올랐다. 완전히 부셔버리려는 분노가 치밀어 올랐는데 가까스로 견디고 있었다.

그리고 한참 동안 그대로 있었다. 아무것도 하지 않은 채…. 내 속에서 어띤 놈이 '그래 완전히 부셔버려.'라고 했다. 던진 만큼 내 몸이 던져졌고, 부서진 만큼 내 영혼이 부서져버렸다.

며칠 사이 한 번도 잘못되지 않은 적이 없었다. 무엇인가? 그런데 만약 그렇게 일을 하고 있다가 던져져 깨진 만큼 내 몸이 다칠 수 있는 것을 그렇게 막아준 것일까? 아내와 인혜가 나를 보고 있었다. 나를 못마땅하게 보고 있었다. 왜 그렇게만 보고 있을까?

어제 나는 나를 던졌고 내가 나를 버리는 순간 악마가 내 속에서 나를 조종하는 그대로 행동했다. 악마는 내가 나를 버리는 그 순간 나를 지배한다. 던져서 부서지는 만큼 내 가족이 던져졌고 상처를 입었다.

2009. 2. 26.

그저께는 일을 끝내고 방으로 들어오면서 낮에 일하면서 마셨던 물과 감주를 다 마시고 씻어서 엎어 놓은 컵과 사발그릇을 집어 들었다가 컵 위에 올려놓은 사발그릇이 미끄러지면서 박살이 나 버렸다.

순간 또 화가 치밀어 올랐다. 일을 하면서 아무 일 없이 순조롭게 끝나는 날이 별로 없었기 때문에 꽤 신경이 날카로워져 있어서 무엇이 조금이라도 어긋나 버리면 화가 치밀어 오르곤 했다.

혼잣말로 자신을 탓하며 중얼거리며 깨진 조각들을 주우며 간신히 화를 제어하며 있는데 인혜 녀석이 소리를 듣고 황급히 달려와 나를 한참이나 못마땅한 표정으로 보다가 한마디 던졌다.

"밥그릇 하나 깨진 거 가지고 뭐 그리 그라노."

그랬다.

녀석의 말이 옳았다. 깨진 것이 밥그릇이라서 참으로 다행이라는 생각이 들었다. 만약에 그것이 밥그릇이 아니라 내 몸이라면 어찌할 것인가, 깨어진 것이 내 아이들이면, 내 아내이면, 깨어진 것이 내 인생이라면 어찌한단 말인가?

밥그릇 하나 깨지고, 내 몸이, 내 가족이, 내 인생이 깨지는 것을 막을 수 있다면 얼마나 감사한 일인가.

깨진 밥그릇을 통해 중요한 것을 깨닫는 하루였다.

2009. 3. 1.

양백리에 살면서 내 기억 속에 가장 많이 각인된 것은 들판과 그 들판의 바람 그리고 그 칼바람에 미친 듯이 몸을 날리며 춤을 추던 갈대이다. 단 하루도 똑같지 않던 일출과 일몰의 기운 그리고 아름다움. 그 일몰의 하늘을 자유롭게 유영하며 비행하는 새들과 그 하늘의 구름들, 봄이 들녘과 산야,

여름의 신록과 무르익은 가을의 황금 들녘 그리고 겨울의 빈 가지와 빈 들녘, 작은 텃밭에서 일궈내는 수고로움과 즐거움, 밤이면 보석보다 더 영롱하며 얼음보다 더 차고 아름다운 별들, 어머니는 여기서 생을 다하시고 하늘나라 가셨고, 컨테이너와 연결된 보잘것 없는 조립식 주택으로 비록 내 집이 아니어도 사는 날 동안 불편하지 않았고 건강했으며 풍요가 가득했다. 그렇게 살아왔다. 진정 우리는 여기서 가족의 소중함과 감사함을 느꼈고, 하나님의 무한 사랑과 넘치는 축복을 받았다.

그러나 아무런 준비도 되지 않았는데 이 집을 떠나야 한다는 사실을 접하고부터 극도로 예민해졌다. 그리고 아내의 병으로 시련의 시간들을 겪으면서 진정, 내가 가져야 할 것이, 내가 소중하게 여겨야 할 것이 무엇인지를 깨달았다. 가장 슬픈 일은 백구와의 이별이었다. 지키지 못한 것에 대한 자책감 때문에 더욱 가슴 아팠다.

이제 나는 떠난다. 어디를 가든 그곳이 하나님 가라는 곳으로 여기며 사랑과 감사함의 깊이를 더할 것이다. 이제는 아무 미련 없이 떠날 수 있다. 나를 떠날 수 있게 도와준 형제와 조카에게 감사하며. 그 길을 예배하던 하나님께 감사하며….

<양백리를 떠나는 준비를 하면서>

2009. 3. 2.

오늘도 하루 일을 마감하고 지쳐 들어와 씻고 저녁을 준비한다. 냉장고 문을 여니 거의 비워져간다. 아내 역시 날마다 지쳐 돌아오면 컴퓨터 앞에서 밤늦게 해야 할 일을 해서 늘 잠이 모자라는 처지다. 집에서 밥 먹을 일이 거의 없다시피하니 냉장고가 점점 비어가는 것은 우리 현실을 보여준다.

그렇다고 해서 그것으로 서글픈 것은 아니다. 왜냐하면 요즈음은 반찬이 없어도 밥이 맛있기 때문이다. 냉장고 안을 살펴보다가 국수 양념장이 눈에 띄었다. 어머님 살아 계실 때 그것만으로 맛나게 드시던 생각이 나서 나도 그것으로 밥을 먹고 싶었다. 뚜껑을 여니 벌써 냄새부터가 입맛을 돋우게 한다. 양념장을 밥에 한 숟갈 얹어 비벼서 먹으니 그것만으로 참으로 맛있는 반찬이었다. 그리고 어머니 생각이 간절했다. 그렇게 양념장 하나로 "다른 아무것도 필요 없다. 이거 하나면 된다." 하시며 맛있게 드시던 어머니.

지금 생각하면 제대로 잘해 드린 것이 없음에도 단 한 번도 부족하다 말씀하시지 않으셨던 어머니.

모든 것이 다 부족했음에도 나를 사랑하고 기도해주셨다.

꽃이 피기 전에 이사를 하려고 했는데 결국,
꽃이 피고 말았다.
빈 가지로 있을 때 그렇게 내 마음 비워서 가려했는데,
하나, 둘 내 눈에 들어와 마음을 어지럽게 한다.

2009. 4. 22.

오늘도 그라인더는 돌아갑니다. 그 돌아가는 소리에 벌들이 옵니다. 마치 자기들의 무리가 있는 것으로 알고 오는 것이지요. 그라인더는 계속 돌아갑니다. 내 머리 속에는 누님의 얼굴이 돌아갑니다. 내 머리 속에는 누님의 얼굴이 계속 돌아갑니다. 옆에 계시면 한마디쯤 하실 누님이 계속 돌아갑니다. 나는 참 행복합니다. 너무 기쁩니다. 말 할 수 없는 축복입니다. 내게 그런 누님이 있다는 것이….

이럴 때면, 이렇게 화사한 날에 내가 밖에서 일을 하고 있으면 거실에 나와 앉아 물끄러미 나를 보시며 자식의 모습을 통해 남편의 모습을 찾아보시는 것 같은 표정으로 계실 어머니, 그 어머니 계시지 않는 그 자리에 누님이 계시는 그것이 얼마나 큰 행복인지 오늘 새삼 느껴봅니다. 어머니 계시지 않는 그 자리에 누님의 존재가 얼마나 크게 느껴오는지 가슴이 벅찹니다.

그라인더는 계속 돌아갑니다. 그 돌아가는 회전 속으로 내 눈물도 같이 돌아갑니다.

어머니 생각을 하며…, 누님 계시는 것이 너무 고마워….

아! 이러다 돌아가는 그라인더에 다칠까봐 마음을 접습니다. 그라인더는 계속 돌아갑니다.

<이사 이후의 나머지 일을 하면서, 일을 하던 중 누님과 어머니를 생각하며>

2009. 6. 1.

이사를 위한 모든 일들을 공식적으로 끝냈다. 2월 1일부터 4개월 동안의 길고 긴 이사, 오로지 나 혼자 해야 하는 힘들고도 지쳐버린 육신과 마음, 그러나 내 무능함과 부족함을 이것으로라도 채워, 가족들, 특히 아내에게 기쁨을 채워주어 조금이라도 덜 허전하고 덜 서글프게 해주려는 일념으로 하루도, 단 하루도, 한 시도, 단 한 시간도 쉬지 않고 톱질하며 망치질했다.

그리고 하나씩 만들어질 때마다 아내는 기뻐했고 APT에 놓여질 때마다 행복해했다. 인혜도 흐뭇해했고 동현이는 여기 없으니 모르지만 나는 그것으로 내가 또 기뻐하고 행복해했고 이 일에 최선을 다하려 했다. 많이도 속상해했고, 많이도 다치고 많이도 만들었다. 그리고 이제 그 모든 일을 끝냈다. 몸은 형편없이 말라버렸고 아침이면 온몸이 얻어맞은 것처럼 시큰거리고 손가락은 잘 펴지지도 않고 어깨부터 팔까지의 통증은 심화되어 지금까지도 너무 아프지만 무사히 끝냈고 많은 것을 또 깨달았다. 그러나 진정 내 것을 위하여는 그렇게 했지만 하나님을 위하여 그렇게 톱질하고, 망치질한 것이 부족하여 그것이 하나님께 죄스러울 따름이었다. 그리하여 마지막으로 십자가 몇 개를 만들었지만 그것으로 다 한 것은 아니었다.

　마지막으로 정리를 끝내려고 양백리를 간 나는 집안의 나무들과 인사를 두루 나누고 방안으로 들어와 엄마의 방에서 엄마와, 엄마의 영혼에 대하여, 인혜 방에서 인혜의 모든 것에 대하여, 우리 방에서 우리 모든 것에 대하여, 동현이방에서 동현이의 모든 것에 대하여 기도하고, 거실에 서서 우리 가족의 안녕과 평안과 축복과 감사에 대하여 기도했다.

　그리고 길고 긴 담배를 한 개비 피우고 싶었다.

　밖으로 나와 텃밭을 둘러보고, 오토바이를 타고 나오면서 들판과 그 길, 그 들판의 바람과 하늘과 작별하며

　하나님께

　하나님께

　하나님께

　감사 드리며….

Goog bye 양백리

2009. 8. 10.

　누님,

　담배를 한 대 피우고 싶습니다. 길게 길게 들여 마신 뒤 길고 길게 내뿜고 싶습니다.

늘 그랬듯이 정적으로 있으려니 몰려오는 두려움을 어찌할 수 없을 것 같아 기타 음악을 틀어놓고 있습니다.

무한 반복으로 계속 돌아가고 *그 속에 놓인 나는 이 작업실의 정물, 그려지지 않는 정물입니다.*

2009. 9. 12.

60의 나이가 되고부터 이제 내가 할 수 있는 것들이 얼마 남지 않았다는 위기의식이 자주 든다. 죽음 이후에 관해서는 그렇다.

내가 죽고 나면 우리 아이들은 나의 무엇을 그리워하며 생각하며 기억할까. 나의 그림들, 내가 만든 모든 기물들, 그런 것들은 어찌할까?

이런저런 생각에 젖어 있는데 "아침 잡수소." 하는 아내의 목소리가 들린다.

작업실로 나서는 나를 보며 "열심히 하세요." 라며 억지로라도 용기를 주려는 아내의 눈빛을 차마 마주하지 못하고 돌아선다.

내가 그런 위기의식이 자주 일어나는 것은 가장으로서 남편으로서 너무나 무능하기 때문이다. 작업실에 들어오면 지난날에는 '이곳이 내 삶이요, 내 안식처라.' 했지만 지금에 와서는 '이것이 내 삶의 덫'이 되어 버렸다.

집에 돌아오면 아내와 나는 별말이 없다.

내 쪽에서 말을 하지 않는 편이다. 그러나 머릿속은 늘 전쟁을 하고 있는 기분이다.

아내가 몸이 아프다 해도, 무엇을 사야 한다 해도, 나는 허상의 존재일 뿐이라서 매일매일의 삶이 살얼음을 걷는 기분이다.

"내일 일을 염려하지 말라." 하셨지만 그것이 나에게는 무책임하고 비겁한 것 같아서, 그렇게 지금까지 나를 지켜주셨건만….

지금에 와서는 이 작업실이 나의 덫이 되어 버렸다.
나는 이 덫에 걸려 주저앉아 있다.
나는 내 스스로 나에게 올가미를 씌웠다.

2009. 10. 7.

소극장 객석 계단 제작을 부탁 받고 10일 정도 일을 해주고 오늘은 이젤 앞에 앉았다. 그러나 한참 동안 캔버스를 바라보지만 아무것도 보이지 않는다.

기름기 하나 없이 녹슨 기계처럼 물기 없이 말라 버린 화분의 그것처럼, 내 감각의 기능이 녹슬고 말라 버렸나 보다. 붓을 잡고 움직여 보지만 아무것도 그려지지 않고 물감의 두께만 조금씩 조금씩 쌓여간다. 그럴 때마다 내 답답함도 함께 쌓여진다.

그리고 긴 한숨, 그리고 무의식의 붓질.

2009. 12. 4.

그리움이란 사람의 마음을 병들게 하는 좀이다.

믿지 마라. 그것은 사람의 마음을 허망하게 하는 암이다. 기다리지 마라. 그것은 사람의 마음을 분노케 하는 독약이다.

모든 것을 나에게 두라. 그리하여 자신을 지키는 자는 복이 있나니. 하나님께서 이기는 자에게 내리는 축복이니라.

2009. 12. 4

포항 일출을 그리고 있다. 그린다기보다 그런 느낌을 만들고 있다는 것이 맞다.

10분을 그리면 30분을 쉰다. 내 몸에 힘이 있어야 하는데 나는 지금 그것을 그릴 기력이 거의 없다. 그래서 조금이라도 그 힘을 가지기 위해 긴 호흡을 하며 어떻게 그릴 것인지에 대해 고민이다. 그것이 그리는 것보다 더 큰 고통이다. 얼마 그리지 못하고 지쳐 버린다.

2010. 1. 18.

어제 인혜는 대구로 직장을 구해 떠났다. 갑자기 일어난 일이라 짐을 챙겨 급히 고시원으로 짐을 옮겼는데 너무 가슴이 아프다. 마치 토끼장 같은 틀 속에 아이를 놓고 돌아서니 너무 울고만 싶었다. 어찌하여 내 무능이 아이들을 저렇게 또 어렵게 두는지. 내 못남이 억울했다. 동현이를 처음 밀어 넣었을 때도 그랬지만, 또 그렇게 반복한다.

집에 돌아오니 녀석이 눈에 아른거려 아내가 부탁했던 대나무 포크만 만지고 있었다. 머릿속에는 온통 녀석의 생각뿐이다. 이 조그만 빌라로 이사를 와서 아내와 아이들 모두에게 너무 미안하고 부끄러워 가슴이 쓰렸다. 이제는 내가 이 집에 있다는 것이 인혜에게 또 미안하고 미안해서 견딜 수가 없다. 아이는 그 작은 틀에 넣어두고 나는 이렇게 이 거실을 다니는 것이 너무 가슴 아프다.

아내는 오늘 아침 교회에서 운영하는 요양원으로 첫 출근을 했다. 모두가 다 잘된 일이지만 모두가 다 가슴 아프다. 내가 돈을 벌어야 하는데 어찌 몸도 성치 않은 아내를 보내야 하는지, 이불 속에 있는 나는 온몸이 땀이다. 죄스럽다.

동현이 부대에 출근하고 인혜도 어제 떠나 없고, 아내도 나가고 없는 이 집에 *나는 빈 가지처럼 그렇게 서 있다. 그리고, 다시 봄이 오면, 이 빈 가지에도 새로운 싹이 틀 것이다.*

2010. 6. 30.

한치 앞도 보이지 않는 안개 속에 내가 있다. 내 눈앞에 보이는 것은 무중력으로 떠 있는 트루소 같은 내 몸뚱이이다. 그리고 머리는 구석에 웅크린 채 내 몸을 비난하고 있다.

수현에게

제수씨와 아이들을 보내고 작업실로 막 들어섰다. 오고가면 늘 그렇다. 설레임으로 만났다가, 잠시나마 영원일 것 같은 착각 속에 있다가 그렇게 가고 나면 그렇다. 마치 꿈을 꾼 것처럼…. 그렇게 꿈속의 일처럼 아른거린다. 씁쓸하다. 그리고 아프다.

일주일의 시간 속에 아침에 눈을 뜨면 네가 보인다는 것이 행복했다. 인간에게 이런 행복이 없으면 어떻게 살 수 있을까? 세월이 흐르면서 우리가 어릴 때 보았던 아버지, 그리고 그 주변의 사람들의 자리에 우리가 이게 와 있고 어떤 것은 망각처럼 사라지기도 하고 어떤 것은 내 몸을 떠나기도 하겠지.

이 작업실에서 나는 너무나 많은 자유로운 시간 속에 놓여 있다. 내 무능력함에 주어진 불안함, 두려움, 심한 갈등, 좌절감 같은 통증의 댓가로부터 받은 것이다.

그래서인지 나는 이 자유 속에서 별로 자유롭지 못하

다. 아무것도 아닌 무언가를 그리려 하지만 결국 그리지 못하고 늘어진 채 집으로 향하는 버스 안에서 날마다 나를 죽인다. 그러면서도 때론 끌려가는 자처럼, 때론 도피하는 자처럼 때로는 어떤 기대를 가지고 작업실에 들어선다. 마치 사금을 캐는 사람처럼 수많은 모래를 흔들어 버리며 또 흔들어버리듯이 이 무가치한 삶 속에서 가치있는 무언가를 얻기위해서 말이다. 결국에는 아무것도 얻지 못하고 돌아서는 자처럼 빈손으로 내 삶을 마감한다 할지라도 지금으로서의 나는 내 삶의 덫이 되어 버린 이 작업실에서 그것에 최선을 다할 수 밖에 없다.

얼마 전 2층으로 이사온 사진하는 후배 녀석의 목소리에 눈을 떴다. 침대식 의자에 누워 깜박 잠이 들었나보다. 버스를 타고 집으로 간다. 눈을 감고 있으려니 네 얼굴이 자꾸만 떠올라 차라리 눈을 뜬다. 그래도 생각이 비껴가질 않아서 이리저리 두리번거리며 다른 것을 보려고 애쓴다. 마치 타임머신을 타고 어디론가 다녀온 기분이다.

제수씨, 재인, 동민이가 분명히 여기 있었는데 없다. 내가 환상을 본 것 같다. 침대 위에 한참을 앉아 있다. 맞은편 벽에 걸린 시계의 시계 초침 소리가 들린다.

책, 책, 책, 책…

또 이 초침이 돌아가고 돌아가고 시간이 흐르고 또 흐르면 또다시 내가 환상을 볼 수 있고 네 꿈을 꿀 수 있겠지.

물 위를 뛰는 물고기 같은데 마음은 깊고 깊은 심연의 바다속 같은 제수씨, 갸날프고 약한 것 같은데 더없이 감하고 건강하며 착한 재인, 동민 너무나 행복함이 넘치는 네 가족이다. 희망이다.

2010. 7. 7. 형 수철

2010. 9. 8.

미술 심리 치료 강습을 다시 시작했다. 형편이 여의치 못해서 슬그머니 그만두려 했는데 아내가 알고, 없는 형편에 수강료 35만 원을 냈다. 3급, 2급 모두 150여만 원 넘게 들었는데 끝까지 해야 한다며 1급을 또 시작했다. 아내에게 속아 시작된 것이라 별 의미는 없지만 나름대로 가치는 있어서 다닌다. 또다시 곤혹스러운 것은 그림(미술심리치료그림) 그리기이다.

이건 나의 방식이 아니다. 그냥 그리는 것이다. 마치 배우지 않은 어린 아이처럼 그리는 것이다. 그런데 나는 그런 것이 막혀 버렸다. 내 삶의 방식을 옮겨놓는 일에 너무나 오랫동안 길들여 있기 때문이다.

1급을 시작하면서 또 시작되는 그것은 나에게 큰 부담이다. 모두들 내가 그림을 그리는 사람이라는 것을 알고 있어서 나는 그림을 잘 그릴 것이라 믿는다. 그러나 그것과 이것은 전혀 다른 양식이다.

그런 일이, 어제 또다시 딜레마에 빠져 버렸다. 그리고 오늘 아침 그것에 대해서 오랫동안 생각을 했다.

나는 왜 어린 아이처럼 그리지 못할까? 나는 오랫동안 나의 틀 속에 갇혀 버렸다. 마음이 아니라 머릿속에 갇혀 버렸다. 그래서 내 그림은 순수함이 약하며 자유로움이 없고 궁색하다. 예수님은 "천국에 가는 길이 어린 아이처럼 되어야 한다."고 말씀하셨다. 피카소도 말년에는 아프리카 원시 미술, 나뭇잎, 아동화에서 소재를 얻었다고 했다. 추사체의 글씨도 아이에게서 얻은 글씨체가 아닌가? 그렇다면 우리는 모두가 어린아이의 심성으로 돌아가야 하는 것인가? 그렇다. 그렇게 돌아가야 한다. 성경 아가서에 나오는 슬람미 여인이 원하는 것처럼 본래의 자리로 돌아가야 한다.

"건포도로 내 힘을 돕고 사과로 나를 시원케 하라." 아가서 (2:5)의 말씀처럼 인간 본성의 자리로 돌아가야 한다. 그것을 잃어버렸다면 다시 찾아야 할 것이며 소멸되었다면 다시 생성시켜야 한다. 만약에 오랜 기억 속에 잠겨 있다면 다시 끄집어내어 내 삶 속에 그것으로 채워져야 한다. 그러면 나는 편한, 아주 편안한 그림을 그릴 수 있을 것이다.

2010. 9. 12.

가끔씩, 멍해져 있을 때가 있다. 마치 영혼이 육신을 떠나 맴돌고 있는 것 같은. 확인할 수 없는 장면들이 수없이 바뀌어 지나가다 무언가에 걸려 혼란스럽게 느껴지는 의식인데 정신은 혼미하다. 멍하다. 마치 모래 늪 속으로 스르르 빠져들듯 그렇다. 그렇게 육신과 영혼이 분리되어 소멸되어 갈 것만 같은 느낌이 인다.

"나는 지금 무엇을 하고 있는가?"
"나는 지금 무엇에 있는가?"
아무런 대답을 못하고 있다.
커피 한 모금을 마시고 이젤 앞으로 다가간다.

2010. 9. 29.

아버지란, 아버지의 지금을 설명하는 것이 아니라 아버지임을 보여 주는 것이다.

2010. 10. 8.

길을 가다가 사람을 만났습니다. 여러 해 전, 이 도시에 밀려 가까운 촌락으로 이사를 갔을 때, 이미 그곳에 살고 있던 사람이었습니다.

형편이 그러하여 방이 하나 뿐인 옛 마을회관에 그리 늙지 않은, 심성이 맑은 두 부부가 살고 있었습니다. 우리 역시 그러하여 수년간 비워 둔 폐가에 한동안 살 수 있는 허락을 받아 오게 되었는데, 그전부터 이 터에 텃밭삼아 채전밭을 일구어 왔었습니다

그래서 우리는 그분들에게 반을 내어 주었고 그들은 때때로 우리의 몫에까지도 손길을 보태어 주었습니다. 그들은 우리가 오게된 집 건너편에 있어서 늘 얼굴을 대하며 살았던 분들이었습니다. 그러던 어느날 그 분들은 우리가 그 곳을 떠나기 몇 년 전에 먼저 그 곳을 떠났습니다.

길을 가다가 그리 오래되지 않은 기억을 만났습니다.

길을 가다가 사람을 만났습니다. 그 분은 수년 전에 돌아가신 어머니에 대해 물었습니다. 나는 그 분의 남편에 대해 물었습니다. 길을 가다가 아련하게 내 몸을 스치는 바람을 만났습니다.

길을 가다가 사람을 만났습니다. 그 분의 눈가에도 주름이 여럿 생겼고 그 분은 나를, 얘기를 끝내고 돌아서기까지 그렇게 보았습니다. 그 분의 눈에는 내 목의 주름도 보였겠지요.

길을 가다가 한 구비 흘러간 세월을 만났습니다.

그 분이 가고 나는 버스를 기다리며 정류소 의자에 앉아서

잠시 동안 그렇게 정지되어 있었습니다. 어느 시간에 정지된 체, 정물처럼 말입니다.

<양백리에 한동안 같이 살았던 사람을 만나던 날>

2010. 10. 15.

쓰러져 그대로 잠들고 싶었다. 비로소 나는 내가 무엇인지를 알아차렸다.

아무것도, 그 무엇도 할 수 없는 나임을 알았다.

아내가 혼자 서울로 검사를 받으러 가는데도, 그리고 버스 터미널에 내려 집으로 데려올 수 없는 것도, 12시가 넘게 돌아와서 이른 아침 또 일터로 가야 함에도, 아픈 사람을 쉬게 할 수도, 차를 가지고 편안히 데려올 수도, 아무 것도 할 수 없었다.

그럼에도 나는, 그림으로 허울좋게 포장하며 살아왔다. 그것이 무슨 신념인 양 가식하고 살아왔다. 그것으로 자본이 되는 자는 얼마나 대단한 일인가? 그것으로 가족을 지키는 자는 얼마나 훌륭한 일인가? 그런 그들에게 소리내며 고개를 돌렸던 내가 너무 부끄럽다. 못났다.

그렇게 가식과 포장을 다 벗기고 발가벗은 나를 보는 순간, 나는 너무나 초라했다. 불쌍힌 나를 보며 울었다. 울었다.

　나에게 제 어미의 상태를 물어보던 동현이는 이 못나고 무능한 아비를 얼마나 원망했을까? 아내는 버스터미널에서 버스가 끊긴 시각이라 택시를 타고 왔다. 내가 할 수 있는 유일한 것은 택시를 타고 온 아내를 집 근처 정류소에서 기다리며 마중을 해주는 것뿐이었다. 만일 내가 죽어 먼저 하나님 나라로 가게 되면 뒤늦게 오는 아내를 마중하며 기다리는 것, 그것뿐인 것처럼.

바람이 분다.
마치 악마의 거친 호흡처럼, 짐승의 날카로운 발톱처럼
무섭고 잔인한 울음이다.
그러면 겨울은 어김없이 내 앞에 서있다.

그 겨울을 몰고 오는 것은 바람이다. 바람이다.

　김익선의 아내가 가져온 들꽃을 모델로 아내에게 바치는 헌화를 그리고 있다. 가을 내내 나무로 이것저것 만드느라 시간을 다 보내고 이제야 마음 정리하며 이젤 앞에 앉아 아내에게 바칠 그림을 시작하고 있다. 이 들꽃을 꼭 아내에게 바치고 싶었다.

　내가 할 수 있는 것이 이것 외에 아무것도 없으니 내가 할 수 있는 것으로 아내에게 주고 싶었다. 이제사 그런 마음이다.

2011. 8. 19.

누님께 드린 30호짜리 그림
<구만인상九萬人像>이 토네이
도에 날아가버려 다시 제작을
하는데 어제 밑칠해 둔 것을
오늘 칠하면서 색을 칠한다
는 것이 이렇게 즐겁고 황홀
하다는 것을 느껴보기는 처
음인 것 같았다. 그 칠한 색을
보는 것이 너무 감격스러웠다.
밑칠에서 밝은 옐로우와 번트
시에나의 색이 구만의 원시적
땅을 보는 것 같아 가슴이 두
근거렸다. 바다의 밑칠 색을
프루시안블루로 칠하면서 바
다의 깊이와 출렁이는 파도를
느꼈다.

그림이란, 사실상 이런 감격
으로 그려야 된다. 그리고 그
속에 함께 들어가 있는 것이다.

2011. 10.

내가 십자가를 그렸다 해도 그 십자가는 내가 그린 것이 아니다. 내가 십자가를 만들었다 해도 그 십자가는 내가 만든 것이 아니다. 내가 십자가를 노래하였다 해도 그 십자가의 노래를 내가 부른 것은 아니다. 그 십자가는 내가 그리고 만들고 노래한 것이 아니라 예수님이 그리시고, 만드시고, 노래하셨다.

십자가는, 내 것이 아니라, 예수님의 것이다.

다만, 나는 그것에 참여할 따름이다.

인혜에게 - 내 기쁨의 샘

　너를 생각하면 기쁨보다 갑자기 가슴이 탁 막혀버릴 때가 많다. 항상 네게 미안해서이다. 아버지로서 네게 부족했고 경제적으로도 너를 힘들게 했기 때문이고 그 후유증으로 지금도 네가 힘들다는 생각을 지울 수 없기 때문이다. 네가 아니라해도 내가 그러니 어쩔 수 없겠지. 하지만 이제와서 어찌하겠느냐마는 내 마음이 그렇고 그것으로 때론 우울하기도 하다. 하지만 그것 또한 어쩌랴. 그래도 너는 내게 기쁨의 샘이다. 나의 에너지이다. 내 삶의 희망이다.

　또 한 해가 시작된다. 네 삶의 목표가 무엇이며 네가 어디까지 가 있는지는 모르지만 젊음의 시간을 슬기롭고 의미있게 가져야 하지 않겠나. 하지만 기분에 결코 치우쳐서도 아니되고 남의 말에 함부로 귀기울여서도 아니된다. 분별하고 네 스스로 확신을 가지고 움직여 나아가야 할 것이다. 때론 담대하게 나아갈 때도 있고, 그래서 좌절하고 실망할 때도 있겠지만 그것은 너를 깊이있게 힘있게 하는 좋은 쓴 약이다. 쓰디쓴 약이지만 삼키지 못하면 아무런 의미가 없게 되겠지. 이 한 해가 네게 보람되고 의미있고 가슴 가득한 한 해가 되길 바란다. 그리고 너도 네 자신을 위해 기도하길 바란다. 너를 위해 기도한다.

2012. 1. 7. 아빠가

2012. 2. 6.

물감을 다 쓰고 남은 물감 튜브를 펴서 물감 찌꺼기가 남은 안쪽을 긁어서 만든 십가가 형상의 작품을 보다가 그 형상의 끝부분이 언뜻 설경을 연상하게 되어 캔버스로 옮겨 설경을 작업해보려 밑그림을 그려 놓고 보는데 마치 예수님 달리신 십자가 밑기둥이 땅에 "쾅"하고 박힌 것 같이 보였다. 어떤 무게감이라할까. 왜 그렇게 보였을까? 십자가 형상을 보고 해서인가? 아니면 내 삶의 무게 같은 것 때문일까?

십자가의 밑, 기둥,

기둥뿐인 보이지 않은 십자가, 그걸 그려봐야겠다.

2012. 2. 23.

그리고 또 한 해가 시작되었고 벌써 2월, 아니 조금 있으면 3월이다. 2011년 12월 31일 누님과 수미가 모두 떠나고 다시 이 작업실에서 때묻은 캔버스를 걸쳐놓고 정리해보는데 지금까지의 내 그림 작업의 대체적인 상황처럼 날마다 실패하고 날마다 극도의 스트레스에 녹초가 되어버리곤 한다. 되었다 싶어 붓을 놓고 다음 날 와보면 전혀 아니어서 또 그것에 매달리다 보면 머리가 금방이라도 터져 버릴 것만 같은 나날의 연

속이다. 도무지 정리가 되지 않는다.

그림이 나약하여 조잡스럽고 무기력하며 칙칙하다. 한마디로 그림에 생명력이 없다.

라디오마저 꺼버리고 혼자서 미친 자처럼 욕을 하며 분노의 탑을 쌓는다. 머릿속에서 온갖 유혹의 말들이 일어난다. 그러나 또 한편에서 나를 부르시는 소리가 일어난다. 화장실에 가서 소변을 보며 혼잣말로 중얼거린다.

"하나님! 어찌합니까. 내가 허약한 것을요. 내게 힘 되어 주시옵소서. 내가 죽지 않게 도와주옵소서. 정녕 이렇게 나를 힘들게 버려두심이 나를 사랑하시는 일이라면 참고 견뎌야지요. 설마하니 하나님께서 저를 죽게 내버려 두시기야 하겠습니까. 참아야지요. 예, 참아야지요. 하나님 뜻이라면 말입니다."

그렇게 혼자 중일거리고 나면 분노를 가라앉힐 수 있다.

긴 한숨을 내어 쉬고 다시 또 쓰러질지라도….

2012. 3. 10.

산을 그릴려면 산의 힘이 있어야 하고, 눈을 그릴려면 눈의 힘이 있어야 하며, 꽃을 그릴려면 꽃의 힘이 있어야 한다. 하나님을 믿을려면 하나님의 힘이 있어야 하고 예수님을 믿을려면 예수님의 힘이 있어야 한다. 그런데 나는 지금이 사순절임에도 금식 한번 하지 않고 있으니 어찌 예수님을 믿는다 하겠는가?

누님 가시고 매일 이 작업실에 오는 편이지만 그림은 아무것도 해 놓은 것이 없고 제자리이다. 그리고 지우고 그리고 지우기를 한 것뿐이다. 내 몸에 그릴려는 힘이 없기 때문이다. 아! 힘이 든다.

내 내부의 힘이 거의 다 소멸되어 가는 것만 같다.

2012. 4. 9.

두 아이들에게 나는 무엇이며, 한 여자에게 나는 무엇인가?
무거운 몸으로 작업실에 들어선 나는, 이젤 앞에서 붓 대신 일기장을 펴고 연필을 먼저 들었다.

누님께,
아직은 긴 겨울의 끝자락으로 더 갈 것 같았는데, 그것이 아니라 더 가야 하는데 이 꽃 저 꽃 다 피고 잎들이 성큼성큼 다 뛰어 나오니 봄이 아니라 여름으로 가는 것만 같습니다.
그렇게 세상의 흐름은 다 자기 시간의 자리를 찾아가는

데 나는 아직도 정지된 시간 속에 틀어박혀 꽃눈 날리는 창밖의 풍경을 함박눈 내리는 풍경으로 보려하니 머리가 어지럽습니다. 늘 세월은 저만치 앞서 가 있는데 뒤늦게 무거운 발걸음을 옮기며 끌려가듯 갑니다.

집밖을 나서면 훈풍이 불어 눈이 감기는데 내 몸은 얇은 내의 하나 벗는 것을 허락하지 않으니 도대체 몸의 기력이 얼마나 도망갔는지 때로 우울하기까지 합니다.

밖은 그렇게 화사해도 작업실은 아직도 추워서 연탄불을 피워놓고 있는데 커피를 한 잔 끓여놓고 난로 앞에 바짝 붙어 앉아 있으면 그 따스함에 슬그머니 또 눈이 감깁니다.

그러면 때때로 누님, 수미 생각이 납니다. 누님 모습 떠오르고 수미의 웃는 소리가 쨍쨍하게 들립니다. 지금은 어디서 무얼하시는지 혼자서 이런저런 상상을 해봅니다. 오늘은 또 무슨일을 하고 있는지 어디를 가고 있는지….

이제는 자꾸만 이렇게 끝이겠구나 하는 생각이 듭니다.

몇 번이나 편지를 쓰려다 마음이 더딘 것이, 우울합니다. 눈물 한번 글썽이고 입맛 다시며 일어나서 이런저런 다른 일을 살펴봅니다.

그러다보면 그렇게 또 마음을 흘려보냅니다. 그렇게 흘려보내다 보면 잊어버린 것이 있다가, 누군가 이 세상을 떠나면 뜨거운 눈 물로 몸을 적시다가, 길고 긴 한숨으로

멍한 가슴으로 있다가, 망각의 시간 속에 잠들겠지요. 세
상의 이치이고 삶의 순리인 것을….

2012. 4. 15. 수철 올림

2012. 5. 14.

금방이라도 숨이 멎어 버릴 것 같았다.
2달 넘게 작업해온 것이 거품처럼 사라져 버렸다.
아무리 생각해도 아니어서 지워 버렸다.
너무 억울하고 너무 분노감이 치밀어 울고 말았다.
그러나 지운다는 것은 나의 솔직함이다. 최소한의 양심이다.
그냥 그림을 보낸다면 나는 위선자이며 비겁한 자이다.
그러나 도대체 나는 무엇이냐.
그 양심의 뒤에 나는 무엇이냐.

2012. 5. 15.

어제는 미국의 제수씨께 보낼 그림을 결국 지우고 말았다.
그림이 아니라 나의 지금이었다. 숲이 아니라 돌처럼 정지되
어 있었다. 두 달 넘게 나는 허공을 헤매었다. 허망함과 분노
감에 술을 마셨다. 울었다.

마치 내 온몸이 하나씩 하나씩 떨어지며 와르르 해체되는 기분이었다. 깊이 잠들었다.

아침에 일어나니 몸이 비틀거린다.

문을 열어놓은 채 화장실에 앉았는데 거실의 기둥목 십자가가 눈에 들어온다.

'저 십자가 속에는 예수님이 계실까? 나는 저 십자가 속에 있는가?'

십자가를 두려면 그 속에 내가 있어야 된다고 생각했다.

2012. 5. 31.

사진 자료를 정리하다가 형의 사진을 보았다.

형의 이미지가 가장 잘 드러나 형의 초상을 그리려고 준비해 놓은 사진은 형의 고려대학교 재학 시절이었다.

그 사진 속으로 형이 너무 생생하게 내게 다가왔다.

"형. 내가 이제 예순 셋이요. 형, 내 나이가 벌써 그렇게 되었소."

형의 사진을 손에 들고 나는 눈물 속으로 들어가고 있었다.

계옥에게

"신은 죽었다"고 외치던 니체의 추종자가 아니라도 "머피의 법칙이야, 더러운 운명의 소유자, 팔자가 더러운 놈"이라며 자책하며 자학하고 자괴감에 빠진 날들이 어디 하루 이틀이었던가? 그러나 그것이 이제 와서 그 모든 것들이 내 생각속 이었음을 뒤늦게 깨닫는다.

이영희에게 들었다. 네가 다쳤다는 것을. 쉰다는 것도 어디 네 생각으로 쉬어지더냐? 짜맞추는 것 같아도 기가 막히게 짜맞춰지는 것은 네 생각이 아니라 하나님의 생각이다.

너를 쉬게 하는 것 조차도 말이다. 조금이라도 나빠지면 더럽게 재수없는 놈이라고 자책했지만 이제와서는 그게 아니었다.

아무것도 아닌 달라지지 않는 일상이, 그런 일상들이 매일매일 내게 주어진다는 것이 얼마나 큰 축복인지를 깨달은 것은 그리 오래 되지 않았다. 그 일상 속에 얼마나 소중한 많은 것들이 내게 주어져 있음을 안 것도, 그래서 범사에 감사해야함을 말했나 보다. 감사해라. 네 일상의 모든 것에… ,

너의 평안을 위해 기도한다.

2012. 6. 6. 박수철

이인영에게

그래, 네 말처럼 이 가을의 햇살은 풍요롭게 내려 앉는데 그 햇살에 조차도 나는 몸이 쳐진다. 집안일 이것저것 하고 나서 아침 늦게 버스를 타고 작업실에 들어온 나는, 접이식의자에 몸을 편 채 죽음처럼 있었다.

전화벨 소리에 일어나 허둥대며 전화기 앞까지 왔는데 전화는 끊어지고…. 다시 의자에 풀썩 몸을 던졌다. 일상의 삼분의 일 이상이 이렇게 죽음이라니…. 그것도 이 맑고 투명한 날에, 이 좋은 날에 하루 종일 깨어 있어도 아까운 이 날씨에 그렇게 죽음이라니 너무 억울했다. 그러나 "내 생각과 몸이 다른 걸 어찌하랴." 그런 생각으로 눈을 감은 채 누워 있는데 FM에서 하모니카 소리가 들려온다. <대니보이>를 들으면 네 생각들이 영사기처럼 돌아간다. 음악이 끝난 후에도 한참을 네 기억 속에 잠겨 있었다. 그러나 내 손에 잡혀 있는 것은 아무것도 없다. 단지 내 머릿속의 기억에 잡혀 있을 뿐….

우리 삶에 내가(우리 자신이) 가질 수 있는 것이 무엇인가. 우리 삶에 가질 수 있는 것은 아무것도 없다. 찰라 같은 삶 속에 잠깐 함께하는 것을 우리는 그것을 겁劫처럼 소유하려 하기 때문에 그것과 헤어지는 연습을 하지 못하고 '애'가 녹고 '간'이 녹고 '장'마저 녹아 그렇게 애간장 다 녹은 빈 가슴으로 그리움의 끈에 매달려 바람처럼 떠돌던 때가 어디 한두 번이었던가…. 그러나 어찌하랴, 그것조차 이치와 내 마음이 다른 것을…. 그래, 가는 것은 가게 두자. 그렇게 하는 것도 그것을 깊이 사랑하는 것이다.

떨어지는 낙엽을 네 손으로 잡고 있어도 그것이 떨어지지 않겠느냐. 네가 잡고 있어도 결국 네 손에 잡혀 있는 것은 아무것도 없고 바람 조차 없고, 바람되어 네 머릿속의 기억 속에 잡혀 있을 뿐….

언젠가 그것은 부활되어 또 다른 의미로 우리 삶에 함께 한다. 그때에는 그것이 네 손에서 떠나지도 사라지지도 않고 영원히 함께한다.

가야만이 다시 돌아올 수 있다. 그것이 사실이냐고 물으면. 나는 네게 설명할 길이 없다. 왜냐하면 나도 모르기 때문이다. 단지, 내가 믿고 있기에….

께수씨는 이미 몸이 슬픔이 되어 있겠구나. 내 손을 떠나 슬프지 않는 것이 어디 있겠는가. 하지만 오랜 후에 그것이 아름다운 기억으로 자리하게 되면 그것이 또 나를 지키는 힘이 되지 않겠는가.

께수씨, 나는 이 작업실에서 오늘은 붓 한 번 잡지 못하고 이 볼펜으로 그림을 이렇게 그리고 있소.

해야할 일은 너무나 많고 이께 살아서 할 수 있는 날이 자꾸만 좁혀진다는 생각에 잡혀 마음은 늘 급한데 오

랜 날들을 자책과 자괴감에 빠져 살아온 날들에 내 의식
이 괴사되어 머리는 아무런 생각이 나지 않고 몸은 자꾸
만 잠으로 가자 하니 작업실에 오면 고작 3~4시간 밖에
작업이 되지 않는데 그것도 반 이상을….

허공을 맴돌 듯이, 안무를 헤치며 다니듯이 하다보면
늘 제자리 걸음이라 우울감에 젖어 돌아가고, 또 오면 눈
길은 여기저기 흩어진 캔버스를 보는데 선뜻 이젤 앞에 앉
지 못하고 흐르는 시간 앞에 속수무책으로 있다가 돌
아가고… 이렇게 맑고 투명한 날들은 이 시간들이 1분1
초가 아깝고 소중한데 아무것도 하지 못하고 돌아가면
때론 미치광이가 될뻔 하기도하고 이렇게 소중한 시간인
데 아침부터 이 인간의 생각이 머리를 떠나지 않고 작업실
까지 따라와 일단 간단하게 엽서라도 써놓고 작업하려했
는데 결국 이렇게 점심까지 굶어가며(?) 지금이 오후 3시
요. "그래. 오늘은 이렇게 그리자"하고 마음을 놓으니
얼마나 편한지 모르겠소. 이미 마음이 캔버스에 있지 않고
"놈"에게 가있으니 어찌하겠소.

그런데 말이오. 오늘은 참 마음이 흐뭇하고 뿌듯하
오. 물감 대신, 붓대신 볼펜의 먹으로 내 마음의 힘으로
그림을 그렸기 때문이오.

제수씨! 손을 놓으시오. 마음을 놓으시오.

가는 것은 가야하오. 그리지 못하는 그림 속에 있지

말고 그릴 수 있는 그림속에 있어야 이렇게 마음이 편하
듯이 편히 쉬게하시오. 소유하려 하지말고 자유하게 하
시오.

그것이 가장 깊은 사랑입니다.

께수씨! "보리"와 헤어지면 그 빈 자리 우리 함께 만남으
로 채워가시면 어떠하실지….

2012. 9. 26.

p.s 보리(개)가 죽고나서 슬퍼하는 이인영과 그의 아내를 위로하며

2012. 6. 19.

밤부터인지 아침부터인지는 모르겠으나 비가 오고 있었다.
이렇게 추적추적 비가 오는 날에는 집을 나서서 버스를 타고
작업실로 가는, 을씨년스럽고 축축하며 우산 들고 뭐 들고 하
는 성가신 그것이 싫어서 나서고 싶지 않지만, 그래도 작업실
에 있어야 훨씬 마음이 편해서 그렇게 나선다.

비가 오는 날에는 대체로 어두워져서 때론 아예 작업을 못
하기도 하기까지 어두워진다. 그래서 이런저런 다른 일들을
살펴보고 그것을 하게 된다. 어제부터 날씨가 흐려서 원목나
무를 손질해 두었던 것을 마저 손질하고 칠하고 한 탓인지 몸
이 돌덩이같이 무겁다.

접이식 의자를 펼쳐놓고 누워 버렸다. 잠은 오지 않고 이런 저런 생각을 하는데, 오늘 아침에는 아침 식사 준비를 하고 있는데 출근하느라 먼저 나가며 "다녀 오겠노라."고 하는 아내의 말에 그냥 "으응." 하고 답했더니 "그래도 얼굴이라도 좀 쳐다보고 말하소." 라며 한마디 덧붙여 말하는 아내를 보며 "으응, 그래, 잘 갔다와." 라고 고개를 돌려 말하는 나를 보며 행복한 웃음을 지으며 나서던 아내의 얼굴이 떠올랐다.

그래, 이제야 조금씩 삶의 진정한 행복이 무엇인지를 조금 씩 조금씩 깨닫는 것 같다. 행복, 그래, 때때로 행복하다. 아내 의 그런 웃음을 보는 그것도 행복하다. 나는 지금껏 어찌하 여 아내의 그런 소박한 웃음을 짓게 해 주지 못했는지 지금에 야 너무나 미안한 생각을 떨칠 수가 없다.

분식점을 하며 힘든 몸으로 배달을 하던 때에는 나의 못남 이 너무 말갛게 드러나 심히 부끄러웠고, 후배 녀석들의 어설 픈 말에 알루미늄 캔을 얻으려 늦은 밤 노래방을 들락거릴 때에는 나는 돌처럼 굳어버린 채 내 삶을 응고시켜 버리고 싶 었다. 자유인을 하면서 또 한 번 힘든 고생을 하게 하였고, 엄 마와 함께 힘들게 힘들게 살아왔다.

아내로 인하여 내가 힘들고 고통스러웠다면, 그건 모두 나 의 욕심 때문이었다.

나는 깊이 잠들지 않은 잠 속에서 지나온 일들을 영사기처

럼 떠올리며 아내에게 미안하고 또 미안해하며 눈물을 글썽
이었다.

조그마한 일에도 소박한 웃음을 잃지 않는 아내를 사랑한다.

2012. 6. 25.

전람회 때 이 교수에게 판 <오후의 역사> 그림을 인혜가 늘
상 아쉬워해서 다시 제작하기 위해 작업을 하고 있는데 초가
을 오후의 풍경이건만 이 유월에 작업을 하다보니 어느새 그
풍경 속으로 내가 들어가고 있었다.

그리고 그 풍경 앞에서 눈물을 글썽거렸다.

세월에 대한 것일까, 그리움에 대한 것일까.

무엇에 대한 눈물인가?

아! 세월이여, 그리움이여,

2012. 7. 2.

집안일을 좀 하느라 느즈막이 집을 나와 작업실을 향하는 버스에 앉아, 눈앞에, 머릿속에, 가슴속에, 온통 딸의 모습과 그 아련함이 나를 너무 슬프고 아프게 하여 나는 기도를 했다.

'하나님, 우리 딸아이의 방을 좀 옮겨주십시오.'

어릴 적 아버지에게 떼쓰듯 그렇게 기도를 했다.

그렇게 또 나는 자책감에 빠져 허우적이며 내 못남을 속으로 탄식하다가 결국은 나도 모르게 눈물을 찔끔거리며 넋두리 같은 기도를 했다.

'하나님, 이 못난 자는 아무것도 할 수 있는 것이 없으니 긍휼히 여기시고 이 못난 자의 딸아이의 방을 옮겨 주신다고 약속하십시오.'

'부처님에게는 108배를 하며 소원성취를 바라는데 하나님께서는 몇 번을 기도하면 들어주시겠습니까?'

'하나님, 이 못남을 탓하지 마시옵고 부디 딸아이의 방을 옮길 수 있도록 도와주옵소서.'

마치 술 취한 자의 탄식같았다.

어제 아침 6시 30분에 일어나 1부 예배를 보고 아내는 일터로 가고 나는 다시 집으로 들어와 아침 식사 준비를 하고 있는데 아내로부터 전화가 걸려왔다. "오늘은 낮 근무만 하고 저녁에 나가는데 그 길로 인혜한테 가서 이불하고 선풍기를 갖다주고 와야 되겠다."고 하길래 전날, 산에 다녀오던 길이, 내려오는 길이 험악하여 몸이 지친 채 돌아와 힘든 몸으로 아침에 교회 다녀와서 일터로 나갔는데, 돌아와 다시 또 대구까지, 더군다나 밤길을 다녀온다는 것이 아무래도 무리일 것 같아서 "힘들어서 되겠느냐."고 했더니 "힘들어도 갔다 와야지 차일피일 미루면 늦어져서 안된다."며 해서 그렇게 하기로 했다.

작업실에서 돌아와 선풍기를 꺼내서 청소하고 준비를 다해 놓고 조금의 시간이 있어 T.V를 틀고 내셔널지오그래픽 채널의 프로를 보는데 아프리카의 누와 얼룩말 수십만 마리의 대이동 장면이었다. 이동 중 강둑이 100여미터는 되어 보이는, 강의 물살이 마치 홍수처럼 밀려오고 있어 몇 번 강 건너기를 시도하고 포기하고를 반복하다 마침내 결단을 내고 도강은 죽음을 불사한 결행이었는데, 너무나 가슴을 뼈저리게 하는 감동이 다가왔다.

자칫 물살에 밀려 떠내려갈 수도 있는 상황에 포악한 하마와 악어까지 달려드는 숨막히는 위험 속에서도 그들은 사투를 벌이며 도강을 하였다. 그리하여 거의 탈진하여 쓰러지듯 지친 몸을 간신히 일으키며 올라서는 그들을 보며 그들이 너무나 숭고해 보였다. 수십 마리의 어리고 약한 것들이 먹히거나 떠내려갔다. 이동 중 도강을 하지 못하고 가족과 이별한 무리가 강 하류를 따라 재도강을 하려는데, 한 마리의 얼룩말이 힘차게 다이빙하듯 거친 물살 속을 뛰어들었다. 잃어버린 새끼를 찾아나선 것이었다. 그 장면을 보며 얼마나 가슴이 저리고 코끝이 시큰했는지 눈물이 날 뻔했었다.

그리고 아내가 들어왔고 이것저것 준비하여 떠났다.

딸아이를 만나 9시에 늦은 저녁을 하며 무척 행복감을 느꼈다. 그러나 딸아이의 살고 있는 방을 보면서 슬픔이 시작되었다. 녀석의 살고있는 방으로 갔는데, 슬픔은 거기서부터 시작되었다.

처음 대구로 와서 고시원에 있는 딸아이 때문에 숨이 막혀 죽을 것만 같아 지금 있는 원룸으로 옮겨왔을 때에는 마음이 날아갈 듯 가벼웠었다. 그러나 그곳도 그리 좋은 것은 아니었다. 단지 먼저 있던 1.5평 정도의 토끼장 같은, 그것도, 창문도 빛도 없는 고시원 때처럼 여전히 빛은 없지만, 창이 있고 평수가 4평 정도가 되고 몸 돌릴 틈도 없지만 주방이 있고 그나마 앉아서라도 목욕할 수 있는 화장실도 따로 있어서 그래도 마음이 참 기뻤었다. 그런데 이사를 하고 몇 번의 짐을 옮겨주며 또 다른 고민이 생긴 것은, 집으로 들어가는 골목길이 음흉스럽고 집의 출입구도 어둑어둑하여 도적의 소굴처럼 느껴지고 빛도 들어오지 않는 창은 앞의 건물 벽에 막힌 채, 그 골목 전체가 음식점과 술집이라 고약한 냄새까지 났기 때문이었다.

밤이 되면 술 취한 남자의 흘깃거리는 눈빛과, 술 취한 여자의 요사스런 웃음과, 길거리에 앉아 있는 음흉한 표정이 눅눅한 밤공기와 핏기 잃은 불빛이 타락도시 같았고, 여름이면 하수로 흐르는 악취와 모기와 밤나방들이 그 골목길을 술 취한 자들처럼 돌아다녔다.

그런데 거기로 들어온 것은, 그런 환경의 이유로 다른 곳보다 집세가 월등하게 쌌기 때문이며, 고시원의 환경과 비교했을 때에 훨씬 나았기 때문이었다.

우리의 마음이 불안하고 근심되고 걱정스러운 것은, 사람의 마음이 간사해서가 아니라 주변 환경 때문이었다. 더군다나 인혜의 퇴근 시간이 항상 밤 10시를 넘길 때가 많아서 어쩌다 전화가 오지 않거나 연결이 잘 되지 않을 때에는 하루에도 수십 번 지옥을 다녀오게 된다.

그것을 어제, 아내와 나는 또다시 그 이전보다 더 가슴 저리게 절감하고 말았다.

조금씩 짐이 늘어나, 어디 제대로 놓아둘 공간도 없이 옷들이 여기저기 쌓이고 컴퓨터 모니터는 데스크도 없이 본체 위에 목이 불안한 채 올려져 있고 자판기는 침대 위에 올려놓은 채 있었다.

들어서는 순간 숨이 막힐 듯한 탁한 공기와 냄새, 눅눅한 습도, 이 모든 것들을 보며 나는 또 한 번 질식할 뻔했다. 아내는 차마 아이 보는 앞에서 울지 못하고 웃음짓는데 그 모습이 통곡이 되어 내 가슴속으로 흘러내렸다. 인혜는 우리의 그런 얼굴을 보며 속으로 슬퍼했다. 나는 그렇게 슬픈 표정의 딸을 보며 내가 얼마나 못나고 못난 아비임을 절감하고 또 절감하며 심히 부끄럽고 죄스러워 그대로 타버린 채 재가 되고 싶은 심정이었다. 또한, 아내는 얼마나 슬퍼했을까?

조금이라도 공간을 쾌적하게 하려고 이것저것 정리하는 동안 인혜는 불편한 듯 서글픈 듯한 표정이었고, 제 어미 화장실 청소와 이 옷 저 옷 빨래하며 땀 흘리며 힘들어하는 모습을 보며 처절함마저 느끼는 심정으로 있었다.

나는 아내의 지나친 속상함이 오히려 인혜에게 심리적으로 상처를 주고 있음이 또 속상한 일이었지만 어찌할 수 없었고 그냥 밖으로 나와버렸다.

그나마 밖은 안의 공기보다 시원했다. 오히려 청량함마저 느껴졌다. 그런 곳에 딸을 둘 수 밖에 없는 내가 너무도 한심했다. 그냥 그 자리에서 죽고만 싶었다.

한참 후, 아내가 나왔고 집으로 가져갈 다른 이불 보따리를 인혜가 들고 뒤따랐다. 아내는 인혜와 힘껏 포옹을 했다. 여느때와는 달리 끈적해보였다. 그리고 인혜는 나와도 포옹을 하며 "집에 도착하면 연락해." 라고 했다. 아내는 "연락하기는 뭐해 일찍 자." 라고 하며 집에 도착하면 밤 12시가 넘을 텐데 피곤해서 자는 아이 공연히 깨울까 봐서 그렇게 말했다.

집으로 내려오면서 아내는 간헐적으로 "여기 우리 한 번 와 봤제?", "오늘 음식 맛있더나?" 몇 마디씩 던지며 내 기분을 풀어보려 애를 쓰고 있었다.

나는 그런 아내의 마음을 읽으며 온몸이 지쳐있을 텐데 이렇게 운전도 못해주는 나의 못남을 또 한 번 부끄럽게 하고 말았다.

집으로 들어오자마자 아내는 풀썩 몸을 던진 채 잠들었고 "하나님, 우리 딸 방 좀 옮겨주십시오."라며 눈물을 글썽이며 기도했다.

2012. 7. 23.

버스에서 내리면 약간의 휘청거림을 느낀다. 나는 어제와 같이 있는데 늙음이 나를 끌고 가는 것을 뒤늦게 보았다. "요즈음 왜 이렇지?"했는데 나는 늙음에 끌려 가고 있었다. 그리고 작업실에 들어와 지친 몸을 접이의자에 누운 채 잠시 생각해 보는데 그것의 반은 "마음"이었다.

기억을 해준다는 것은 참으로 기쁜 일이다.
기억, 그것은 무엇인가, 우리가 기억하지 못한다면
그건 이미 삶이 아니다.
기억은 생명이다. 살아 있음이다.
단지 육신이 아니라 삶 그 자체가 살아 있다는 것이다.

2012. 12. 5

다시 또 겨울이다. 작업실에 삼분의 일정도 비닐 막을 쳐 놓은 지 한달이나 되었다. 연탄난로를 설치해 놓고 한 장의 연탄이라도 아끼려고 방한 작업복에 두꺼운 기모내의를 껴입고 버티다가 며칠 전부터 난로를 피우기 시작했다. 예년보다 추위가 일찍 시작되었고 더 추워진다하니 은근히 걱정이 된다. 수도가 얼어붙을 것에 대비해서 이 통 저 통 다 가져다가 얼지 않게 둘러싸고 조금이라도 더 늦게 신선한 물을 받을려고 눈치보다가 연이어 영하의 날씨로 이어진다는 일기 예보에, 설마 설마 하다가 물을 받아 놓지도 못한 상태에서 수도가 얼어 곤욕을 치른 때가 겁이 나서 결국 오늘 물을 받았다.

연탄을 피우는 일은 여간 번거로운 일이 아니라서 불편하기 짝이 없다. 연탄이 한 장에 여덟 시간 정도 타는 것을 기준으로 하는데 아무리 이 장치 저 장치를 해도 아침에 오면 꺼지려는 순간에 놓여 있기 일쑤여서 거기다가 석가탄 한 장을 더 피워야 하니 소모가 많다. 하루에 겨우 다섯 시간 정도 있다가 가는데 비워두는 시간의 소비가 더 커서 떨떠름하지만 어쩔 수 없다. 연탄재를 처리하는 일도 만만치가 않다. 기본적으로 먼지가 일고, 어쩌다 떨어뜨리는 일이 생기면 그 먼지는 마치 화산재 같은 느낌이다. 그러면 그것을 청소해내는 일 또한 먼지를 덮어쓰녀 만만지 않다.

그래서 주변 모든 기물에 비닐을 다 덮어 두었다. 어쩌다 불이 꺼져서, 썰렁한 공기와 찬바람에 몸을 움츠리며 시린 손으로 새로 불을 피우려면 석가탄 냄새와 연기 때문에 창문을 다 열어놓고 이 추운 겨울에 선풍기를 돌려가며 1시간 가량이나 부산을 떨어야 불을 피울 수 있게 된다. 어찌됐거나 이 모든 것을 다 떠나서 이 비닐 막 안에 따뜻한 난로가 있다는 것은 참으로 행복한 일이다. 오늘 아침에도 버스를 타고 오면서 연하장을 보내야하는 것에 대해서 이런저런 생각을 하는데 오래전 『물은 답을 알고 있다』라는 책에서 보아 알고 있는 것이었지만 얼마 전 T.V에서 물과 밥 심지어 소주에까지 험한 말을 한 것과 좋은 말을 한 것에 대한 실험에서 험한 말을 한 것은 곰팡이가 일고 썩어가며 냄새가 고약한 반면, 좋은 말을 한 것은 그 정도가 심히 약하고 전혀 변하지 않고 냄새가 좋다는 결과가 방송되었다. 맞는 말이다. 바로 그것이 기인 것이다. 어쩌면 물질의 모든 변화는 바로 이 기의 원리일 수도 있다. 그렇다. 그러면 사람도 자기 스스로에게 비관과 자책의 생각과 말로 자신을 욕하며 열등의식에 사로잡혀 자신을 무너뜨리는 일은 결과적으로 자신의 삶을 그렇게 그렇게 만들어가고 있는 것이다. 자신을 사랑하고 끊임없이 인내하며 자신에게 용기를 주는 생각과 행동으로 자신의 삶에 임할 때 삶은 그렇게 만들어갈 수 있는 것이다는 것을 다시 한 번 깊이 묵상을 하게 되었고 바로 그것이 되기 위해서 해야할 일은 먼저 바른 생각과 성심을 다하는 기도이다. 기도는 나를 사랑하는 가장 최선의 일이며 숭고한 일이다.

그렇다. 이 한 해가 다가는 마지막에 와서 나는 다시 한 번 깊은 생각을 해본다. 그리하여 또 다른 새롭게 나아가는 삶이 되기를 바라본다.

오랫동안(나는 오랫동안이란 말을 자주하게 된다) 나의 그림은 어둡고 너무 칙칙해서 마치 구정물 같기도 하고 흙탕물 같기도 하고 이미 썩고 병들고 말라 버린 그 모든 것과 같았다. 그것은 오랫동안 내 삶 속에 스며 있는 내 자책과 자괴감이 내 삶을 그렇게 했고 그대로 그것이 그림이었다. 못난 삶, 못난 그림이었다. 어제도 버스 안에서 여인네들의 해외여행에 대한 얘기를 들으며 수백만 원의 여행 경비 얘기를 너무 쉽게 말하는 것을 듣고, 아내를 생각하며 스스로 무능하고 못난 자임에 우울해했다. 그런 우울감이나 분노감에 빠지면 나는 또 나를 못나고 욕되게 하게 되고 내 삶은 되풀이 된다.

자! 이제 벗어나자. 그것이 그렇게 쉬울리야 없겠지만 조금씩 조금씩 그렇게 해보자!

아내를 위하여, 아이들을 위하여, 나 자신을 위하여, 내 그림을 위하여, 이 세상을 위하여…

p.s 오늘 나는 이 작업실 일기로 너무 좋은 그림을 그렸다.

날씨가 혹독하게 추워지고 있다 아침이면 아직도 훈기가 있어 추위는 덜하지만 비닐 막을 쳐 놓은 이 안에도 옷을(작업복) 갈아입으려면 아랫도리가 떨린다. 항상 옷을 갈아입을 때면 건너쪽 작업 중의 캔버스가 눈에 들어오고 현재 작업 중에 기대 놓은 수미의 초상화와 항상 마주하며 인사를 한다. "잘 지냈느냐.", "안녕." 이런 식으로 묵상 인사를 한다.

오늘도 나를 던져보자.

왜 그리는가! 무엇을 그리는가! 어떻게 그리는가!

3

빛도 어둠도 지극히 아름다운 삶의 기법이기에

2013-2022

오늘도 나는 이젤 앞에서 오랫동안 서성이고 있었다.

오늘도 나는 이젤 앞에서 오랫동안 서성이고 있었다.

2013. 1. 14.

지난해부터 그림이 어둠과 썩음 속에서 허우적대며 나를 한없이 지치게 하고 무너뜨려 왔는데 그것이 해를 넘어와도 여전히 내 속을 파고들며 의식을 해체시키고 있다.

그래서 나는 불투명해진 의식 속에서 길고 긴 영혼 찾기 여행을 하고 있다.

2013. 1. 17.

아침부터 눈이 온다.

아내는 팔의 통증으로 제대로 잠을 자지 못했다 하고, 그런 아내에게 무엇 하나 도움되지 못하고 돌아누워 툭툭치는 소리를 들으며 나는 심하게 아파했다. 그런 아픔은 쓰리고 눈물난다.

버스에 몸을 실고 눈 오는 바깥 풍경을 차량으로 물끄러미 바라보며 버스 안 여자들의 통화 소리를 듣는다.

어젯밤에는 동현이가 피자를 먹고 싶어 했는데 제 어미가 "그만 참자." 하자 녀석의 표정이 서운해 보였다. 그런 모습을 훔쳐보며 "그래 가자." 라고 나설 수 없는 나의 빈곤함. 오늘도 작업실에 나와 떨리는 몸을 연탄난로 앞에 웅크리고 앉아 기도를 하지만 기도가 아니라 푸념이다. 떨어지지 않으려 매달린

줄에서 왜 이렇게 자꾸만 미끄러지는지. 한 뼘도 올라서지 못
한다. 작업실 창밖에는 아직도 눈발이 날리고 있다.
*나는 이 작업실에 그림을 그리려 있는 것이 아니라 내 몸을
숨기려 있다.*

2013. 2. 4.

거의 한 달 가량을 문지르고, 덮고 하였지만 결국 내 머리
의 혼돈처럼 내 마음의 어두움처럼 거무칙칙해져 버린 <항
구의 설경>을 일단 정지하고 벽에 걸었다. 솔직한 심정으로
는 캔버스 천을 뜯어내어 버리고 새로 시작하고 싶다. 그렇
게 하고 나면 다소 해소는 되겠지만, 나는 미쳐버린다.
어제 늦게부터 <역사의 설경>을 이젤에 올렸는데 오늘도
그 작업을 하면서 눈이 피로하고 손도 시리고 해서 난로
옆에 붙어 있는데 갑자기 찬송가가 떠오르기 시작했다.
<내 주를 가까이>였다. 그리고 천천히 마음 깊숙한 곳에
서부터 소리내어 부르기 시작했다. 참으로 좋다. 평안하다.
가끔 이럴 때가 있다. 노래는 방한용으로 쳐 놓은 비닐 막
안에 울려퍼지며 조용히 내려앉는다.
마치 눈처럼… 평화롭게….

2013. 2. 13.

류 선생이 국내에서 전시한 고흐의 화집을 사 가지고 와서 내게 선물했다. 화집을 반갑게 받아 대충 훑어보고 난 뒤 류 선생에게 말했다.

내가 고흐의 작품들을 보면서 그림에 대해 딱 한 마디만 말하고 싶은 것은 "어떤 그림이든지 그림의 기법이나 예술성이나 상관없이 그림은, 모든 그림은, 모든 예술은 살아 있느냐 죽어 있느냐."이다.

나는 고흐의 작품을 보며 몸에 어떤 전율을 느끼며(특히 1887. 3월~6월사이에 그린 자화상을 보며) 흥분해서 말했다.

류 선생은 오랜 묵상에 잠긴것 처럼 고개를 끄덕였다.

2013. 2. 20.

야산을 오르내리며 벌써 두려움이 시작되었다. 이미 나뭇가지들은 싹 틔울 준비를 하고 있기 때문이다. 이 대지와 공기는 그렇게 또 다름을 준비하는데 나는 겨울 내내 다람쥐 쳇바퀴 돌던 그 자리를 맴돌며 아무것도 완성해내지 못하고 웅덩이에 고인물이 되어 있는 깊은 한숨으로 있다. 또 허공을 저었는가? 세월은 나를 끌고 자꾸만 가는데….

2013. 4. 22.

　결국 봄은 시작되었다. 내가 가장 두려워했던 봄, 그러나 그 찬란한 봄을 맞이하는 이유는 그것이 부활이기 때문이다. 내가 그 봄을, 내 삶의 안주를 가혹하게 짓밟는 무서운 힘으로 느껴온 것은 사순절을 맞으며 십자가 작업을 생각하면서 예수님의 부활처럼 생명의 부활로 인식했다는 것이다.

　그래서 찬란한 봄의 교향곡처럼, 생명의 부활로서 봄을 작업해 보려 했지만 시작부터 딜레마에 빠졌다. 이젤 앞에 앉아 있으면 늘 나에게 묻는다.

　'왜 그리는가? 무엇을 그리는가? 어떻게 그리는가?'

　나는 늘 분명하게 답하지 못한 채 미궁 속에 빠지거나 안개 속을 헤매인다.

　그리고 지금도 그러하다.

　그렇게 나는 이젤 앞에서 답답한 마음에 이리저리 살피며, 커피를 마신다. 내 그림은 생각만 있고 그림은 없다. 지금껏 오랫동안 그래왔다. 그러나 나는 무언가 그리기 위해 늘 이 작업실에 있다.

밤에는 밤을 말할 수 없다.
밤이 얼마나 깊은지 얼마나 오래인지
그 밤이 얼마나 어두운지
그리고 그 밤에 무엇과 만나서 무엇을 보며
어떻게 움직이는지 그래서 무엇을 알 수 있는지
내가 얼마나 약하며 부끄러운지
얼마나 못나고 비겁한지
아침이 되어야 비로소 밤을 말할 수 있다.

2013. 5. 28.

과부하가 걸려 모터가 타버린 소형 믹서기를 버리고 새로 사온 소형 믹서기를 아내가 돌릴 때면 대체로 부우욱 부우욱 하고 모터가 힘겹게 돌아가는 소리가 들린다. 그럴 때면 나는 얼굴을 찌푸리고 "그렇게 되면 얼마가지 못해 또 망가져 버린다."고 잔소리하고 아내는 "원래 소리가 그렇다."하며 "이게 처음에는 그런데 조금 돌리면 괜찮아요."하며 크게 조심하지 않고 계속 돌린다.

믹서기 사용 설명서에는 이렇게 적혀 있다. "모터의 정상적인 기능과 수명을 위하여 용기의 내용들은 절반 이상 넣지 마시고 점도가 높은 음식물은 피해주십시요."

그런데 아내는 대체로 용기의 목구멍까지 밀어넣고 돌린다. 오늘 아침에도 그렇게 돌리며 모터가 헉헉대는 소리가 들리길래 "그렇게 무리하게 돌리면 안된다고 벌써 몇 번째냐? 그게 다 욕심이 아니냐?"하고 기분 나쁘지 않게 흘러가는 말처럼 했는데 아내는 "그런가?"하며 조심스러워 하다가 결국은 다 돌렸다.

그랬다. *지금껏 우리는 그렇게 살아온 것 같았다. "나"라는 용기 속에 항상 나 자신을 가득 채우고 내 삶을 힘겹게 돌리며 살아왔다. 점도 높은 욕심 덩어리를 항상 내 속에 지닌 채*

 잘 분해되지 않고 엉겨붙어 과부하가 걸린 그 삶이 얼마나 힘들고 어려웠을까? 반 만 덜어내면 참 잘 돌아갈 텐데 더욱 부드러울 텐데….

2013. 6. 19.

 어제는 작업하던 숲 그림을 다 뭉개고 말았으니 결국은 그림을 제대로 그린 셈이다. 내 마음의 것을 내 힘으로 그렸으니 말이다.

 종교 서적 『그 길을 걸으라(유진 피터슨)』에서 "은유"라는 내용을 읽고 신선한 충격을 받았다.

 그림은 곧 "은유" 이어야 하기 때문이었다. 은유가 아닌 그림은 죽은 그림이다 "은유"는 그림을 살아 숨쉬게 하며 폭발적인 힘을 느끼게 한다.

류영재에게

 무릎의 통증으로 넉 달을 넘게 고생을 하고 있는데 어깨 주위로 또다시 통증이 겹쳤다. 마치 신경을 쥐어짜는 듯, 잡아당기는 것 같은 심한 통증으로 지쳐 잠이 드는 시간을 제외하고는 하루 종일 그것을 견뎌내느라 사투를 벌이다 보니 온몸이 끈적하고 입이 마르고 머리는 어지럽다. 치료는 하고 있지만 치료 후의 통증이 더 심하니 무슨 치료가 이러한지….

네 엄마가 돌아가시던 날 그날도 통증으로 끙끙대며 이젤 앞에 막연히 앉아서 무얼 할 생각도 하지 못한 채 벽에 걸어놓은 미완의 그림들을 이리저리 보다가 갑자기 붉은색으로 어설프게 칠해진 배경의 짙은 붉은색의 십자가 그림을 한참 눈여겨 보면서 진홍의 크로스를 하얀색으로 바꾸어 칠해야겠다는 생각이 들었다. 그런 생각이 든 것은 현실적, 물적 요소에서 영혼적 의미로 바꾸고 싶었기 때문이었다. 그래서 우선 흰색으로 칠하기 전 밑칠로 미량의 갈색이 섞인 Cansol로 칠을 해나갔다.

팔까지 내려온 통증을 참아가며 겨우겨우 대충 칠 해놓고 보았는데 Cansol 자체의 색감으로는 약간의 샤머니즘적 느낌이 들어서 한참을 들여다보는데, 마음이 무거워졌다. 그리고 얼마 후 이상락 씨로부터 전화가 걸려왔다. 그리고 네 엄마가 임종하셨다는 당혹스러운 소식을 들었다. 그때서야 나는 통증으로 아무것도 할 수 없는데 구태여 그 진홍의 크로스를 하얀색으로 바꾸고 싶었던 것이 그것이었나 하고 그 의미를 느껴보려 했다.(나는 그 기운을 사실로 믿고 싶다.)

전날에 네게 전화를 꼭 해보고 싶어서 몇 번이나 시간을

맞춰보며 지금은 아침이니, 지금은 수업 중일테니, 지금
은 뭐니 하며 늦추다가 결국은 통증으로 정신이 빼앗겨
아무것도 하지 못하고 이런 소식을 접하고 보니 깊고 깊
은 홀 속으로 빠져드는 것만 같았다.

무겁게 내려앉는 눈을 억지로 들어올리며 라면을 끓
였다. 그리고 식사 기도를 하기 전 먼저 이렇게 기도했다.

'하나님. 류영재 어머니의 영혼을 받아 주시옵고 그의
영혼을 하늘나라 아버지의 집에 영원히 평안으로 쉬게 하
옵소서.' 꼭 그렇게 되기를 원했다. 그리고 나는 속으로
말했다 '나는 살아서 이렇게 또 먹는구나.'

*살아간다는 것이 이렇게 또 채움이다. 채움이 삶이다.
그러나 그 채움에는 진정한 평안이 없다. 그래서 비움, 내
려놓음 속에서 진정한 평안을 구하려는데 우리는 아직
도 배고픔 속에 놓여있다.*

살아있다는 것. 살아간다는 것은 무엇인가?

살아있다는 것은 인식한다는 것이다. 누구를, 무엇을
어떻게 인식하느냐에 따라 살아가는 의미와 목적이 달라
진다. 나를 인식하느냐, 너를 인식하느냐, 나의 무엇을 인
식하며 너의 무엇을 인식하느냐에 따라서 말이다….

새벽 일찍 잠에서 깨서 어찌할까 궁리를 하다가 네 옆에
우두커니 서있는 것보다 차라리 예배를 드리고 있는 것
이 좋을 것 같아 예배당에 있었다.(사실 반은 통증 때문이었다)

예배를 마치고 바로 집으로 왔다. 그리고 바로 침대 위

에 쓰러지듯 누웠다. 얼마 후 일어나 간헐적으로 아파오
는 통증을 참아가며 빨래를 치우고, 물을 주고, 청소
를 하고, 부서진 무엇을 고치고 김치찌게를 만들어 놓
고 이것저것을 하다보니 결국 하루를 집에서 보내게 되
어 버렸다.

"오늘은 안 나가네요." 하며 동현이 녀석은 내가 아파
하고 있다는 걸 알면서도 몸으로는 게 하는 일에 몰두
되어 있다. 이것 또한 흐름이리라…. 이렇게 그냥 집에 있기
는 1년에 한 번 있을까 말까인데 몸이 너무 시달렸는가 보
다. 그래도 나는 지금 내가 할 수 있는 것들을 가장 소
중하게 생각한다. 살아 있어서 내가 할 수 있는, 그것이 어
떤 일이든…. 다시 또 잠, 눈을 뜨니 오후 4시다. 내려앉
는 어깨를 추스리고 침대에 걸터앉아 창밖을 보니 눈부
시게 맑고 투명하다.

*이렇게 좋은 날에 네 엄마의 몸과 함께 무엇을 묻고 왔
느냐?*

보이다가 보이지 않는 것은 언젠가 또 만날 수도 있겠
지만 있다가 없어지는 것은 남아있는 것이 그리움 뿐이라
서 그 허함을 채울 수 있는 것은 오직 눈물 뿐이니 어찌
하겠는가.

이제 또 너는 남 몰래 흐르는 눈물 속에 갇혀버 릴 때
가 많겠지. 그리고 그 눈물의 파도에 밀려 허우적거리며
인생이 결국은 죽는다함을 알면서도 마치 섭서림 같이 갈

것 같은 착각 속에 놓인 채 자신의 속을 다 드러내 놓았
던 그 상처, 상처들을 떠올리며 가슴 찢어지게 후회를 하
며 그 죄책감에 젖어 또 괴로운 나날들을, 우울한 나날
들을 맞이하겠지.

슬픔은 남아 있는 자의 몫이라고 했던가.

예수님의 죽음은 죄로 인하여 막혀 있던 하나님과 우리
사이를 연결하시기 위함이었는데 평생을 자식을 위해 희
생했을 네 엄마는 너의 무엇을 연결하시고 가셨을까. 마
음이 고요해지면 한번 보자.

2013. 9. 1. 박수철

2013. 10. 2.

그저께 시내에 나온 아내와 함께 집으로 들어가면서 아내에
게 전해들은 말이 서울에 가 있는 동현이가 아버지 드리라며
돈을 20만 원 보내왔더라는 것이었다. 얘긴즉, 며칠 전 날짜
를 당겨 내 생일을 축하하기 위해 가족과 함께 식사를 했는
데 그때 20만 원 받은 것이 아이들과 아내가 준 것으로 알고
있었다. 그런데 동현이는 같이 못했고 그것이 마음에 걸려있
던 중 이번에 서울에 일거리가 있어서 갔고 얼마간의 돈을 받
았는지 보내왔다는 것이었다. 그 소리를 듣고 가슴이 뭉클해
서 녀석에게 문자 메시지를 보내고 싶었는데 그걸 잘 못해서

그냥 있다가 아내에게 핀잔 듣고 어제 사용 설명서를 뒤적이며 문자 두 줄 보내는데 30분이 넘게 걸려 보냈다.

"네가 보내준 것에 가슴 뭉클했다. 네게 감사함을 전하고 싶다. 아버지로부터" 이렇게 보냈는데 5분도 안되어 문자가 들어오는 소리가 들렸다. 나는 으레껏 들어오는, 나와는 별 무관한 문자 메시지이겠거니 하고 막연히 확인해 보았는데 "아버지 건강하게 오래오래 사세요." 하고 동현이로부터 회신이 온 것이었다. 그 순간, 참을 수 없는 감정이 북받쳐올랐다. 참으로 가슴 뭉클하여 금방이라도 눈물이 왈칵 쏟아질 것만 같았다.

지금까지 내가 녀석에게 문자 메시지를 보낸 것도 처음이려니와 녀석이 내게 그런 문자를 보내온 것도 처음이었다. 얼마나 감격스러웠는지 한참을 녀석이 보낸 글귀를 떠올렸다. 늘 나에게는 무관심했는데 녀석의 마음속에 내가 그렇게 있었다는 것이 얼마나 눈물 나는지 한참 눈알이 뜨거웠다.

2013. 10. 12.

그저께, 지긋지긋하고 짜증스럽게 오래가는 통증치료를 하러 가는데 치료하는 곳이 선린병원 맞은편이라서 옛날 살던 대신동 길을 걸어 가보고 싶어서 나루끝에서 내렸다. 그리고 천천히 걸었다. 대신수퍼마켓을 하는 곳은 아직도 그대로 수퍼마켓을 하고 있었고 선원양성소 자리와, 그 주변 몇 곳은 원룸으로 변해 있었다. 이골목 저골목을 두리번거리며 내가 어릴적부터 살았던 사람들을 떠올려 보았다. 찐빵과 도넛을 만들어 팔던 키작은 아저씨, 목공을 하시던 아저씨, 얼음을 팔던 아저씨 그리고 그후 국수공장을 했던 사람과 미장원의 아줌마, 마치 어떤 기억 속으로 빨려드는 것 같았다. 우리가 살던 집은 집이 팔리자마자 바로 유리가게집으로 바뀌었는데 골목은 그대로 있었다. 집을 팔고 대도동으로 이사를 간 후에도 몇 번은 이곳을 와보았지만 이렇게 다시 와보기는 거의 10년이 다된것같다. 골목길을 들어서니 기분이 묘했다. 가슴이 뛰며 슬픈 마음이 들었다. 골목 끝집인 안 선생네집은 지금도 그때 그대로였고 우리가 살던집 뒤 공터는 막힌체 창고 같은 것이 있었다. 어릴적 아이들이 금방이라도 소리를 지르며 달려오는 것만 같았다. 그런데 그 골목길에 있으니 왜그렇게 공연히 서글퍼지는지 아버지, 어머니, 형, 그리고 동생들, 그리고 누님….

우리가 살았던 기억, 힘들었던 기억들….

나는 그 기억들을 다 털어버리듯 골목길을 나왔다.

대신동 972-3.

대신동 72-35번지. (대신동 72-35번지는새로 바뀐 번지이다.)

하나님은 아십니다. 내가 한없이 약하다는 것을

하나님은 아십니다. 내가 그릇된 욕망에 가득 차 있음을

하나님은 아십니다. 내가 못나고 어리석음을

하나님은 아십니다. 힘들고 어렵고 아플 때

내가 하나님을 원망하고 부정하며 버리게 된다는 것을….

그러나 나는 압니다.

자비로우신 하나님은 그런 나를 큰 은혜로 항상 함께 하신다는 것을….

2013. 12. 22.

나는 지금 무엇을 그리고 있는 것인가? 라는 질문을 나는 나 자신에게 끊임없이 해오며 지금도 하고 있다. 내 삶이 그러하듯 분명한 것이 없다. 흐리고 약하고 어둡다. 때론 너무도 유치해보여 웃음이 터지곤 한다. 기가 막혀 억울할 때도 있다. 그리고 암담하다.

나는 이런 길을 마치 숙명처럼 가고 있다. 그것은 분명 내 가치관의 기준, 사고의 인식이 내 삶을 그렇게 형성해가도록 만들어 놓았고 나는 그 길을 가고 있다.

누구나 다 그러하지만 나는 그렇게 형성되어 버렸다. 문제는 "이제 어찌해야 할 것인가."이다.

그런데 그것이 불가사의한 일처럼 느껴지고 신기루처럼도 느껴진다. 용기를 내어보려 하지만 겨우 헛기침 정도이다. 그림은 그렇게 헛기침하고 있다. 이 해가 다가는 지금에도….

<시슬리(Sisley)>의 설경이 너무도 가슴속 깊이 들어온다. 달력에 있는 그 그림에 매일 눈이 깊숙히 들어간다.

2014. 1. 1.

염증 수술로 이틀째 끙끙거리는 아내는 새벽부터 기침을 계속했다. 쓰리는 마음으로 기도했다. 이불 속에 머리를 깊숙히

숨긴 채 누운 그대로 기도했다.

아내의 어깨를 만지며 속으로 열심히 기도했다. 아내에게 마스크를 갖다 주며 방안 공기가 차니 하라고 했다. 조금 후 아내의 얼굴이 다행히 밝아졌다. 어제 먹다 남은 떡국을 다시 끓여 아침 식사 할 것을 권하고 동현이와 같이 식사를 했다.

연하장 준비를 해놓은 것을 아내가 훔쳐보았던 모양이었다. 반농담 삼아 "왜 내게는 안 보내 주나?" 라며 말했다. 그렇게 농담을 할 수 있어서 다행이었다. "당신은 늘 나와 함께 있는데 그게 뭐 필요해." 했더니 "그래도 보내 줘야지." 라고 응석 같은 말을 했다. 나는 속으로 아내에게 이렇게 말하고 있었다.

"세상의 가장 귀하고 아름다운 말들을 수없이 적어 당신에게 들려준다 해도 당신 옆에서 당신의 귀에 들리는 내 숨소리 하나만도 못하다는 것을 당신은 알겠소."

집을 나서는 나에게 밝은 표정으로 배웅을 했다. 또 한 해의 시작에 잠을 자며 밥을 먹으며 버스 안에서 길을 걸으며 나는 기도했다. 그리고 그것으로 마음이 평화로웠다.

2014. 1. 6.

지난 12월 어느 날, 여느날 처럼 야산에서 운동을 하고 있는데 소나무 숲 사이로 진달레기 보였다. 이 겨울의 얼음 같은

냉랭한 공기 속에 활짝 피어 있는 한 송이 진달래꽃. 공상과
학 영화에서 흔히 보는 유리 스크린 속에 비치는 영상처럼 그
렇게 내 눈에 보였다. 나는 한참을 그렇게 소나무 숲속을 응
시했다. 겨울 숲 진달래. 추운 겨울 속에도 진달래는 그렇게
피어있었다. 너무도 투명하고 생생하게.

2014. 1. 10.

　어제, 둘째 처남댁 부친 장례식장에 다녀왔다. 아내는 "퇴
근하자마자 바로 혼자 갔다올테니 그리 알고 당신은 가지 않
아도 되니 저녁이나 챙겨 잡수시오." 하길래 "그래도 내가 가
야지." 하고 산에 갔다와서 밥을 해놓고 바쁘게 준비해서 다
녀왔다.

　굳이 따진다면, 내가 가지 않아도 책잡힐 일은 아니지만 그
래도 둘째, 셋째 처남과 처남댁들과는 둘 다 경주에 살고 있
으니 1년에 몇 차례씩 가벼운 산행도 하며 무슨 집안일이 있
으면 꼭 나를 불러 함께 해 온터라 처남댁들과도 가까이 지내
는 사이라서 가는 것이 도리였다.

　처남댁의 부친은 경주에서는 유명 인사이다. 고등학교 교
장을 역임하셨고 향토역사학자로서 경주에서는 명망이 높아
공직 사회의 인맥이 폭넓은 분이라서 모르는 사람이 거의 없

을 정도였다.

그분의 학교에 처남이 근무하게 되었고 그분의 첫딸이며 맏이인 처남댁과 결혼하게 되었는데 처남의 형제 중 막내인 아내를 그분의 배려로 그 학교에 행정직으로 일하게 해주었고 아내는 오랫동안 그분의 호의를 받았다고 했다. 그렇게 지내면서 그분은 자신의 큰아들을 내 아내와 혼인시키길 바랐다고 했다. 그렇게 되면 겹사돈이 되는 것이었다. 그런데 그 얘기를 어제 장례식장에서 아내는 처음 들었다. "그런 일이 있었나 호호호" 하며 아내는 멋쩍다는 표정으로 웃었다. 그런 후 아내는, 그리고 나는 이상한 기분으로 빠져들고 있었다. 아내는 나의 그런 생각을 모르고 있었지만 나는 아내의 그런 묘한 기분을 읽고 있었다. 그분의 며느리로 시집을 갔으면 그분의 명망과 적지 않은 재산과 사회적 기반으로 봤을 때 아내의 지금 삶과 비교해보면 너무도 확연히 다르게 좋았을 텐데. 이렇게 추운 겨울에도 보일러 한번 제대로 돌리지 못하고 얼음장 같은 방바닥에 시린 발을 들고 다녀야 하며, 폐기해야할 고물이 다된 차를 타며 삐걱거리며 길길대는 소음을 참아야 하는 속상함과 무능하고 무력한 남편을 대신하여 힘들게 일하며 온몸이 무너져 내리는 힘겨움과 싸우지 않아도 될 것이며, 아이들의 나아가는 길에도 적지 않은 힘을 실어주며 사회적 기반을 구죽해 줄 수 있있을 덴데.

좋은 음식과 좋은 옷을 입고 좋은 차를 타며 겨울이면 따뜻하고 여름이면 시원한 집에 살며, 문화를 즐기고 해외여행을 다니며 부유한 자신의 친구들처럼 남들에게 자랑하며 뽐내며 살아갈 수 있었을 텐데.

나는 마치 아내를 도적질해 온 것처럼 심한 우울감에 빠졌었다.

아이들 얼굴을 떠올리며 나는 또 한 번 쓰러졌다. 절망감에 휩싸였다. 집으로 돌아오는 차 안에서 내내 그 생각에 빠져 있었다.

집에 돌아온 후 아내는 "어제 하던 공부하자."라고 했다. 시계가 벌써 10시 30분이었다. 나는 "너무 늦었으니 다음에 하자." 라고 했고 아내는 "그래도 30분만 하자." 라고 재촉했다. 못이기는 채 파일집을 꺼내들고 심정이 섞인 말로 아내에게 말했다.

"우리가 지금 이것을 공부한다 한들 무슨 소용이 있겠나." 라고 했더니 아내는 내얼굴을 쳐다보며 "왜 갑자기 그런 말을 하지." 라며 약간 놀란듯한 표정이었다.

"우리가 이것을 읽고 하나님을 안다, 예수님을 안다한들 그것이 우리 삶 속에 있지 않고 우리의 머릿속의 지식으로만 남아 있다면 이것이, 성경이 무슨 의미가 있겠냐?"는 내 말에 아내는 묵묵히 고개만 끄덕였다.

"그래서 나는 이것을 읽고 싶지 않다. 지금 내 삶이 내 마음이 전혀 믿음 속에 있지 않기 때문이다. 지금도 나는 지금의 내 현실 속에 있고 하나님은, 예수님은, 내 머릿속에, 책 속에 갇혀 있을 뿐이다." 라고 했더니 아내는 심각한 표정으로 듣고 있었다. 그러더니 조용히 "그래도 우리가 열심히 읽고 그렇게 살도록 노력해야 되지 않나?" 라며 내 눈치를 살폈다.

"그래, 그래도 읽어야 되겠지." 하고 나는 그저께 밤에 이어 어제도 그렇게 읽고 설명했다.

아침에 먼저 일어난 나는, 자고 있는 아내의 얼굴을 보며 참으로 미안해했다. 참으로 지독하게 고생만 시켜온 아내였고 끈끈하게 잘 지내온 아내였다. 아직도 그 생각에 젖어 아침준비를 하고 있는데 등 뒤에서 나를 껴안으며 "오늘은 왜 아무 말도 없지? 참 이상하네. 왜 아무 말도 안하지." 하며 내 기분을 돌리려 약간 뜬소리로 말했다. 나는 그런 아내에게 참으로 미안했고 행복했다.

이렇게 또 갑니다.

당신의 은혜로….

지독한 독감에 1주일 가까이 헤매이다가
오늘 아침 겨우 몸을 일으켜 세우고 창 밖이
궁금하여 창문을 열어보는데
아! 눈이 내리고 있었다. 세워놓은 차 위에,
지붕 위에, 나무 위에, 담벼락 위에, 길 위에,
들판에 눈이 쌓였다.
아! 눈 위에 그대로 누워 있고 싶다.
기대어 드러누운 내 등뒤에 저렇게 눈이
내리는데 나는 이불 속에서 힘없는 눈만
껌벅거리고 있다.
아! 눈을 생각하니 눈물이 난다. 그렇게
울고만 싶다.
하나님의 축복이 내게도 저렇게 내렸으면...
내 꿈도 저렇게 소복하게 쌓였으면...
아픔은 지독한 외로움이다.
아! 눈이 내린다.

— 이푸른 방안에서
2014. 2. 10

2014. 3. 7.

어느 날 보니 매화는 다 피었고 시골 쪽으로는 막 피기 시작하였다.

그림은 여전히 답보 상태인데 올해는 설경을 다 정리하려 했지만 독감을 오래 앓는 바람에 그림마저도 이렇게 끝내지 못하고 꽃을 보게 되었으니 이미 마음은 체념 상태로 들어갔다.

며칠 전 인혜의 방을 옮겼다. 조금 더 큰 것도 그러하지만 창이 있어 빛이 들어올 수 있다는 것이 그래도 마음이 한결 가벼웠다. 직접적인 햇살은 아니지만 바람이 통할 수 있는 것은 막힌 숨통을 열어주는 만큼 중요한 것이다.

이 겨울을 제대로 하지도 못하고 또 봄이라니,

아! 바람아 불지 마라.

2014. 5. 6.

작업실의 물건을 정리하다가 이런 것들이 다 부질없다는 생각이 들었다. 언젠가 화장실에 갔다 나오면서 작업실의 이런저런 물건들을 보며 "지금 이 순간에라도 내가 죽는다면 이 모든 것을 다 두고 떠날 텐데 오늘 하는 만큼 하고, 내일 또 내 삶이 주어진다면 내일 하는 만큼 하면 그것으로 족할 뿐 애써 다급하게 무얼 이루려 하는 것은 어리석은 일이다." 라는 생각을 한 적이 있었다.

겹겹이 쌓인 캔버스, 액자들, 갖가지 도구들, 온갖 물건들. 모든 것이 무엇을 하기 위해 필요한 것들이며 또 어떤 것은 누군가 필요로 하면 주기 위해 모아둔 것도 있지만 앞으로 해야 할 것들을 미리 준비해둔 것들도 있다. 그러나 내가 죽고나면 이 모든 것들이 다 소용없게 된다. 일부는 아이들이 필요로 하겠지만 대부분은 다 버려야 할 것이다.

사람들은 그럼에도 될 수 있는 한 소유하려 한다. 그것으로 즐기며, 만족해하며, 자랑하며, 어떤 힘으로 쓰기 위함이다. 대체로 남을 위함이 아니라 자신을 위함이다.

"헛되고, 헛되니 모든 것이 다 헛되도다."라고 고백한 솔로몬의 마음을 이제야 조금이라도 이해할 것 같다.

내가 죽어서 가져갈 수 있는 것은 아무것도 없다. 내 몸 조차도 가져갈 수 없다.

볼 수도 없고, 들을 수도 없고, 만져볼 수도 없는 오직 내 영혼 그것뿐. 그것도 하나님께서 나를 받아주신다는 가정하에서 말이다.

만약, 하나님께서 나를 받아주시지 않으신다면 나는 그 영혼마저도 버려 두고 가야 한다.

2014. 5. 8.

고흐는 <슬픔>이라는 스케치의 주인공인 창녀와 함께 잠시 살면서, 때론 혼자만의 작업실에 틀어박혀 얼마나 깊고 깊은 고독과 삶의 궁핍함에 힘들어 했을런지 가히 짐작이 가지 않는다. 이리저리 다니거나 작업실에서 몰두했기에 그럴 감상의 시간조차 없었겠지만….

『작업실의 자코메티』라는 책을 쓴 제임스로드는 자신을 모델로 조각상을 만들기 전 오랜 시간 동안 많은 스케치를 하면서 너무나 힘들어하며 괴로워하는 자코메티를 보면서 자신으로 인해 그런 일이 생긴 것 같아 몹시 미안하고 당황스러웠다고 술회했다. 자코메티는 자신의 의도대로 그려지지 않았던 것에 너무 힘들어하며 괴로워했다.

나는 <빛-감자>를 그리면서 수십 번을 아니 아마도 백 번은 넘었을 같은 길고 긴 싸움을 해왔다.

온갖 속상함과 분노가 뒤엉켜 한동안 그것에 몰두하다보면 눈이 침침해지고 머리가 찡해져온다. 그림이 잘 되지 않는다는 것은 대상과 내가 일치하지 않는다는 것이다. 내 몸은 그것이 아닌데 머리로 억지로 끄집어내려 하기 때문이다.

벌써 5월이 훌쩍 넘어서 여름으로 가려는 이때에 5~6년 전 시작한 가을 날의 그림을 붙들고 오늘도 싸움에서 밀려 지친

채 라면을 끓여 먹으면서 이 작업실 공간을 멍청하게 바라본
다. 고흐와 자코메티의 처절했을 자기와의 싸움을 몸서리치
게 상상해보며 깊은 한숨을 토해낸다.

2014. 6. 26.

　어떤 면에서 그림은 내게 너무 가혹하다는 생각이 들었다.
차라리 망치 들고 톱을 들고 일을 하면 즐겁다. 어떤 때는 그
일의 댓가로 얼마의 돈이 내게 주어진다. 지금의 나로서는 그
것만으로도 내가 쓸 수 있는 돈의 모두를 충당할 수 있으니
상당히 매력적이다. 너군다니 지금의 내가 그림에 몰두해야

할 열정도 영감도 의욕도 필연성도 없어서 더욱더 그러하다.
단지 내 머리에서 내 마음 깊은 곳에서 그림을 하여 무언가를
찾아내고 싶은 욕구만 있을 뿐 이젤 앞에 앉으면 고통스럽기
까지 하다. 그것을 찾지 못하기 때문에…

아름다운 노래를 부르는 목소리를 듣고 있으면 눈물이 날
것만 같다. *오늘도 나는 이젤 앞에서 오랫동안 서성이고 있
었다.*

빈 캔버스를 올려놓고 한참을 바라보다가
눈가에 눈물이 고였다.
뜨겁게.
어떻게 그려야 할지 생각이 나지 않는 내가
너무 불쌍하고 가엾게 느껴졌다.

2014. 7. 4.

우연한 일로 생각지도 않게 한 번씩 낯선 곳에 와서 그곳을 거닐다 보면 그런 곳에서 나를 새삼스럽게 발견하게 됩니다.

오래된 세탁소와 분식 가게. 그리고 컴퓨터 수리점, 어수선한 집들과 골목길이 있는 재활용 중고센타. 아! 그리고 짜장면집도 있습니다. 그런 길을 가다보면 문득 "나는 내가 있는 곳이, 내가 갈 수 있는 거리가 늘 이렇게 초라하고 어수선하며 황량하게 느껴지는 이런 곳 뿐이구나."라는 생각이 일면서 심한 우울감에 사로잡히게 됩니다.

그리고 마치 내가 꿈속에 와 있는 것 같고 전혀 다른 세상의 어느 곳에 와 있는 착각이 듭니다. 그리고 곧바로 망각의 세계로 끌려가 버립니다. 나는 내가 누구인지도 모른 채 한번도 와 보지 못한 어떤 낯선 길을 걸어갑니다. 마치 꿈을 꾸듯 걸어갑니다. 그렇게 한참 걷다가 불현듯 내게 아내가 있음이 생각납니다. 그리고 아들과 딸이 생각납니다. 그리고 내가 무엇을 하며 살아왔는지도 생각이 납니다. 그리고 나는 지금 내가 걸어가고 있는 이 길이 꿈속은 아니거, 낯선 어느 곳도 아니라 현실 속의 내 일상의 길임을 다시 한번 인식하게 됩니다.

나는 이 일상의 길을 벗어나고 싶었나 봅니다. 그러나 나는 오늘도 이 일상의 길에서 버스를 기다립니다.

〈대구에서 있었던 조카의 결혼식에 다녀오며〉

2014. 8. 27.

없어짐의 크기는 그것이 없어졌을 때 비로소 없어짐의 크기를 알 수 있다. 그 크기는 우리가 생각했던 그 크기와 전혀 상상할 수 없는 크기로 다가온다. 우리의 기억 속에, 현실 속에 인식하고 있었던 그것의 크기는 크기가 아니다.

우리는 우리의 삶 속에 주어진 그 모든 것들의 크기를 지극히 제대로 인식하지 못하고 살아가고 있는 것이다. 그 크기가 얼마나 내 삶 속에 크게 자리하고 있었는지는 그것이 없어졌을 때 그때 비로소 알게 된다.

지금 아무리 아무것도 아닌 "나"라 할지라도 "나"가 없어지고 나면 "나"란 존재가 얼마나 큰지 그때 알 수 있을 것이다. 만약, 그것을 지금 우리가 인식할 수 있다면 그것은, 기적이다. 기적은 항상 우리의 생각 속에 있다.

그래서 오늘의 내 삶도 기적이다. 그 삶이 비록 눈물과 고통과 좌절이라 할지라도….

2014. 8. 29.

아침 늦게까지 뒤척거리며 일어나 세수를 했는데 아내는 이불 속에서 꼼짝하지 않았다. 아무래도 오늘은 출근을 하지 않는 모양이었다. 애써 마음 가라 앉히고 "오늘은 안 가는 날이야?” 했더니 “그렇다.”고 하길래 “빵 구워줄까?” 했더니 “나중에 먹는다.” 해서 나는 기분이 내려 앉은채 그냥 작업실로 와서 대충 챙겨 아침을 먹었다. 그리고 조금 후 작업실 전화로 전화가 울려왔다. 아내의 목소리였다.

“아침 먹고 나갔닝교?”

이럴 때의 아내의 질문은 질문의 내용을 알고자 함이 아니다. 나와의 관계 회복을 위한 다리를 놓는 것이다. “당신이 늦게 먹는다 하는데 내가 무슨 맛으로 혼자 밥을 먹겠냐? 그래서 그냥 작업실에 와서 대충 먹었지!” 했더니 “알았니더” 하고 답했다. 아내의 전화는 그게 바로 내 마음을 치료하는 약이고 얼어붙은 마음을 녹이는 봄날이다.

2014. 9. 5.

시장기를 느낀다. 오후 2시 30분 라면을 반 조각 끓여 먹으려다 그것마저 귀찮아 며칠 전 싸게 사 놓은 빵 두어 개 먹으며 벽쪽에 늘어놓은 그림들을 물끄러미 바라본다. 그러면서 불현듯이 허망하게 느껴지는 것이 지금 내가 먹고 있는 이 빵 한 조각도 될 수 없는 그 그림들을 그리면서 도대체 나는 무엇을 위하여 여기에 있는지, 그 그림들을 그리느라 머리에 피가 말라가는데 왜 그렇게 하는지, 너무나 미련스럽고 어리석은 것 같아 허탈한 마음이 일었다. 다들 돈을 벌기 위해 저렇게 움직이고 머릴 쓰는데 나는 나 혼자만의 틀 속에 갇혀 있다.

나는 한 조각의 빵을 먹으면서 이 한 조각의 빵도 될 수 없는 이 그림들을 그리면서 도대체 나는 무엇을 하고 있는지 심하게 속이 쓰리다. 나는 형벌 같은 생각의 밧줄에 감긴 채 묶여 있었다.

2015. 1. 9.

다시 또 한 해가 시작 되었는데 그림은 한 발자국도 나가지 못하고 있다. 폐교의 뒷마당 숙직실 앞에 돌보는 이 없이 묶여 발버둥치는 개처럼.

햇살은 그렇게 밝게 내리쬐는데. 벗어날 수 없는 어둠처럼, 고여있는 늪의 물처럼, 잘 낫지 않는 질긴 상처처럼.

2015. 1. 12.

세상은 나를 티끌이라, 점이라 하는데 나는 나를 세상이라 하며 시공속에서 헤엄을 치고 있다. 그리워하며, 분노하며, 또한 내 영혼에 심한 허기를 느끼며, 갈증을 느끼며….

2015. 2. 2.

작업실은 겨울보다 더 겨울이다. 아직은 몸을 그렇게 길들여서는 안된다는 생각에 고집스럽게 내의를 입지 않아 떨리는 몸으로 옷을 갈아입고 나면 몸은 더욱 움츠러진다. 서둘러 연탄을 피우고 물 끓여 커피를 한 잔하고 나면 겨우 떨리는 몸을 조금은 따뜻하게 느껴지게 하지만 마스크를 하고 있는 코에서는 연신 콧물이 흐른다. 이렇게 연탄불을 피우는 일도 얼마 후면 연탄 피우는 일에만 1시간이나 더 걸릴지도 모른다.

몸이 나을 듯하던 아내는 옛날 폐를 앓았던 때처럼 통증이 온다는 말에 가슴이 철렁했다. 그리고 곧바로 아무래도 서울로 가야겠다는 말에 또 머리가 하얗게 되었다. 그러나 억지로 마음을 다잡고 서울로 서둘러 왔지만 운전을 할 수 없고 병원에 어떻게 가야할지 이리저리 알아보고 겨우 몸을 가누는 아내를 붙잡고 길을 나와서 택시를 타고, 버스를 타고, 택시를 타고, KTX를 타고, 택시를 타고 서울 한양대학병원에 도착해 그날로 입원하였다. 시티 찍고, 초음파하고, 내시경하며 일주일 내내 아무것도 먹지도 못한 채 구역질과 설사에 시달리며 통증으로 얼굴은 하얗게 변해 있었다. 밤이고 낮이고 통증으로 엎드려 힘들어 하는 아내를 보며 나는 또다시 어둠 속으로 들어가고 있었다. 지옥이 있다면 아마도 이런 고통 속일 것이다. 실제의 지옥은 "우리가 겪는 가장 큰 고통의 그림

자에 불과하다.” 라고 하지만 말이다

아내의 얼굴이 조금만 편해져도 나는 숨쉬기가 편했다. 하지만 이번에는 아내의 통증이 더하니 아무래도 오래갈 것만 같았다.

결과적으로 더 치료 해야 한다는 권유에도 집으로 서둘러 가야겠다는 아내의 간곡함에 담당 의사도 허락했다. 짐을 싸서 택시를 타고 포항으로 내려가는 KTX역사로 왔는데 짐을 들고 나는 앞서고 뒤따라 오는 힘든 아내의 발걸음을 보며 또 다시 나는 깊고 깊은 늪으로 빠지고 있었다.

다행히 밀알선교단의 홍 목사님 내외가 경주까지 와서 우리를 편하게 집으로 데려다주었다. 그러나 아직 음식을 제대로 먹지 못하니 지난달 23일 서울간 후로 꼬박 10일 동안이다.

아내는 자신의 아픔과 나의 못남을 동시에 힘들어 하며 오늘도 그 아픈 몸으로 출근을 했다. *그렇게 출근하는 아내의 뒤에는 바람도 아니요 먼지도 아닌 내가 서있었다.*

나는 이 현실의 무엇을 얻으려 유리걸식하며
방황하는 자처럼 떠도는 자처럼 있는가?
나는 오늘도 나를 찾으려 헤메인다.

2015. 3. 19.

죽은 자는 목숨을 구걸하지 않는다.
그러나 살아있는 자는 살기 위하여 목숨을 구걸한다.

2015. 3. 28.

대구 동산병원을 다녀온 후 아내는 더 힘들어했고 마치 땅
속으로 스며드는 것만 같았다. 아프기 시작한 지 두 달 넘게
제대로 먹지 못하고 구토와 설사를 반복하며 이런저런 온갖
상념에 마음까지 어지러웠을 테니 심한 탈진이었다.
언젠가 트래킹 신발이 필요하다는 아내의 말을 들었던 것 같
아 15만원의 비상금을 털었다.
그 돈이면 교통비 6만, 라면 식비 3만, 잡비 1만, 접대비 1만
(접대비는 99%가 타의로 얻어 먹게 되는 입장이라서 이 데이터는 공교롭게도
거의 정확하다) 모두 합치면 11만원 정도인데 나의 한 달 생활비
를 훌쩍 넘는 거금(?)이다. 그러나 아내가 아픔으로 너무 힘
들어 하니 이렇게 해서라도 기분 전환이 되면 병세가 조금이
라도 호전될 수 있을 것 같아 흔쾌히 썼다.
작업실로 아내의 전화가 걸려왔다. 일터에서 돌아와 거실 긴
의자 위에 놓아둔 신발을 보고 생각했던 것보다 더 아내는 좋

아했다. 기운 없는 목소리로 말했는데 감격스러운 듯했다. 아픈 신음 소리 대신 아내의 그런 음성을 들으니 참으로 마음이 흐뭇했다. 전화를 끊고 수미의 초상을 작업하다가 시장기가 느껴져 라면을 끓여 먹는데 동현이 녀석이 엄마가 전화받는 것조차 힘들어 한다며 내게 전화를 해놓고 식사는 하셨는지를 물었다. 그래서 얼떨결에 "그래. 이제 막, 라면을 끓여 먹으려는 참이다." 라고 말을 끝내자 마자 녀석이 라면을 먹는다고 얼마나 잔소리를 해대는지 웃으며 알았다고 해놓고 괜스리 걱정을 많이 해주는 양 큰소리 친 녀석이 그래도 고마웠다.

라면을 먹으면서 새삼 내가 하나님의 은혜 안에 있음을 감사하게 생각하며 하나님을 향해 말했다.

"하나님, 그래도 걱정해주는 아들이 있어서 참 행복합니다. 나를 기쁘게 하는 딸도 있고요. 내가 이 작업실에서 편하게 작업할 수 있게 큰 힘 되어 주는 아내도 있고 말입니다."

2015. 4. 20.

병실에 아내를 두고 2~3일 정도 집에 와 있는 나는 무거운 마음으로 이젤 앞에 앉았다. 그러나 그림은 마치 나의 아무것도 하지 못함과 아무것도 가진 것이 없음처럼 아무것도 느낄수 없는 너무 조잡스럽고 형편없는 길거리 그림을 닮아가고 있었다. 나는 심한 속상함과 분노감으로 허우적거리며 금방이라도 미쳐 버릴 것만 같은 심정으로 얼굴이 달아오르며 머리가 터져 버릴 것만 같았다.

얼마나 오랫동안 견디며 힘들어 했는지 모른다. 모든 것을 다 찢어 버리고 태워 버리고 싶었다. 그것은 나를 찢어 버리고 태워 버리고 싶은 것이다. 이러다 깊은 병으로 갈 것만 같았다. 그러나 또 시간이 지나고 아침이 되어 마음은 조금 가라앉았다. 작업실에 와서 비가 온 탓에 날씨가 조금 추워 연탄불을 피우고 커피를 끓여 한 잔 마시며 그림을 흘깃흘깃 보는데 웃음이 날 정도로 그림이 아니었다. 기도를 하는데 아무말도 할 수 없었다. 그냥 '하나님 아버지!' 라고 되뇌이었다. 그리고 깊은 한숨으로 서글픈 마음으로 무감각하게 있는데 느닷없이 2010년 12월 24일에 적어놓은 메모가 떠올랐다.

"하나님께서 그 손에 정과 망치를 놓으실 때까지 나는 미완의 돌일 뿐이다."

'아! 그렇구나. 하나님께서 지금도 내게 정과 망치로 치고 계시는구나. 그래서 나는 늘 아프구나. 늘 고통스럽구나. 어쩌다 한 번씩 내가 견딜 수 있는 시간을 허락하실 때가 있지만 하나님은 그렇게 쉬지 않고 내게 일하고 계시는구나.'

나는 하나님의 일하심을 확신하고 있었다. 하나님께서는 그렇게 내가 하나님의 돌이 될 때까지 다듬고 계심을 알았다.

그러나 내가 그것을 아는 순간 답답했다. 내가 그 아픔을, 그 고통을 또 견뎌야 하는 것에 대해서 그랬다. 하지만 하나님께서 나를 사랑하시므로 내게 일하고 계신다는 것이 얼마나 감격스러운지 눈물이 날 것만 같았다.

날마다 내 삶의 어떤 것이라도 감사하며 살아가야 한다.
무엇을 더 많이 구하려고, 무엇을 더 많이 하려고
마음을 앞 세우지 말고 지금 하고 있는 것이
가장 소중하고 가치 있음을….
설사 그것이 나에게 고통이요 슬픔일지라도
감사하며 가야 한다.

2015. 6. 26.

요즘들어 떠나는 자의 짐 정리를 하는 것처럼 작업실의 이 많은 짐들을 어떻게 처리해야할지 고민에 휩싸여 있다.

장차 내가 죽고 나면 이 많은 것들을 어떻게 해야할지 막막하기만 하다. 이 많은 캔버스들이며, 작업 도구며, 공구들을 아이들이 챙겨갈리는 만무할 것인데 아무런 대책도 생각도 없이 모아두기만 한 것이 이제와서는 여간 부담스러운 것이 아니다. 무엇을 어떻게 버려야 할지를 날마다 고민하고 있지만 별 방도가 생각나지 않고 후회스럽기만 하다.

차라리 글쓰기를 했더라면 만년필 하나쯤만 있어도 충분했을 터이고 음악을 했더라면 악기 하나만 가지고 있으면 그것으로 끝일테고 연극을 했더라면 제 몸 하나면 되는 것을 이 모든 짐들과 그 짐을 두어야할 장소까지 있어야 하니 그림 하나를 하려고 이렇게 많은 기구들이 필요하며 그 모든 것이 소모되는 돈이니 미쳐도 한참을 미친 짓을 해 온 것이다. 아무리 생각을 해도 억울하고 억울하다. 못난 자의 못남을 그런가 보다. 이제와서 후회를 한들 어쩌랴만은 그것조차 지친 내 삶을 더욱 지치게한다.

차라리 그 짐들을 다 쌓아두고 내 몸 떠날 때 그 짐을 태우며 내 몸도 다 태우고 가면 좋으련만.

2015. 8. 1.

나의 그림은 내 잃어버린 영혼을 찾기 위하여 캔버스에서 끊임없이 헤메이는 작업이다. 또한 때묻고 더럽혀진 영혼을 맑고 투명하게 되찾아 내려고 오래도록 캔버스에서 닦고 또 닦는다. 칼날처럼 긁어내고 증오하듯이 덧칠하고 가슴을 치듯 뭉개고 분노처럼 다 지우며 내 속살을 찢어내며 싸우고 또 싸운다. 그래서 나의 그것은 또한 끊임없는 전투이다.

내 영혼을 속되게 하며 도적질해 간 악마와의 전투이며 이 현실 앞에서 아무것도 할 수 없는 내 무능과 궁핍에서 무력하게 쓰러지는 내 자신과의 전투이다.

그리고 그 전투는 일방적으로 끊임없이 패배한다. 때때로 그 전투는 죽음 같은 참혹함으로 비참하게 패하고 나면 나는 꿈틀거리는 물체일 뿐이었다.

때로 캔버스 앞의 나는 잠자리를 잡으러 들판으로 나간 어설픈 아이와 같다. 이리저리 뛰어다니며 부지런히 쫓아다녔지만 허공만 휘젓다가 지쳐 버린 채 힘없이 주저앉아 먼 하늘만 쳐다보는 처량한 아이처럼, 허전함으로 속상함으로 스스로 자신을 한없이 불쌍하고 나약하게 하며 스스로 피해 버리기도 하고 빗장 걸린 캔버스 앞에서 한없이 서성이며 짝사랑하는 자의 집으로 찾아가 문을 열어 주기만을 기다리는 자처럼 지쳐 잠이 들기도 하다가 눈을 뜨면 초라한 자신의 모습에 한없이 자학하며 방망이질 하며 싸움을 포기해 버리기도 하며 그렇게 그것으로 끝이라고 여기며 오랫동안 좌절의 늪에서 허우적거리다 절망의 바다에 침몰해 버리지만, 어느 순간 마치 신기루를 보듯, 환상 속에 놓여 있는 듯, 내 영혼은 나를 찾아오고 맑고 투명하게 나에게 입맞춤을 하면, 나의 그림은 고개를 들고 심장이 뛴다.

그렇게 한 번씩.

기도의 응답처럼.

그것으로 나는 끊임없이 패배하고 스스로 패하며 싸움을 포기하며 허기지고 부서진 내 몸을 붙들고 또 갈 수 있다.

살아온 바에 의하면 사람은 누구나 다 똑같다.
그러나 사람은 한 사람도,
단 한 사람도 똑같은 사람이 없다.

우리는 뭔가 새로움을 향해 나아가고 있지만
결국 그 새로움이란
스스로를 어떤 틀 속에 가두어 버리는
돌이킬 수 없는 어리석음이 되어버리는 것은 아닐런지?

2015. 8. 10.

　오랫만에 가족들이 다 모였다.

　인혜의 생일에 맞춰 모였다. 인혜의 생일은 8월 12일이지만 앞당겨 했고, 동현이도 토요일 아침 일찍 내려왔었다. 생일이라해서 뭐 특별나게 하는 것이 아니고 가족이 함께한다는 것, 그것이 특별한 일이다.

　아내는 이 찜통더위에도 밤늦도록 잡채와 갈비찜,(으레껏 이 두가지는 한다) 그리고 특별한 초밥을 만들어 아이들의 감탄과 제 어미의 고생스러운 수고에 대한 연민을 동시에 받았다. 인혜는 일요일 오후에 갔고 동현이는 오늘(월요일) 아침에 서울로 갔다.

　인혜가 가기전 "점심때에 냉국수나 냉면이 생각나면 전화해. 오늘 네 생일이니까 내가 사주마."라고 했더니 한시쯤 전화가 와서 닭고기가 들어있는 닭냉국수를 시켜먹고서는 "맛있게 잘먹었다."며 만족해 했다. 바깥날씨는 일주일 넘게 불볕더위이다. 인혜는 그길로 버스를 타고 터미널로 가려고 가고 나는 작업실로 향했다. 버스타는 곳까지 같이 가주려고 했는데 작업실로 가는 건널목 신호등이 들어오는 바람에 "아빠, 먼저 들어가."하고 인혜가 말했다. "그래, 알았다. 조심해서 가아. 도착하면 전화해." 라고 말하며 길을 건너며, 그리고 건넌 뒤에도 딸아이가 가는 모습을 물끄러미 지켜보며 알 수 없는 아련함이 몰려 들었다. 언젠가는 저렇게 이별하겠지…. 나는 늙어서 나의 가는 길을, 저는 저렇게 저의 길을….

내가 죽어 천국에 가면 거기서도 저 아이를 이렇게 볼 수 있을까? 마치 사우나실 같은 이 작업실에서 하루종일 딸아이를 떠올렸다.

어렸을 때부터 중학교 다닐쯤까지 내가 교육이라는 명분으로 아이들에게 억압적 행위로 심리적 압박감을 준 것과, 충격을 준 것들을 떠올리며, 몸을 떨며, 전율을 느꼈다. 그리고 아이들에게 속죄하고 또 속죄했다.

아이가 불안에 떨며 울며 나를 찾게했던 일과, 노트를 불지른 일과 기타를 부수고 불지른 일, 여러 사람 앞에서 야단치고 기합을 주던 일과, 내 스스로 아이들에게 맞던 일, 나를 못 따라올 정도로 빨리 앞서가던 일… 이런 행위들을 하면서 아이들에게 불안과 억압과 분노감을 키워버렸다.

나는 그 중요한 어린 시절에도 아버지의 역할을 제대로 못했고 그 후로도 아이들이 필요한 현실적, 물리적 지원을 아버지로써 전혀 해주지 못했다. 그럼에도 불구하고 아이들은 이만큼 자랐고 이제 다들 성인이 되었다. 내가 지푸라기 하나도 잡아준 적이 없건만, 녀석들은 스스로 자기의 길을 찾아가고 있다. 아버지로서의 자격이 없지만 아버지인 나는, 너무 자랑스럽고 고맙고 감사한다. 그러나 이 아침, 일어나 움직이기 전까지 내내 나는 침상에서 몸을 떨었다. 나의 죄에 대하여, 잘못에 대하여, 어리석음에 대하여….

불태우는 것도, 태워도 아무 문제가 없는 것부터 골라 태웠지만 아이들이 보기에는 그냥 자기들의 노트와 책을 태운다는 불안감과 공포심이 일어났을 것이다. 나는 그 정도가 진행되면 황급히 나와 "아빠, 잘못했습니다. 다시는 안 그러겠습니다."하고 용서를 구할 줄 기대했지만 녀석들은 끝내 항거라도 하듯이 아무런 행동도 취하지 않았다. 그렇게 나는 충격요법을 노렸지만 번번히 아무런 효과도 얻지 못했고 그것으로 나의 분노감이 더욱 커져 더 어려운 결과를 초래하곤 했었다.

그러나 그 모든 것은 끝까지 인내와 사랑으로 임해야할 교육을, 내 생각의 설정에 맞춰놓고 이루어지지 않는 것에 대한 분노감으로 일관했다. 그 모든 것이 내 생각의 짧음이요 아이들을 깊이 사랑하지 못함이었다.

나는 아이들이 받았을 심리적, 정신적, 육체적 불안과 공포와 고통에 대해 몸서리치게 방망이질하며 후회하고 후회했다.

동현에게

인혜에게

아내에게

나는 무자비한 죄인이다.

아침에 나와 같이 집을 나온 동현이는 버스정류장에서 버스를 기다리며 내게 말했다. "건강 조심하시고요. 식사 꼭 챙겨 드시고요." 하며 내 어깨를 만지작거리는 녀석을 보며 나는 속으로 "하나님, 정말 감사합니다. 보십시요. 내 아들입니다." 라고 말했다.

작업실에 있는데 아내로부터 전화가 왔다.

"아들도 없고, 딸도 없고 다 떠났네…."

아내의 서운함이 내 귀에 맴돌고 있었다.

2015. 10. 1.

아내가 2월부터 거의 6개월 간 병실과 집을 오가며 너무도 힘들게 생활하다 보니 작업실에는 며칠 만에 한 번씩 집으로 내려올 때 들리곤 했는데 그때마다 나는 이젤을 등 뒤로 하고 의자에 앉아 2개의 소파 위에 내려앉은 빛과, 그 빛의 그림자를 보며 오랫동안 석고가 되어 있었다. 무엇을 어떻게 해야 할지를 생각하는 것이 아니라 마치 넋 잃은 자처럼 그렇게 있기만 했었다. 그리고 그렇게 오랫동안을 그곳만 바라보고 있다가 그 빛이 하나님께로부터 오는 것임을 느끼기 시작했다. 그리고 *그 빛의 그림자는 내 삶의 어두움이자 또 다른 희망으로 보이기 시작했다.* 나는 두 개의 소파를 모티브로 그렸고 하

나는 이미 빛이 가득 들어와 내 삶에 하나님의 은혜가 충만함을, 구원이 이루어졌음을 암시하는 것으로, 또 하나는 빛이 우리들의 삶 깊숙히 들어오고 있음을, 그리고 들어와 내려앉아 있음을, 그리고 그림자는 우리의 모든 어려움을 이기고 우리가 그 안에서 새롭게 변화되는 시간과 공간임을, 그래서 그것조차 상처가 훈장처럼 느껴지는 감사의 대상임을 암시하는 것으로 그렸다.

그런데 그 그림을 보는 사람마다 모두가 경탄했다. 나는 그림의 테크닉이 너무 소심하고 세밀하고 엷게 느껴지는데, 모두가 그 그림을 탐내고 있었다. 그랬는가? 잘 그려진 건가? 하고 내 자신이 의문스럽기까지 했다.

  이렇게 또 가을은 절정으로 다가와 떠나려 한다. 그림은 제자리이고 <석류가 있는 정물>은 점점 나빠지고 있다. 그래서 내 마음은 또 어지럽게 이어지고 있다. 왜 이렇게 제자리 걸음이 오래가는지 알 수 없다. 내 삶에서 "잘 안되고 있음"은 고질적이고, 지속적인 악마의 사슬이다.

  그 지긋지긋한 해결되지 않는 "마야", 하나님께서 해결해주시길 기도할 뿐이다.

  언젠가는,

2016. 1. 11.

어제 이 교수와 같이 "구만九萬"으로 가 보았다. 이 교수의 오브제도 주울 겸해서 실로 오랫만에 가보았는데 이미 알고 있듯이 해안선을 따라 해맞이를 위한 도로가 났고 그곳의 자연 상태는 그 옛날의 구만이 아니다. 우리나라의 곳곳이 어디 그렇지 않은 곳이 어디있겠냐마는 인간들의 그때그때마다 편리성과 현실성에 그대로 지켜져야 할 모든 것이 상실되어 버렸다.

도로가 있어야 하고 집은 지어야 하며 개간을 하고 공장이 세워져야 한다. 그러나, 이 나라는 모든 것이(어디 이 나라뿐이랴마는) 그때그때의 현실성과 개인의 사리사욕에 눈이 어두워 자연이 죽는다. 고도의 산업화로 지구의 기상 이변이 심각할 정도로 위험 수위에 육박해도 지구 온난화는 더욱 가속화 되어간다. 마약을 하는 자가 자기 몸이 죽어가도 그때그때의 기분과 필요에 따라 죽을 때까지 마약을 하는 것처럼…. 그것을 막을 힘이 없고 되돌릴 수 있는 능력이 없는 나는 스스로 부끄러워할 뿐 구석으로 밀려났다.

<들꽃>은 여전이 지지부진이고 오래전 스케치해 놓은 우리 집 부엌 옆, 작은 방에 딸린 부엌의 모습(전등 불빛의 야간)이 얼마 전부터 자꾸만 눈에 들어왔다. 그때 삶은 힘들고 어려웠지만(어느 한때인들 어렵지 않은 적이 없었지만) 그래도 아이들과 함께 있어 따뜻하고 행복했다. 구차하고 누추하고 빈곤한 궁핍하지만 소박한 삶 속의 따스함을 그려보고 싶어 <들꽃>을 잠시 뒤에 두고 시작해 보았다.

요즈음은 그림이 어떻게 그려졌으면 좋겠다 하는 생각은 있어도 막상 시작하면 막막하기만 하여 은근히 걱정이 된다.

밀알 목사님이 건네준 『고흐의 하나님』이란 책을 읽어보면서 지금까지 화집과 책을 통해서 알고 있던 것과는 또 다른 고흐의 신앙과 그림에 대한 몰두, 가난한 자들의 삶에 대한 깊은 애착에 대하여 깊은 감명과 내 자신에 대한 각오를 가지게 했다. 아직은 읽고 있는 중이지만 더 많은 감명을 받게 될 것이다. 죽어서 천국에서 고흐를 만나게 되면 그에게 꼭 이런 말을 해주고 싶다는 생각이 났다

"귀를 자른 것은 잘못된 일입니다." 라고….

우리의 생각이 우리의 십자가이며,
우리의 미움이 우리의 형벌이다.

2016. 2. 1.

날씨가 많이 풀렸는데 어제 또 갑자기 추워졌다. 그러나 강추위 때 같지는 않아 그리 춥지는 않다. 1월 29일부터 31일까지 2박 3일동안 서울 여행을 하고 왔다. 아내의 권유, 협박(?)으로 자의반 타의반으로 끌려가는 기분처럼 떠났지만 가족이 다 함께 움직이는 여행이라서 좋았다.

아이들은 아직도 아이들이지만 이제 나이가 서른이 넘었으니 인혜는 자기 삶을 스스로 움직여 가는 의지가 강해졌고, 동현이는 생각하는 것이 깊고 넓어졌다. 아이들과 함께하면 아내는 늘 가장 행복한 시간 속에 잠겨 있고, 그런 아내를 보는 나는 최고의 평안이다.

동현이가 준비해서 보게 된 국립현대미술관의 "인상주의전"은 내게 은근히 풍경을 다시 그려봐야겠다는 생각을 갖게 했다. 그들의 그림이나 나의 그림이 뭐 그리 다른 것은 없지만 그들의 그림이 그렇게 다르며 위대한 것은 그림을 설명해주는 그들의 설명처럼 어떤 이야기나 계기, 기법 같은 그런 것이 아니라 *자유로움이다. 자유롭다는 것은 그것과 하나가 되었다는 것이다. 그리고 사물의 정확한 인식과 이해이다. 사물의 정확한 인식은 객관적이고 이해는 주관적이다. 이 객관과 주관이 합해서 새롭고 깊이 있는 창작이 된다. 이 새롭고 깊이있는*

것을 자유롭게, 자연스럽게 표현해내는 것이야 말로 살아 있음을 느끼는 감격과 감동이 되는 것이다. 그래서 그들의 작품은 위대한 것이다.

그런데 나의 그림이 그렇지 못한 것은 자유롭지가 못하기 때문이다. 사물의 정확한 인식과 이해도 그들보다 부족하지만 정작 문제는 자연스러움이다. 나의 그림은 항상 어떤 틀 안에 갇혀 있다. 그것이 이제껏 내가 해결하지 못한 나의 약함이다. 나의 생각 속에서, 나의 마음 속에서 벗어나고 뛰어나와야 자유롭고 자연스러울 수가 있다. 언젠가는 그렇게 되리라.

2016. 2. 4.

동현이, 인혜, 아내와 함께 서울 여행을 하면서 동현이가 준비해 준 "인상주의 화가전"을 보고 온 이후로 내 그림이 얼마나 궁색한지를 느끼게 된다. 그들의 그림이나 나의 그림이 다르지 않을진대. 그들의 그림이 얼마나 자유롭고 자연스러운지를 보면 그들의 그림의 위대함이 느껴진다. 그래서 어떻게 하면 궁색함을 벗어날 수 있는지를 날마다 고민하고 있다. 그림을 조심스럽게 그리는 것은 결코 안된다. 그러면 궁색해진다. 주의력을 기울이는 것과 조심스러움은 다르다. 고흐의 그림을 보면 주저함이 전혀 없다. 그의 그림은 당돌하다. 그리고 도발적이다. 내가 그에게서 얻고 싶은 것이 그것이다. 그림을 그려내는 기법의 문제가 아니라, 표현의 내면의 문제이다. 깊이 고민을 해야겠다. 그리고 얻어야겠다.

2016. 2. 26.

『고흐의 하나님』을 읽고 나서 계속해서 그의 그림을 생각하고 있다. 한마디로 그의 그림은 영혼 깊숙한 곳에서 시작된다. 그리고 토마스 아 켐피스가 <그리스도를 본받아>에서 말한 그 단순함, 순박함, 때론 치밀함으로 망설임 없이 그려낸다. 어떤 티끌도 치장도 없다. 그래서 그의 그림은 투박하지만 신선하고, 거칠지만 자유롭고, 섬세하지만 자연스럽다. 그는 많은 그림을 묘사했지만 그것을 자신의 정신으로, 색으로, 느낌으로 그렸다. 나는 그의 그림에 깊이 몰두하고 있다. 그리고 많은 고민을 하고 있다.

2016. 3. 11.

꽃샘추위로 겨울은 겨울이라고 우겨보지만 사실은 겨울이 아니다. 그냥 추울 뿐이다. 마치 내 그림이 그냥 그려진 것일 뿐이듯이. 한 번도. 단 한 번도 쫓기지 않은 적이 없다. 이 겨울에 겨우 한 작품만 그것도 새로 시작한 것이 아니다. 변색되어 재정리한 것 하나만 사인을 한 것 뿐이고 또 미완성인채 이 겨울을 끝내고 있으니 마음은 늘 그렇게 쫓기고 허전하며, 이루지 못한 것에 대한 답답함으로 우울하다. 어디 이 겨울 뿐이랴. 일 년 내내, 내 인생 내내 그렇게 살아온 것을…. 집을 나서면 내 삶에 대하여 늘 그렇고, 이 작업실에 들어서면 내 그림에 대하여 늘 그렇다.

어제까지, 변색되기도 했거니와. 마음에 들지않아 새로 정리하는 <설경>(철길 3점, 항港 1점, 작업실창 1점)과 <부엌>, <수미 초상> 등을 가지고 작업을 했다. <설경>은 그런대로 정리가 된 것 같은데 뭔가 아직은 약하다. <작업실 창>을 다시 해야할 것 같다. <수미의 초상>은 2개를 하는데 작은 것은 도무지 어떻게 그려야할지 생각이 떠오르지 않는다. 내 영감이 메말라 있는 증거이다. 부엌 그림도 뭔가 텅 비어 있는 느낌이다. 그림이 너무 잘못된 것 같다는 생각이 드니 웃음이 나왔다. 바보처럼 그렸다는 것 때문에.

어제는 봄비가 내렸다.
모든 자연은 생동하려 하는데
나는 아직도 빈 자리에 머물러 있으니
그것이 내 두려움이다.

2016. 4. 29.

21년 간의 이 작업실을 떠나게 되었다. 어제 이 건물이 매각되었다는 통보를 받았다. 마음이 공허한 상태이지만 큰 동요는 없다. 이제는 내게도 하나님이 함께 하신다는 믿음이 조금은 생겨났으니 말이다.

그러나 또 마음은 들판 같다.

때론 도피처로, 때론 안식처로 왔지만, 내가 늘 느끼는 것은 이 작업실이 내 삶의 덫이라는 것이었다. 어쩌면 이 덫에서 끌어내려는 하나님의 뜻일지도 모른다는 생각이 든다.

테레사 수녀님이 말씀하셨듯이 "하느님이 당신을 어느 곳에 데려 놓든지 그 곳이 당신이 있어야 할 곳이다."라고 한 것처럼 나는 그렇게 생각하고 나아가려한다.

2016. 6. 2.

기도는 내 생각을 하나님께로 돌려 놓는 것이다.

2016. 6. 11.

어제 <크로스 작업>을 하려고 물감 튜브를 고르는데 시작은 청색(VerDiTer Blue)을, 튜브 성질은 납 성분이 많은 연질 튜브를 골랐다. 이런 튜브는 오래전에 나온 것인데 자칫하면 튜브가 찢어져 물감이 삐져나오기 일쑤였다. 그리고 오래되면 삭아서 잘 터진다. 그래서 용액과 물감이 굳어 군데군데 딱딱하게 딱지가 붙기도 한다. 튜브를 분해하는데 오래된 것이어서 쉬 찢기어지고 떨어져 나갔다. 튜브 속에는 물감이 굳어 딱지처럼 되어 있었다. 튜브를 펴면서 아무래도 작업이 곤란할 것 같아서 그냥 버릴까 하며 여기저기 이미 많이 묻어버린 물감을 보며 약간 못마땅하게 좀 더 펴보려고 문지르는데 순간, 이런 말이 들리는듯 했다.

"내 몸이 상처가 아닌 곳이 어디 있느냐? 찢기어지지 않은 곳이 어디냐? 그것이 내 몸이다."

마치 예수님께서 내 마음속에 들어오셔서 말씀하시는 것같은 느낌이 들었다. 그래서 나는 "그렇지."하고 속으로 생각하며 그 못나고 찢기어지고 흠이 많은 튜브를 계속해서 문지르며 펼쳐서 크로스를 그렸다. 그리고 나는 그것을 만족해했다.

비록 구성적으로 다른 것과 별다른 것이 없지만 그런 의식속이 작업을 해낸 것이어서 좋았다. 예수님의 몸을 느껴보며…

2016. 7. 12

아내가 부탁한 수저받침대와 그릇받침대, 걸이용 십자가를 만든지 삼 주째이다. 계속되는 장마의 영향으로 다듬는 작업과 칠하는 작업이 계속 딜레이 되는 바람에 그렇게 되었다.

작업실 문제는 여전히 길이 보이지 않는 상태인 채 마음이 자꾸만 조급해지고 답답해지고 무거워지고 마음과 머리가 더 어지럽다.

날씨가 후덥지근한 것도 한몫을 한다. 어제도 그렇게 웃통을 벗고 반바지만 입은 채 작업을 하고 있는데 아내가 4시 30분쯤 들어왔다. 그리고 잠깐 있다가 이빨을 치료하러 간다고 가더니 6시에 왔다.

비가 오면 또 칠을 못하기 때문에 조금이라도 더 해놓고 가려는 마음으로 계속하는데 혼자서 칠하며 샌딩 작업을 하는 것을 보던 아내가 거들어 준다면 샌딩 작업을 도왔다. 아내가 도와주니 훨씬 속도가 빨리 진행되었다.

거의 7시가 다 되어 대충 끝내고 집으로 가 준비를 하고 옷을 갈아입고 나오는데 아내가 "배 고프다."라고 했다. 평소에 아내에게 '배 고프다.'라는 말을 잘 듣지 않았기 때문에서 일까? 아내의 그 '배 고프다.'라는 말이 내 마음을 너무도 무겁게 내려앉게 했다.

아내의 배 고프다라는 말을 듣는 순간 '나는 아내를 평생 동안 배 고프게 했다.' 라는 생각이 들어 아내에게 미안한 마음이 일어났다. 아내를 보며 눈물이 핑 돌았다 '지금까지 아내가 행복한 순간이 있었다면, 배부른 날이 있었다면, 그건 가난에 너무 길들여진 아내에게 조금의 무엇만 더해지면 그것이 그렇게 크게 느껴진 행복과 배부름이었을 것이다.'라는 생각이 들었다.

마치 오랜 세월을 감옥 속에 갇혀 있던 사람은 그 감옥 속의 자유가 진정한 자유이며 그 감옥을 나오는 순간 그 사람에게 주어진 자유는 그에게 또 다른 감옥이 되어 버리는 것처럼 아내는 가난 속에 행복함과 배부름에 길들여져 있는 것이다.

나는 아내가 부탁한 그 목 작업이 완성된 수제품을 보며 행복해할 배부르게 느낄 어리석게도 순진한 아내를 보며 마음 속 깊이 고마워했다.

아! 평생토록 아내를 못나게, 배고프게 한 자여!

2017. 1. 16.

며칠째 강추위가 계속되고 있다. 이번 겨울 들어서 이제서야 제대로 된 겨울 날씨이다. 지난 겨울은 12월 들어서자마자 연탄을 피웠는데 이번 겨울은 연탄을 피운 지 3일이 되었다. 예년에 비해 한 달은 떼지 않았다.

건물 밖으로 나오니 물통 속의 물이 깡깡 얼어 붙었다. 작업실은 지난 21년의 묵은 형식을 제자리로 돌려 놓느라 시간이 많이 걸렸고 이제야 겨우 마무리가 된 상태이어서 오늘 처음 이젤 앞에 앉았다. 마치 운전을 하지 못하는 내가 운전대에 앉은 기분이다. 그리고 너무나 서툰 붓놀림을 해보았다. 병원을 다녀온 아내가 뒤에 앉아서 연신 사진을 찍었다

그렇게 새로 꾸민 이 작업실에서의 작업이 시작되었다.

약 보름 전쯤 아직 내부 정리가 끝나지 않은 채 마무리 작업이 한창 바쁜 즈음, 아침 식사를 일찍 혼자 먹고 나면 서둘러 작업 현장으로 간다. 그날도 마음은 이미 작업실로 향하는데 전날에 반찬 운운하며 죽타령을 했더니 소고기국을 큰 냄비에 한 솥이나 끓여 놓았다 그냥 가려다 그냥 두면 쉴까봐 냉장고에 옮겨 담아 넣는 일을 하려는데 슬그머니 짜증이 났다. 마음이 점점 급해졌다. 이 일을 하다 보면 한 시간이나 시간이 딜레이 되기 때문이었다. 은근히 화가 나기 시작하면서 잠시 생각을 달리 해보았다.

"내가 작업실 작업을 하는 것도 내 일이지만 이 일을 하는 것도 내 일이다. 아내를 편하게 해주는 것도 내 일이고, 내가 내 몸을 지키는 것도 내 일이다. 그런데 나는 왜 그것만이 내 일이라고 생각하는가?"라는 질문을 나 스스로에게 했다. 사

실 작업실 일을 그렇게 급하게 서두르는 것은 추위가 몰려오기 전에 빨리 끝내야 한다는 강박 관념 때문이었다. 그래서 내 마음이 급하게 움직이는 것이 타당한 일이었지만 내가 생각을 달리하게 되니 오히려 느긋해지기 시작했다. 평소보다 한 시간 이상이나 늦게 집을 나왔지만 늘 너무 일찍 나서는 바람에 마트에 볼일이 있어도 갈 수 없었고 일을 하다가 갈 수도 없었는데 여유 있게 마트에 다녀왔다. 내가 늘 말했던 인식의 차이가 이런 여유를 만들어낸 것이었다. 그리고 또 며칠 후에는 아내와 실랑이를 벌이다 서로 감정이 상했고 아내가 미워졌고 누군가와 얘기하는 목소리까지 듣기 싫어지기도 했었다. 그리고 이튿날 세수를 하면서 생각했다. '나의 마음에 왜 미움이 생겨났는가, 나는 나의 삶에 "자기"가 너무 많기 때문에 미움이 생겨난 것이었다. 그렇다면 "미움"에서 "나"를 빼면 "미움"은 그냥 사라져 버린다. 그렇다. "미움"에서 "나"를 빼야겠다.'라고 생각하니 아내에 대한 미움이 사라져 버렸다. 나의 삶 속에 그렇게.

2017. 3. 7.

 이 작업실에서 작업을 시작한 지가 두 달도 안되었지만 오래전 작업을 하다만 미완성 작품들을 먼저 정리해 마무리를 짓고 뭔가 새롭게 하려는데 작업은 또 그 옛날의 작업실에서처럼 헛바퀴만 계속 돌리고 있다.

<감자>는 여전히 빛과 색의 콘트라스트를 잡지 못하고 있고 <파도>와<설항>은 플라스틱 조각처럼 딱딱하고 생기가 없다.

어제 그제는 답답함에서 벗어나려고 이리저리 고개를 돌리다 초병(옛날에 막걸리로 식초를 만들 때 쓰던 항아리)을 보고 문득 그것을 그리고 싶다는 생각이 들었다. 그릇(항아리)이 갖고 있는 든든함, 무게감이 옹기 특유의 어두운 번트엄버Burnt Umber 색조가 더욱 그 느낌을 짙게 느끼게 해 주기 때문이었다.

그리고 "말없음"의 즉, 침묵 같은 느낌이 있었기 때문이었다. 주둥이 부분이 깨져 있지만 그대로 그리기로 했다. 그것이 지금의 내 의식의 깨어짐 같은 생각이 들었다. 그리고 배경은 최대한 단순화해서 긴장감이 들도록 하려한다. 그래서 내 종교적 믿음에 "깊음"을 더하고 싶기 때문이다. 내 분노를 함부로 드러내지 않으며 모든 것을 용서하며 성경을 읽는 것이 아니라 그것을 실천하는 "말없음", "깊음"으로 가고 싶기 때문이다.

그래서 제목을 <초병醋瓶-묵시적정물默示的靜物>이라고 미리 설정해 놓았다. 이 묵시적 의미는 금방이라도 분노감을 드러내어야 할 일이나 상황에도 불구하고 선전직인 성품과 인내

를 배워온 T.V 드라마 속 주인공이 어떠한 경우에도 함부로 분노를 드러내지 않으며 모든 것을 다 받아들이는 것이다. 그 것을 자신 속에 녹여버리고 오직 자신을 다듬는 일에만 최선을 다하는 것을 보며 "그 아이는 예수님을 믿지 않아도 예수님처럼 사는구나."라는 생각을 하면서 부끄럽다는 생각을 했었다. 그래서 하나님을 믿는다면 예수님이 당하셨던 그 모든 고난에도, 예수님처럼 한마디 말씀도 없이 다 받아들이셨던 그것을 드라마 속의 그 아이처럼 내가 실천해야 한다는 각오를 되새기게 된 것에서 비롯되었다.

지금이 또 사순절 기간이다.

예수님이 가셨던 그 길에 내가 그 그림자만이라도 밟고 따라갈 수 있는 삶이기를 바라며.

2017. 3. 16

오랫동안 완성하지 못한 그림들을 작업하다가 결국 또다시 밀쳐놓았다. 그림이 말이 아니게 무감각하며 생동감이나 자유로움이 없기 때문이었다.

사순절 기간이라 이 기간에는 뭔가를 해야겠다는 생각이 들어 다시 뒤에서 보는 십자가 기둥을 작업하던 것을 꺼내 올렸다. 며칠을 보고 어제 작업을 시도해 보았는데 도무지 어떻게 진행을 해야할지 감이 오지 않는다.

아무리 해 봐도 사실적 설명에 지나지 않고 그것도 석고처럼 굳어 있어 또다시 딜레마에 빠져 있다.

『고흐의 하나님』이란 책에서 노트한 것을 다시 읽어보며 고흐의 편지에서 그가 한 말들을 읽어 보면, 그가 얼마나 뛰어난 영감과 빛나는 영혼을 가졌는지를 놀라움으로 느끼게 된다. 어떻게 그렇게 느낄 수 있으며 어떻게 그렇게 상상할 수 있으며 어떻게 그렇게 온몸으로 다가갈 수 있는지 숨이 멎을 지경이다. 만약에 고흐가 내 옆에 있다면, 그가 나를 얼마나 질책했을지를 생각하면 눈물이 난다.

"그림을 더 잘 마무리하고 싶어."

"조심스럽게 잘 해 봐야지." 등의 생각을 한다면 짓궂은 날씨 등 변하는 요소에 직면해서 실행 불가능한 상태로 떨어진단다. 마침내, 나 자신을 포기하면 매일 조금씩 작업하는 것이 결국에는 영글어 더 진정하고 완전한 것이 될 것이야. 그러므로 천천히 오래 작업하는 것이 유일한 길이야. 좋은 작품을 만들기 위해 야망을 품고 지나친 열심을 품는 것은 거짓된 것이란다. 성공에 매달려 매일 아침 스스로를 비난하다 보면 캔버스만 수없이 망치게 되지. 그림을 그리기 위해서는 차분함을 유지하는 것이 절대적으로 필요하다.

<동생 테오에게 보낸 편지 중>

고흐의 이 말은 성경 말씀의 진리처럼 그림을 어떻게 그릴 것인가에 대한 마음가짐의 진리이다. 나는 헨리 나우웬 신부(1932~1996)가 한 말 "빈센트야 말로 자신이 감히 보려고 하지 않았던 부분까지 본 사람이다." 라는 말에 그의 영혼의 깊이가 어디까지인지 짐작할 수가 없다는 생각이 들었다.

아무튼 나는 지금 그렇게 있다 고흐가 말한 것처럼 캔버스만 망치고 있다. 그렇다 하더라도 나는 또 붓을 들려고 한다. 또다시 캔버스를 망칠지라도.

어제는 양정미 씨가 "어디 둘 곳이 없다."고 해서 가져온 80호 액자를 재포장하느라 오전 시간을 다 보냈다. 요즈음의 액자에 비하면 액자의 무게감이나 품위가 월등하지만 이제는 그렇게 큰 것들은 다 불필요한 짐이 되고 말았다. 한참 그림에 몰두할 때에는 그런 액자 하나 구입하는 것이 얼마나 흐뭇했었던가? 그러나 이젠 그것이 애물단지가 되어버렸으니 씁쓸한 일이다. 나 역시 그걸 받아 새로 포장하고 액자 선반에 힘들게(너무 무거워서) 끼워 넣어두었지만 속으로 "이것이 다 무슨 소용이 있으랴" 했다.

라면으로 점심을 먹으며 이젤 위에 걸려 있는 <십자가-뒤> 작업 중을 보며 어떻게 무엇을 더 그려야할지를 모르며 마치 일자무식한 자가 책보듯 아무 생각을 하지 못한다. 마지못해 그려보는 것이 "이것은 꽃이다. 이것은 책이다. 이것은 컵이다." 식의 사물을 설명하는 정도에 불과하여 한숨만 나왔다. 라디오에서 들려오는 FM방송의 음악 프로그램에 베토벤의 <황제>에서 그 느린 선율의 피아노 소리가 마치 잊어버린 먼 기억을, 잃어버린 시간을 찾아 내 앞에 펼쳐놓은 듯하여 한참을 그 기억 속에, 그 시간 속에 있었다. 그 적막같고 물결처럼 밀려오는 소리에 너무 아름다워 눈물이 날 것만 같았다. 베토

벤은 어찌하여 그런 곡들을 얻어내었을까? 고흐는 그 짧은
10년 세월 동안 그렇게 많은 그림들을 그의 몸에서 쏟아내었
는데, 내게는 수십 년의 그 세월이 무슨 소용이란 말인가? 아!

한 젊은이가 버스를 타고 갑니다.
아침햇살의 싱그러움을 차창으로 듬뿍 맞으며
한 젊은이가 버스를 타고 갑니다.
그가 하루의 일을 끝내고 집으로 갑니다.
한 늙은이가 버스를 타고 집으로 갑니다.
차창 너머로 아름다운 석양을 바라보며 집으로 갑니다.
한 늙은이가 버스에서 내려 집으로 갑니다.
그곳은 늙은이의 안식처, 늙은이의 집입니다.

2017. 5. 2.

　나무가 언제 비싼 옷을 입고 자랑하더냐? 꽃이 언제 다른 것으로 화장하여 꾸미려 하더냐? 언제 나무가 분노를 하더냐? 꽃이 남의 말을 하더냐? 헛된 꿈을 꾸더냐? 욕심을 내더냐? 짐승조차 자기를 사랑하는 자를 위하여 꼬리치며, 따르며 심지어 죽음으로 주인을 위하여 자신을 바치거늘 인간인 우리는 인간의 어떤 가치를 위하여 있는가? 사람이 나무보다 든든하며 꽃보다 아름다우려면…?

2017. 6. 10.

　그리고 유월이다.

　10월말 전람회를 앞두고 뭔가 하나라도 그려내야 한다는 강박관념에 그리고 있지만 그림은 내 생각이 현실이 되지 못하는 것처럼 그대로이다. 1990년 찍어놓은 "기청산식물원" 입구의 6월 풍경 사진을 놓고 지금이 6월이니 일주일 전부터 그려보고 있지만 내 몸이 유월이 아니니 어찌 그 6월을 그리겠는가…? 그림은 공기의 기운도 냄새도 없는 사진을 너무 잘 닮아가고 있다. 파레트 위 색은 너무나 생생한데 캔버스 그림은 어지럽다. 호흡이 없다. 지금의 내 몸이다. 지치고 무감각한 내 봄이나.

2017. 7. 29.

지금의 내가 날마다 근심하는 것은 곳곳에 세워놓은 빈 캔버스이다. 지금의 상태로라면 그 캔버스를 하나도 쓰지 못하고 죽게 될 것이라는 생각이 들어 답답하기만 하다. 오로지 나의 생각은 이 빈 캔버스들을 다 그려내는 일이다. 좋은 그림으로 말이다.

2017. 9. 4.

그 무덥던 날씨가 일주일 전부터 순식간에 서늘해졌다. 아침저녁으로는 춥다는 말이 나온다. 그렇게 또 가을이 되어 간다. 아직은 여유가 있다 했는데 9월이 되고 보니 갑자기 마음이 다급해지기 시작했다. 왜냐하면 아직 정리된 그림이 하나도 없기 때문이다. 은근히 걱정이 앞서서 서두르고 있는데 그림은 좀처럼 문을 열지 않는다. 늘 그랬듯이 이젤 앞에만 앉으면 그림은 빗장이 걸려 닫혀 있고 나는 그렇게 늘 서서 헤매이며 마음 졸인다. 내 생각이, 내 마음이 달라진 게 없다면 그림 또한 달라질 게 없다는 것은 너무나 분명한 사실이지만 나는 어떤 기대감으로 그렇게 서성인다.

류 선생이 와서 "형님, 고시생들은 몇 년을 그렇게 공부하지만 시험 전 마지막에 와서 그 공부를 끝낸다고 합디다. 마지막에 다 끝내게 됩니다. 걱정마십시오.” 라고 해서 그렇게 될까 하는 마음이면서도 또 그 말에 기대도 해본다.

아! 바람은 신선하고 하늘은 투명하며 구름은 저렇게 자유로운 이 천국 같은 계절이건만, 올해도 어김없이 나는 이 계절에 자유하지 못함을 아쉬워하고 있다.

라디오 FM에서 흘러나오는 <아렌페스협주곡>이 감미롭기만 하다.

2017. 11. 8.

이 가을의 날씨는 완연함으로 가는데 나는 아직도 무릎의 통증으로 힘들어하고 있다.

10월 30일부터 11월 5일까지 일주일 간의 전람회는 성황리에 끝났다. 내가 말하는 성황리라는 것은 우리 가족에, 내 마음속에, 내 그림을 보았던 많은 사람들에게 뭔가 가득하게 해준 그 일주일이라서 하는 말이다. 정말이지 나는 나를 그렇게 빛나게 황홀하게 해주신 하나님께 무지하게 감사했다.

류영재를 비롯해 오프닝 때 멀리서, 가까이서 참석해준 그 모든 친구들과 지인들과 선·후배들, 그 모든 사람들이 나를 질나게 해주었디. 그들의 마음을 움직여 나에게 큰 은혜되게 축복이 되게 해주신 하나님, 나는 처음으로 그 하나님께 감격했다. 특히 미국의 누님, 그리고 천사 같은 나의 조카 수미, 그들은 나에게 너무나 큰 힘이 되어 주었다. 뜻하지 않게 만난 사람들, 불현듯이 만난 자들, 내 그림을 보며 위안을 얻고 평안을 누렸던 사람들, 이 가을에 나는 생애 처음으로 빛나고 황홀하게 하나님의 축복을 누렸다.

하나님, 이제 또 나는 나의 일상으로 돌아갑니다.

2017. 11. 18.

오늘 아침은 꽤 날씨가 추워졌다. 지진으로 피신해온 박장로의 빈집에서의 피난민 신세는 더욱 추운 느낌을 받는다.

전람회를 끝낸 후 우리 삶은 그야말로 최고의, 지금껏 살아온 내 인생의 최고의 평안을 누리는 삶이었다. 아내도 그러했고 두 아이들도 그러했다. 그런 우리 삶은 하나님께서 완벽하게 우리에게 크신 축복으로 이루어지게 하심에 감사하며 또 감사를 했다. 그리고 11월 15일, 경주의 두 처남 내외와 우리가 함께한 청도 운문산 휴양림의 가을 여행은 아내에게 최고의 기쁨을 누리게하는 여행이었다.

그러나 우리는 그 옛날 "맨스타" 담보 건의 절망, 또 하나의 "맨스타" 개업의 분노, 우리가 하던 그 가게의 문 내림, "자유인" 폐업, 대도동 집의 매각, "양백리"에서의 떠남, 아내의 아픔에 대한 좌절과 절망, 그 숱한 시련과 고통을 지나 이제 겨우 하나님께서 단번에 우리에게 그 모든 환난과 시련의 보상으로 최고의 평안을 누리게 한다는 희열을 느끼며 몇 날을 지내왔는데 11월 16일 "지진"이라는 엄청난 재해에 무릎을 꿇고 말았다. 우리는 불과 며칠 사이에 천국에서 지옥으로 떨어지고 말았고 엄청난 절망 속에 빠져버렸다.

휴양림에서 홍 목사님으로부터 우리가 살고 있는 빌라의 건물이 초토화된 사진을 전해받은 뒤 아내는 너무나 크나큰 슬픔에 휩싸여 버렸다.

나는 그런 아내를 보며 속으로 얼마나 통곡을 했는지 모른다. 휴양림에서 밤새도록 하소연 같은 기도를 했다. 아내에 대하여, 나 자신에 대하여 두려움으로 하소연했다.

이 엄청난 재앙으로부터 우리가 쓰러지지 않고 담대히 나아갈 수 있게, 두려움과 불안으로부터 평안되게, 이 모든 것을 이겨내며 든든하게 나아갈 수 있길.

이튿날 아침 식사를 끝내고 서둘러 왔다. 두 처남 내외를 내려주고 집으로 오면서 집에 가까워지자 아내는 점점 두려워했다. 나는 아내를 다독이며 "어떤 경우에도 놀라지 말 것"을 당부했다.

급히 3층으로 올라가 문을 열고 현장을 확인한 우리는 넘어지고 깨어지고 파손된 그 모든 것을 보며 마치 절망 같은 신음을 했다.

다시 여진이 온다는 두려움 속에 황급히 겨울옷과 이불을 챙겼다. 그러는 사이 밀알 목사님과 사모가 왔고, 정태호, 김철석, 수일 형과 형수가 짐을 싣기 위해 왔다. 그리고 박 장로 소유의 우현동 빈집으로 짐을 옮겼다.

목사님은 우리가 청도에서 출발하기 전 먼저 우리집에 도착해서 현장을 확인하셨고 뒤이어 최복룡이 와서 급히 벽에 걸린 그림들을 모두 수습해 주어서 얼마나 안심했는지 모른다.

작업실은 연탄이 절반 정도 무너져 박살이 났고 캔버스는 몇 개만 넘어져 있었다.

**이제 또다시 이 박제된 것들이 살아 움직일 것이다.
화석된 내 의식이 깨어날 것이다.
그래서 이전보다
더 깊이, 더 넓게, 더 높음으로 시작될 것이다.
- 지진이 일어난 지 한 달 후 작업실에서**

2018. 1. 5

　지진 이후 전세로 이사를 한 지가 오늘이 12일째다. 짐이 많은 까닭도 있지만 먼저 살던 집주인 여자의 형편없는 집 관리가 이렇게 오래도록 이사 정리를 하게 하였다. 1층이라 빛이 들어오지 않는데다가 나무 그늘까지 더하고 빨래라도 널게되면 캄캄한 감옥이 따로 없다. 궁리 끝에 한지 발라 놓은 것은 뜯어내고 비싼 아크릴 사서 연장 가져오느라 추운 날씨에 자전거 타고 몇 번이고 다녀오니 몸도 마음도 한시름이지만 한지 대신 아크릴을 붙혀 놓으니 그래도 한결 밝아져서 좋았다.

　어제 청소해 놓은 유리창에 보온재를 붙였다. 아침 10시에 시작하여 저녁 7시까지 했으니, 하루 종일 걸린 셈이다. 몇 가지 반찬을 꺼내어 저녁 준비를 했다.

　아내가 만들어 놓은 반찬. 누런콩잎젓갈양념무침, 깻잎장아찌, 약간 시큼해진 파김치. 그리고 소고기를 넣은 미역국. 밥 한 숟갈에 이 음식을 하나씩 먹는데 얼마나 그 맛이 황홀한지 눈물이 날 것만 같았다. 이렇게 꿀보다 더 맛있는 음식을 먹을수 있음이 너무 행복했다.

　류선생, 그대는 아는가? 이 황홀하고 행복한 이 맛을…. 세상 어느 군왕이, 제왕이, 이런 음식을 먹어 보았는가?

　내가 먹는 이 음식은 단지 음식의 맛만이 아니다. 갑자기 찾

아온 충격적 지진으로 인하여 오랜날 동안 지친 날들을 보냈
고 또 새로움을 향하여 희망으로 가기도 하며 오늘의 일을 이
렇게 어느 정도 정리하고 그 숱한 힘겨움과, 많은 사람들의
사랑과, 하나님의 은혜 속에 먹는 맛을 더하니 이 오묘한 맛
을 그대는 아는가?

　어디 그뿐이랴?

　지진 이후 이삿짐을 정리하면서 아내와 말다툼이 일어나고
엄청난 분노감에 휩싸이며, 마치 모든 것이 또 다시 절망으로
빠지는 듯한 고달픈 심정이었지만, 이튿날 아침이면 등 뒤에
서 내 손을 잡아주던 아내의 손길에 마치 봄눈이 녹듯이 순
식간에 모든 것이 회복되는 그 기쁨을 맛보는 그 맛들이 함께
하니 이제, 그 맛이 과연 어떠할지 짐작이 가리라

　식탁 앞쪽에는 FM음악이 흘러나오고 식탁 한켠에는 오늘
마트에서 사온 "생크림 모카번"도 있다. 그리고 우유도 준비
를 해 놓았으니 그대는 아는가? 이 행복한 저녁의 황홀한 맛
을….

2018. 2. 14.

　2.11. AM 05:00 4.6의 여진이 일어나면서 이제 겨우 그 지
진의 여파에서 잊어갈 만한 시점에 있었는데 다시 새롭게 어

떤 불안감이 엄습해 왔다. 가만히 있어도 저절로 몸이 흔들리는 트라우마가 있었다.

전세집에는 별 피해가 없었지만 작업실에서는 먼저 본진 때보다 더 많은 캔버스가 엎드러졌었고 작은 액자 하나는 위에서 떨어져 그야말로 유리와 액자가 박살이 났었다. 연탄은 그동안 많이 소모를 했고 문을 닫아 놓았기 때문에 소량(5~6) 정도 피해를 입었지만 그것으로 하루 종일 뒤치다꺼리하는데 시간을 보내야만 했었다.

그러나 그러한 불안한 심리 가운데서도 우리의 삶은 여전히 평안속에 있었다. 여기 저기에서 우리의 일용할 것들이 주어지고 화려하고 고급스러운 것은 아니지만 넘치도록 주어지는 것에 우리는 너무나 즐거워하고 감사해 했다.

요즈음의 나는 무릎 통증(약하지만)의 불편함으로 운동을 하지 못하면서 체력과 기력이 많이 떨어진 탓인지 쉬 피곤해 하며 잠에서 늦게 깨어나는데 비해 아내는 새벽 일찍 일어나 거실에서 기도하며 성경을 읽고 있다. 지난날 내가 그랬던 것처럼….

그렇게 아내는 평안이고 믿음 속에 잠겨있다.

그저께 김 권사로부터 받은 책 『나를 뒤쫓는 하늘의 사냥개』를 읽어보는데 처음에는 별 의미가 없는듯하여 좀 시큰둥하게 보았는데 본론의 내용으로 늘어가면서 나는 완전히 그

책에 함몰되고 말았다.

이 책은 3년전 아내가 아파서 병원에 입원해 있을 때 읽은 켄가이어(Ken Gire)의 『영혼의 추적자(Relentless pursuit)』의 책에 수록된 장시長詩 <프랜시스 톰슨(Francis Tomson)의 하늘의 사냥개(The Hound of Heaven)>이라는 내용을 바탕으로 그의 숨겨진 일기장을 발견해내면서 그 일기장(톰슨의 일기장)의 내용을 수록한 책인데 나는 그 내용을 읽으면서 톰슨의 천재성과 비범함에 완전히 매료되고 말았다.

그의 언어 표현법과 비유는 날카로웠고 너무도 적절했으며 놀라움, 경이로움 그자체였다. 나는 그의 일기를 읽으면서 놀라움을 금치 못하여 큰소리로 웃었다. 지금도 계속 읽지만 나머지 내용에서 톰슨의 무엇을 찾을 것인지를 기대하고 있다.

2018. 2. 17.

오늘은 구정 이튿날입니다. 아내가 내일까지 쉬는 날이라 마음 편안하게 늦잠을 자고 8시쯤 일어나 거실에서 아내와 인혜가 자고 있는 위로 몸을 덮쳐 뒹굴며 잠을 깨웠습니다. 늦게 아침을 먹고 나서 점심 때에는 지인들 다섯 명이 집으로 와서 아내가 정성스레 준비한 음식으로 음식을 나누며, 얘기를 나누며, 즐거운 시간을 보내며 돌아가고 난 후 오후 늦게 아내와 두 아이들과 오랜만에 수도산을 갔습니다. 무릎이 좋지 않아 자전거를 타고 가고 모두들 걸어갔습니다.

참으로 오랜만에 오는 수도산이었습니다. 십수 년이 넘도록 이곳을 오지 못했습니다. 어릴 적 아이들을 데리고 뻔질나게 다니던 곳이었습니다. 그때 아이들과 함께 오르던 그 코스를 그대로 올라갔습니다. 그리고 그 길들을 가며 아이들은 어릴 때의 기억에 잠기곤 했습니다. 기분이 상쾌했습니다. 아이들과 아내는 너무 좋아했습니다. 함께 사진을 찍으며 참으로 즐거운 시간을 보내고 있었습니다. 그리고 운동 기구에서 잠시 운동을 하고 내려와 계속 걸어서 "북부해수욕장"까지 걸어갔습니다. 나는 계속 자전거를 타고 갔습니다. 인혜가 한동안 밀고 갔습니다. 가면서 부둣가에서 사진도 찍으며 즐거운 시간을 가졌습니다. 그리고 커피숍에서 아들이 사주는 차와 빵을 먹으며 얘기를 나누었습니다. 너무 행복한 하루였습니다. 저녁에는 아내가 갈비살을 구워 주어서 우리 가족은 너무 맛있게 저녁을 먹었습니다.

너무 행복한 하루였습니다.

찻잔에 비춰지는 빛은 너무 투명하게 빛났고 태양 광선에서
비춰지는 것이 아니라 마치 또 다른 곳에서 내려와 쏟아지는
별처럼 느껴졌다.

그 빛이 너무 강렬하고 뚜렷해서 두려움마저 느껴졌다. 그
작은 컵 속의 그늘은 마치 수도원의 독방처럼 침묵으로 가득
차 있는 것만 같았다.

빛의 뒤는 흑색처럼 어두운 암흑이었다. 마치 수도사의 옷
처럼 깊은 침묵 속이었다. 묵상의 기도 같기도 했고 아무것도
드러낼 수 없는 우리의 존재 같기도 했다. 빛도, 어둠도 도저
히 어찌할 수 없는 어떤 힘으로 가득 채워져 있었다. 어떤 계
시의 빛과 어둠처럼….

- 2018. 3. 이경형의 사과밭갤러리에서

2018. 3. 23.

일주일 가량 꽃샘 추위가 몸을 떨게 하여 움추렸다. 아버지의 20대 초상을 2주 가까이 계속 작업을 하였다. 오후도 되지 않아 작업실에 나와서 연탄불을 보고 접이식 의자에 다시 누웠다. FM을 들으며 잠시 잠이 들었다가 깨어 이리저리 둘러보며 이젤 위의 <아버지 초상>을 문득 보는데 아버지가 나를 보고 계셨다. 오랫동안 그렇게 보고 계셨다. 나는 속으로 그랬다.

'오늘 아침에야 비로소 아버지를 찾아냈구나.'

마음이 어지럽고 몸이 우둔하여 제대로 진행이 되지 않아 처음부터 다시 시작해야할지 몇 번이나 망설였다. 때로는 형이 보였다가 때로는 동생이 보였다가 때로는 영락없는 지금의 내 마음이다 싶기도 했는데 조금씩 아버지가 캔버스 안으로 스며들더니 이제 그 자리에 계셨다. 사진을 보고 하느라 터치감이 사진에 가까워서 생동김이 없는 것 같아 몇 번 바꾸려 생각하다가 의도적으로 그렇게 하는 것이 오히려 가식이다 싶어 계속했는데 오히려 밀도가 더 높은 것 같아서 다행스러웠다.

'아버지! 제가 예순 아홉의 나이에 스무 몇 살의 젊은 날 아버지 앞에 있습니다. 그래도 저는 아버지의 아들이 아닙니까?' 아버지의 가슴속에 제가 어린아이로 그렇게 있습니다.

나무 한 그루를 60호에 담아 보았다. 그렇게 덩그러니 그 놈만 강조하여 놓고보니 지난주에 일주일 가량 심하게 앓았던 내 늙음의 허약함과 허약함의 늙음이 고스란히 드러나 보여 내 마음을 슬프게 했다.

이제는 강렬한 붓놀림이나 색채 대신 적요하고 엷은 붓질과 색조만 화면에 자리하게 되니 기억의 회상이나 그리움에 갇혀 버린 세월에 밀려와 있는 퇴색된 정물같기만 하다.

그렇게 나는 조금씩 조금씩 내 돌아갈 길에 서있는 것만 같다. 그리고 그러하다.

이 그림이 어떻게 완성될지가 궁금하다.

그릴 수 없음의 절망감!
나의 의식은 버려진 폐농기구처럼
아무것도 할 수 없는 폐기물처럼 녹슬어 있다.
내 삶에 끈질기게 이어져오는 이 절망감…
아주 작은 것에도 쉬 무너져버리는 이 연약함…
무엇하나 해결해낼 수 없는 이 무능함…
이 작업실에서는 나는 절망에게 죽은 자로 끌려가고 있다.
아! 그릴 수 없는 내 슬픔이여!

2018. 7. 14.

이 세상의 최고의 아름다움은 모든 것이 자기의 자리를 지키고 있을 때이다. 그리고, 그 자리에서 자신의 일에 최선을 다할 때 아름다움은 극치를 이룬다.

나의 그림도 지금의 내 몸 속에 있는 그것에 열심을 다할 때 최고의 가치로, 최고의 아름다움으로, 최고의 훌륭함으로 있게 된다. 결코 누가 인정해 주기를 바라지 않는 들꽃처럼 하늘과 땅과 바람과 함께하는 그 완전함으로.

2018. 7. 19.

나의 삶은, 우리의 삶은 늘 다리 밑의 삶이 있다. 우리는 단 한 번도 다리 위를 올라오지 못했다. 궁핍과 초라함, 좌절과 절망, 쓰라린 아픔과 고통스러움, 반목과 분노, 심한 자책으로 일그러진 일상들…. 어떻게 살아서 이날까지 왔는지 참으로 서글픈 생각이 한없이 밀려온다.

칠십의 나이가 되었는데 무엇으로 칠십이 되었는지 허무하기만 하고 지난날 그랬듯이, 아무것도 이루어진 것이 없는데 이루어지지 않은 것 또한 없음의 감사함을 떠올려 보지만 허전한 마음은 어찌할 수 없다.

2018. 8. 8.

드디어 41℃를 넘었다. 111년 기상 관측 이래 처음이라고 했다. 그림은 궁상맞게 잰 걸음으로 가고 있다. 내 마음 따라 내 의식 따라 그렇게 볼품없이 맛없이 생기 없이 거울 속에 비친 내 모습처럼 있다.

온갖 풍경이나 다른 무엇을 그리고 싶은 욕구가 없다. 다만 내 마음속에, 내 의식 속에 있는 무겁고 어두운 덩어리를 치워내는 작업을 하고 싶을 뿐이다.

내 삶의 오랜 세월을, 오랜 날들을 지배하고 침적하며 쌓여 있는 그 혼돈과 혼란의 덩어리를 다 긁어내는 작업을 하고 싶다. 내 삶에 골리앗처럼 나를 짓누르고 있는 그것을.

2018. 12. 17.

어제 아침 작업실 창밖으로 첫눈이 내렸다.
칠십을 눈 앞에 두고도 눈을 보면 마음이 평온하다.

2019. 1. 2.

눈 깜짝할 사이에 이렇게 또 늙음으로 달려가고 있다. 세월이 허무하다. 내 삶이 허무하게 느껴진다. 지난 연말에 지진관련 면담 후 큰 고민거리로 다가온 집 문제와 앞으로의 생계 문제로 지금 아내와 나는 심한 우울감에 젖어 있다. 산 너머 산이듯이 우리 삶에는 늘 이렇게 심한 가슴앓이와 머리앓이를 한다. 그럴 때마다 우리는 좌절과 절망 속에서 헤매이고 하나님께 대한 은근한 기대뿐, 현실에 기웃거리다 우리가 찾고 얻을 수 있는 것이 없음을 절감하며 수없이 쓰러진다. *오직 작업실 뿐인 내 삶은 지친 걸음으로 이 작업실에 오지만 마치 들판에 있는 기분이다.*

이 작업실에서 내가 할 수 있는 것은 아무것도 없다. 오늘도 나는 이 작업실에서 들판처럼 그렇게 있다. 너무 황량하고 공허하다. 아! 하나님, 내 그림 좀 팔아주오.

2019. 5. 7.

오랫만에 찾아온 구만의 보리밭, 이제는 이 "구만" 지역에 해맞이 관련으로 해안도로가 난 지 이미 오래이고 곳곳에 건물들이 흉칙한 모습으로 주변 환경과는 너무나 다르게 자본의 거만함으로 자리 잡고 있고 보리는 점점 사라지고 있었다. 김영식의 지인이 그곳 면장으로 있는 사무실에서 차를 한잔하면서 그 면상의 애기에 시장이 외서는 그곳을 전부 "유채꽃"

을 심으라는 얘기를 했다는 얘기를 듣고서는 나는 참으로 씁쓸한 기분을 면치 못했다. 그곳은 포항의 상징인 보리가 있고 그래서 그곳에 한흑구 선생의 문학관(이곳의 보리와 한흑구 선생의 시 「보리」와는 다르지만)이 있다. 그런데 이제는 그런 것 따위는 아랑곳하지 않고 우선 보기 화려하고 즐기는 것으로만 채우려 하고 있다. 포항의 문화는 그렇게 일시적이고 다분히 효과적인 저급한 문화로 전락해가고 있는 것이다. 그 지역의 특성에 맞는 문화를 장기적이고 시민들의 삶에 가치와 삶의 수준을 높여 좀 더 품위 있는 문화를 만들어 가야 함에도 우리는 점점 눈앞에 보이는 것만 보는 근시안적인 유치하고도 조잡스런 일시적인 향락과 자본만 집중하는 저급한 문화에 몰두를 하고 있다. 그러나 나는 오랫만에 보는 보리를 보며 감격했다. 그리고 그 *보리를 보는 순간 내 머릿속에는, 마음속에는 보리가 싹트고 그 보리가 일렁거리고 있었다.*

이제 다시 그것이 그림이 될 수 있을지 모르겠다.

나는 요즈음 들어 늙음에 대해 상당한 훈련을 하고 있다. 늙지 않은 이전의 생각에서 늙음의 생각으로 옮겨오는 훈련을…. 그리고 얼마 후면, 소멸하는 훈련을 또 하겠지….

2019. 6. 21.

벌써 초여름 날씨에다 장마가 시작되려는지 후텁지근하다. 몇 주 동안 허벅지 통증으로 하루 생활이 말이 아니게 힘들고 지쳐 있다. 그래도 "운동은 해야 하지 않겠나." 라는 생각에 집에 와서 옷 갈아입고 수도산을 가서 운동을 힘겹게 하고 집으로 돌아오는데 주차장 쪽을 보니 아내의 차가 주차된 것이 보였다. 그래서 집 쪽으로 보니 불빛이 보이지 않아 아직 불을 켜지 않았나 하고 차 앞을 지나가는데 차안에 아내가 그대로 의자에서 자고 있었다. 뒤쪽을 돌아보며 집으로 들어가는 코너에서 자전거를 잠시 멈추고 다시 잠깐동안 주시하며 보고 있으니 그대로 미동도 하지 않는데 죽음처럼 자고 있었다. "얼마나 지치고 힘들었으면 차를 대놓고 저렇게 꼼짝도 하기 싫었을까?" 나는 순간 눈물이 핑 돌았다. "못난 내가 아내를 저렇게 하는구나."하는 자괴감에 심히 우울했다. 가까이 가서 문을 두드릴까 하다가 그냥 집으로 들어왔다. 집으로 들어오면 어차피 저녁 준비를 한다고 못 잘테니까 조금이라도 더 자게 그냥 두고 온 것이다.

목욕을 하는 동안 아내는 들어왔고 저녁 준비를 하는 내내 허리에 손을 대고 있었다. 그리고 저녁 식사를 하는 내내 나는 속으로 참으로 슬퍼했다. 못난 놈!

 그들이 많은 것을 가지고 있어도 항상 부족한 것은 그들의 마음 때문이고 우리가 가진 것 없이 어려움이 많아도 항상 가득함은, 넉넉함은 우리의 마음 때문입니다.

 그들이 좋은 것을 많이 가지고 있음에도 불행한 것은 그들의 마음 때문이고, 우리가 가진 것이 낡고, 험한 것 뿐일지라도 행복한 것은 우리의 마음 때문입니다.

 그래서 나는 오늘도 그 분 안에서 부요합니다.

2020. 1. 12.

딸아이가 가져가고 싶어했던 군고구마가 이제야 익습니다.

망할 놈의, 그놈의 망할 놈의 난로불이 이제야 활활 타기 시작했습니다.

어제 저녁, 제 어미와 같이 "호떡"을 구워 먹자고 하며 내가 구워줄 것을 기대하며 저녁 식사 후 구워 먹기로 했는데, 그만 식사 중 언짢은 일이 생기는 바람에 그 호떡을 구워주지 못한 허전함이, 내 못남의 어리석음이, 딸아이가 대구로 간다고 가방을 끌고 집밖으로 나간 후 거실에 앉아 장판 보수를 하는 내내 마음에 걸려, 내 몸에 걸려 이렇게 속이 상합니다.

내 못남이 이렇게 눈시울이 붉혀지도록 슬픕니다.

그래도 "아빠, 이거 안 먹으면 내 가져간다." 하고 버터아몬드 과자 한 봉지를 가져가서 그나마 조금은 위안이 됩니다만, 70이 넘은 이 나이에도 여전히 못난 자화상으로 있습니다.

2020. 2. 7.

아침 식사를 하고 사과를 먹으려고 냉장고 과일통의 검은 비닐봉지 속에 들어 있는 사과를 꺼내려는데 뭔가 물컹한 촉감이 느껴져 보았는데 사과가 썩어 있었다. 명절 전후로 사과가 많이 들어와서 먼저 있던 것부터 먹는다고 매일 아침 열심히 먹고 있었는데 미쳐 보지 못하고 오래 있었던 것이 썩어 버린 것이었다. 나는 체질적으로 음식이 변하여 버리게 되는 것을 무척 싫어하는 편이고 아까워하는 편이다. 그래서 약간의 속상함과 아까운 기분으로 창문을 열고 화단으로 던져 버리고 나서는 순간적으로 이런 생각이 떠올랐다.

'내 삶에도 저렇게 내가 가지고 있는 것들 중에 내 욕심으로, 내 게으름으로, 내 무관심으로 썩고 있는 것이 있겠구나.'

나는 이런 생각이 떠오르면서 내 의식 속에도, 그리고 내 삶의 시간 속에도 그 의식이 곰팡이가 일고 내 시간들이 썩고 삭아버리는 것들이 얼마나 많이 있을지, 갑자기 두려움이 느껴졌다.

2020. 3. 15.

또 다시 봄이 시작되었다.

송도의 집은 2019년 12월 6일 이사를 한 후로도 한 달이 넘게 일을 했고 서서히 작업실 적응을 하며 이젤 앞에 앉아 보았지만 캔버스는 나를 본 척도 하지 않았다. 겨우겨우 조금씩 건드려 보는데 생각의 끝은 늘 허공을 헤메이고 있다.

그러는 와중에 중국에서 시작된 코로나 바이러스가 전 세계를 점령해 지금 전 세계는 코로나 바이러스와 전쟁 중이다.
이 작업실에서는 그것과는 무관하지만 내 삶이 어수선하니
그림은 늘 쌓여 있는 먼지같다.
　이 봄에 생은 또 저리도 꿈틀거리니 나도 어설프나마 움직
여 보아야겠다.

　오랜만에 오늘 처음 붓을 들어 보았지만 내 의식은 그림
과는 무관해져 있어 그림은 그림이 아니라 행위일 뿐이다.
"나는 예술가인가?"라는 질문에도 그러하고 "나는 화가
인가?"라는 질문에도 나는 "그렇지 않다"라고 말하고 싶다.

2020. 7. 22.

　오늘은 하루 종일 비가 내린다.
　어제에 이어 오늘도 이젤 앞 캔버스를 마주하고 앉았다.
　어제 하루 종일 씨름했던 <테네시강변>을 오늘 보니 여전
히 숲과 하늘이 어색했다. 나의 그림이 모든 것이 거의 그렇지
만 벌써 열 번도 넘게 긁어내고 고치고 다시 덧칠했는데 도무
지 어떻게 해야할시 모른다. 다시 또 이젤 위에 올려놓았다.

사진을 보며 나는 무엇을 그려내고 있는가? 내가 생각하는 것은 사진이 아니라 사진 속에 있는 대상이다.

내가 본 "테네시강"의 그 바다 같은 넓음에 압도된 것과 숲의 정경과 "깊고 푸른 도나우강"이란 말처럼, 그 강물에 두려움마저 일었던 것과 패티페이지가 불렀던 "테네시왈츠"를 떠올리며 보았던 그 "테네시강"을 그리고 싶은데 내 몸속에는 그 깊음이 전혀 없으니 머리로는 도무지 그릴 수 없다. 손은 더더욱 둔하고 약하다.

다시 작업을 하며 사진에 벗어나려 했던 생각을 바꾸어 사진 속의 명암과 색조를 나이프로 얹혀놓았다. 숲의 생동감이 느껴지며 조금 나아졌다. 이제 하늘만 제대로 찾아내면 된다. 다시 '기청산식물원'의 여름 풍경을 작업하려다 캔버스 크기가 커서 그것을 다시 <테네시강변>을 하나 더 그려보려고 한다. 여름 풍경은 햇볕을 보며 더위를, 그늘을 보며 시원함을 느껴야 한다. 그런데 숲이(나무) 이상하다. 그래서 아예 작게 다시 그리고 <테네시강변>으로 바꾸어 그리려 한다.

"식물원의 5월"도 마찬가지다. 색만 5월이지 그림의 느낌은 5월이 아니다. 싱그럽고 생동감 넘치며 신선함이 느껴지지않기 때문이다. <옥상 위의 향나무>는 그리기 시작한 지가 10년이 넘는다. 처음에는 사실적으로 그리다가 땅도 아닌 옥상 위에서 고목처럼 서있는 나무를 보며 경이롭게 느껴져 생명의 위대함이 느껴졌다. 그래서 좀 더 생명 같은 의식으로 단순화해 보았는데 너무 깊이가 없어 몇 번을 시도해 보았지만 잘되지 않아 오랫동안 두었는데 다시 해보려 했다. <구만의 돌섬 파도>는 벌써 지우고 새로 하기를 서너 번도 넘었다. "구만"이라는 바다의 짙푸른 색깔과 돌섬 주위를 힘차게 내려치듯 거세게 몰려오는 파도의 육박하는 긴장감과 포말과 함께 사라지듯 함께 함몰하며 스며드는 바닷물 속의 깊고 청명한 두려움, 그것이 그려지지 않는다.

모든 것이 내 몸의 힘이 부족해서 못나고 조잡한 그림이 되고마는 것이다. 그것은 내가 고민하고 생각한다고 되는 것이 아니라 내 삶이 그렇게 되어야 되는 것이다. 그러니 내 몸 밖의 것을 그리려는 것은 시간 낭비이다. 그리고 무모한 것이다.

부족하더라도 내 몸에 있는 것만 그려야겠다. 남들이 보기에는 아무런 의미가 없지만 내 자신에게는 그것이 완벽한 것이 될 테니까….

내 삶의 완벽함.

꽃은 피고 지고, 또 피고, 또 지고…
젊은 날 인생을 향유하다 지금은 사라진
이름 모를 어떤 영혼들을 생각하며
나는 아직도 떨어지지 않고 누렇게 변해가며
줄기에 붙어 있는 잎처럼 있는데

<창가의 나팔꽃을 보며>

2020. 9. 20.

저는 아내가 마음이 즐거워 내 엉덩이를 툭툭 칠 때가 가장
행복합니다. 왜냐하면, 나의 못남이, 나의 무능함이, 그때는
말갛게 지워져 버리기 때문입니다.
가을날 잘 청소된 마당처럼, 그 마당에 햇살 가득히 내려앉
은 축복 같은 기분입니다.

　이경형 사과밭 공사 때 가져온 <모과>를 하나 그렸다. 이경형이 나의 칠십 년 생일로 사과밭 주변에서 꺾어온 <메밀꽃>도 하나 그렸다. 그런데 <모과>가 제대로 그려진 것 같다.

　<옛날의 금잔듸>도 재제작을 하는 일에 몇 번을 작업했고 형님의 초상도 다시 이젤 위에 올려놓았다. 며칠 동안 계속해서 작업을 했는데 도무지 형님은 보이질 않는다. 다만 눈 온 뒤 다 녹아 질퍽한 신작로의 지저분한 모습 같은 화면만 남아 있다.

　어제도 그제도 오늘도 형님이 없고 쓰레기더미 속의 어떤 물건처럼 그렇게 되어 있다.

지금의 내 마음이다.
아!
내 영혼은 언제 투명해질까?
언제 밤하늘의 별처럼 될까?
오늘도 내 영혼은
흙먼지 자욱한 길 위에 있었다.

이경형 에게

무슨 예술이건, 독기가 있어야 하거늘
내게 남았던 독바람 에도 넘어지는 비출한
정도 밖에 없고, 첫기침에도 놀라는 가녀린
용기 밖에 없으니 날마다 내 삶이 죽어려다
창으로 쏟아지는 햇살은 그나마 나의 희망이게
언뜻언뜻의 따스함은 나의 위로이다.
점점 한계가 기침의 전모. 날마다
시체가 되어 있는 나를 보며 삶은이지리
한줌 모래처럼 있는데, 겨우 햇살은 짧기만
한데 나의 고뇌는 거짓처럼 쌓여 않고 나의
한숨은 짧게 늘어져있다.
네 머릿이 아름답기를, 뺨치고 벌나기를
간절 기치만, 나를 향해 뻗히는 손은
어디에도 보이지 않고, 나를 부르는 자의
음성은 어디에도 들리지 않는다.
† 그래도 가야지! 독 손 들고 가야지!
눈물 섞인 노래라도 부르며 가야지!

먼 훗날, 이 벗이, 이 따스함이,
내 삶에, 그 분께서 그곳기 늘
함께 계셔서 내게 주어진 것임을
알게 될 테니까 ------
† (찬미예수)

2020. 12

　사진 속 형은 세상 그 무엇에도 굴하지 않을 도도함과 위엄이 서려 있다. 패기와 자신감이 넘쳐 흐르며 불꽃 같은 의지와 맹렬한 투지로 채워져 있다. 그리고 뿌리깊은 거목 처럼 있다.

　그런 형의 초상을 그리는데 가슴이 답답하며 큰 압박감으로 다가온다. 내 속에는 형의 그런 것들이 약해서 도저히 그려낼 수가 없기 때문이다. 긴 호흡을 하고 형과 눈싸움을 해보지만 두려움이 앞서 나이프만 만지작거리고 있다.

<형의 초상을 그리면서>

2021. 9. 30.

다시 또 천국 같은 아름다운 날이 내 앞에 도래하였고, 나는 그 속에 황홀한 잠처럼 취해 있다. 가을은 그렇게 또 내 눈 속에 깊숙하고도 온전히 들어와 있다.

아들이 보내온 생일 축하금 십만 원에 너무 감격하여 깊고 깊은 행복감에 젖어 있다가 고장난 대문 등을 손보고 유리알보다 더 투명한 햇살비를 폭우처럼 맞으며 이 작업실에 들어섰다.

의자에 앉아 잠시 숨을 고르고 있는데 머리에 '그리하여, 내 나이가 칠십을 넘겼나' 라는 생각이 떠올랐다.

그리고 살아오면서 다하지 못했던 어떤 무게가, 내 바램 속에 채우지 못했던 그 어떤 허虛가 회한처럼 밀려왔다.

이 작업실에서 나는 도대체 무엇인가?

한쪽 구석의 오래된 먼지가 쌓인 채 놓여 있는 그 무엇인가? 아니면 부유하는 먼지, 그것인가? 나는 칠십을 넘긴 이 나이에도 아직도 이런 질문 앞에 아무런 답을 하지 못하고 있다. 그리고 이젤 앞에 있다.

동현에게,

언젠가 네가 집을 떠나 서울로 가게 되었을 때, 네 엄마 화장대위에 써 놓은 편지에서, "앞으로 우리가 같이 살 날이 얼마나 있을까요?"라는 그 글을 읽었을때 나는 한동안 넋잃은 사람처럼 서서 눈시울을 붉혔다.

네게서 너무나 깊은 생각을 읽었기 때문이다. 그래, 이게 정말 우리가 얼마나 더 함께할 수 있을까? 하지만 우리는 너로 인하여 행복하고 그것이면 충분하다. 그것이 일 년이든 한 달이든 하루이든 무슨 상관이랴?

지금 우리가 행복하면 그것으로 족하지 않느냐? 그리고 그것이 우리에게 더 주어진다면 우리는 덤으로 행복한 인생을 살아가는 것이다. 열심을 다해 살아가자.

때론 절망스럽고, 고통스럽고, 분노스러운 때가 있겠지만 견뎌내고 인내하며, 대적하지 말며 자신을 지키며 살아가자. 그리고 자신을 위하여 또한 내가 아닌 누군가를 위하여 자신을 내어줄 줄 아는 삶을 살아가자. 그리고 그것이 희망이 되어 가기를….

2022. 아빠가

2022. 1. 18.

이 교수와 다니엘과 함께 제주도 여행 중 다녀온 "포도(PODO) 미술관"에서 본 게타콜비츠의 드로잉과 판화, 조소 작품에 엄청난 압력을 받았다.

여자로서 2차대전 나치의 탄압 속에서 작품 활동을 했는데 아들과 그 아들의 이름을 딴 손자 둘을 전쟁에서 잃었고, 그 인간적 고통과 슬픔의 깊이와 무게를 고스란히 작품에 심어 놓았다.

나는 그 작품을 보며 깊고 깊은 바닷속에 잠긴 듯 엄청난 무게에 눌려버린 듯, 보이지 않는 어둠 속에 갇혀 버린 듯했다.

무릇 그림이란 그렇게 되어야 한다. 자신의 모든 것이 녹아서 하나의 강이든지 거대한 산이든지 깊고 깊은 바다이든지….

나는 그녀의 그림을 보면서 내 그림의 허약함을, 아무것도 아님을 뼈아프게 느꼈다. 그리고 또다시 *나는 이젤 앞에 어떻게 서 있어야 하는지 머리가 어지럽다. 털끝 하나라도 불순물이 섞이지 않고 내 몸 하나 고스란히 녹여낼 수 있는 그림이 되기 위해서 말이다.*

2022. 2. 11.

<동빈 부두 설경>을 작업하고 있다. 여러 날이 되었지만 하루 작업 시간은 고작 1~2시간 정도이다.

잡다한 일에 시간을 빼앗기고 가끔씩 오는 사람들과 함께하며 시간을 보내며, 겨울의 짧은 빛과 햇빛의 각도에 의해 건너편 건물의 빛의 차단에 의해 오후 2시 30분부터 작업이 불가할 정도로 어두워졌다.

창이 남향이라 겨울에는 작업실 내부가 따뜻해서 좋지만 빛의 흐름이 빠르고 빛의 강도가 강해서 음양의 변화가 심해 눈의 적응이 따르지 못해 작업 조건으로는 좋지 않다.

작업의 시간도 그러하지만 더 큰 문제는 감이다. 그림을 생각에 의존하면 그 그림으로 생명력을 상실하고 도식화되어버린다. 그래서 자주 번복하다 보니 더욱 느리다.

화면을 청색으로 처리하고 있는데 실경의 설경 자체의 아름다움이나 서정적 감동이나 그런 의미보다, 어떤 의식 속에 잠겨 있는 것 같은 의미로 그리고 있다.

마치 꿈속의 설경이나, 마음속의 설경이나, 내 바라는 것의 소망이나… 그런 것의 설경이다.

오늘은 이 일기를 적지 않을 수 없다. 왜냐하면 오늘 나는 지금껏 그림을 그려오면서 오늘 같이 내가 "나는 화가로구나!"라는 기분을 느껴본 적이 없었기 때문이다.

점심 무렵 이정철에게 전화가 왔다.

"형님! 지금 내가 대구에 미술관에 와 있는데요. 형님이 얘기 해주시던 자코메티 작품을 지금 내 눈앞에서 마주하고 있는데요. 그냥 가슴이 벌렁벌렁하고 다리에, 머리에 털이 버쩍버쩍 서는 것 같십니다. 와! 형님, 이 자코메티 조각품을 보고 있으니 형님이 머릿속에 떠올라 지금 전화드리는 겁니다."

자코메티의 작품은 사물이 녹아 응축된 뼈같다. 그리고 이경형이 사다준 샤갈의 성경 속의 주제들을 소재로 한 작품들을 유심히 살펴보고는 "그림은 만드는 것이 아니라 그려지는 것" 임을 다시 한번 통감을 하고는 라면으로 점심을 맛나게 먹고 나서는 이젤 앞에 앉았는데 그리고 있던 그림을 그리고 싶지가 않았다.

그래서 우선 눈에 거슬리는 몇 개의 캔버스를 들고 이젤 앞에 가져왔다. 모두가 밑그림을 칠해 놓은 것이었는데 "캔솔"로 모두 신나게 붓질을 해 버렸다. 캔버스에 밑칠이 어둡거나 강한 원색을 칠해 놓았을 경우 다른 소재의 그림을 그릴려

면 밑에 색이 올라오기 때문에 "젯소"나 "캔솔"로 밝게 칠해두
는데 오래전부터 해오던 작업이었으나 오늘은 왠지 캔버스에
마음 놓고 붓질을 하는 내 모습이 내 스스로가 느끼기에도
"정말 화가답다."는 생각이 강렬하게 들었다.

'화가라면 이렇게 자유롭게, 함부로, 무자비하게 붓질할 수
있어야 돼. 물론 섬세한 부분의 붓질은 침착하고 집중하여
붓질을 해야 하지만 붓질을 옹졸하게 해서는 결코 화가 라
고 할 수 없어.'

나는 속으로 이렇게 말하면서 정말 통쾌한 기분에 젖어 몇
개의 캔버스를 붓질했다.

오늘은 아무것도 그리지 못했지만 진정으로 화가의 자리에
있었다. 하지만 다음이 문제이다. 이런 상황을 어떻게 이어가
고 정착시켜야 할지가 큰 관건이다. 상황이 곧바로 반전이 되
지는 않겠지만 새로운 계기로 삼아 힘써 봐야 되겠다.

진정한 화가가 되기 위해서…

　저는 더 이상 행복해지고 싶지 않습니다. 이 이상 더 행복해진다면, 그건 행복이 아닐 겁니다. 이 작업실에 나와서 따뜻한 난로 앞에서 커피를 한 잔 마실 수 있고 오늘 이 하루를 또 하나님, 당신과 호흡할 수 있음에… 그리고 사랑하는 가족들, 아내, 아들과 딸, 지금 내게 주어져 있는 이 모든 것들에 지극히 감사하며 행복함을 가슴 깊숙이 느껴봅니다.

　또 봄이 오는 이 길목의 시간에 비는 오지 않고 창밖은 흐립니다. 그리고, 지금은, 지금은 그렇습니다.

2022. 3. 1. 작업실에서 AM 09:40

4

나는, 당신이 그린 밑그림

1977 2018

내 그림은 내 삶만큼이나 초라하다.
그러나 내 그림에는 내 기억이 살아있고
잃어버리지 않으려는 내 신앙이 호흡한다.

내 그림은 내 삶만큼이나 초라하다.
그러나 내 그림에는 내 기억이 살아있고
잃어버리지 않으려는 내 신앙이 호흡한다.

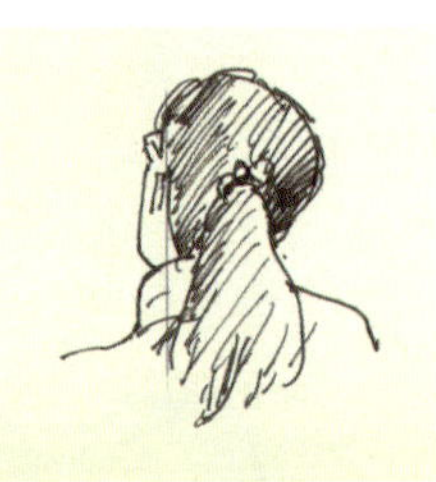

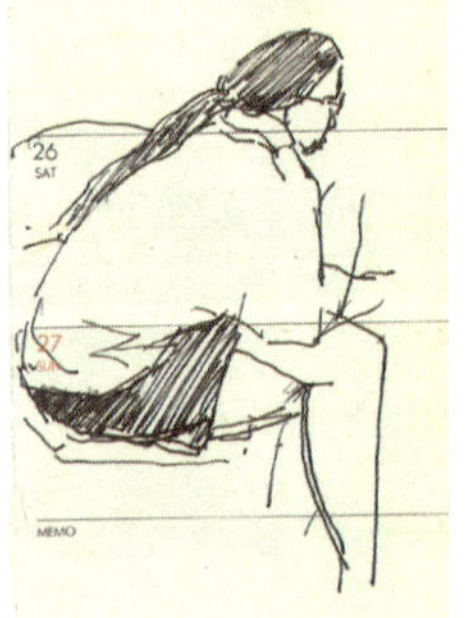

86. 6. 송도

· 나르뽕에서 철길 밑 곡목 땅광훈동가눈길
곡목의 아침. 93

99. 9
夜港

99. 12. 22

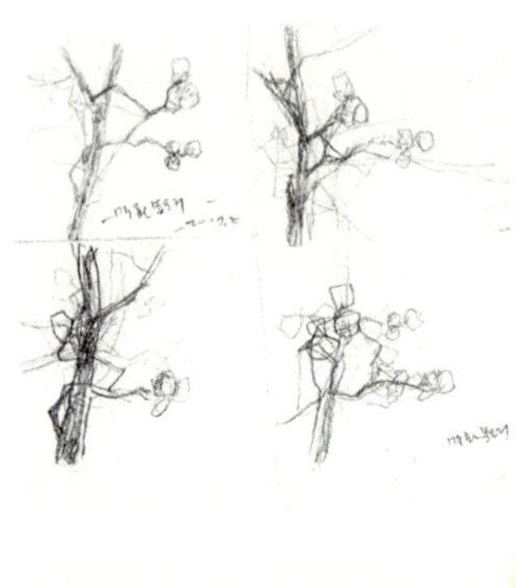

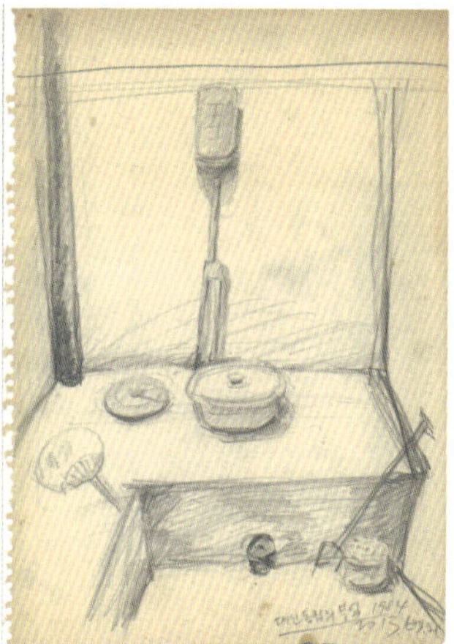

382

QR을 스캔하며
박수철 작가의 그림을
만나보실 수 있습니다.

도움 주신 분들
류영재 이경형 김주헌 김훈

득수 산문

오늘도 나는 이젤 앞에서 서성입니다

1판 1쇄 2025년 11월 28일

지은이   **박수철**
펴낸이   **김 강**
편집   **최미경**
디자인   **토탈인쇄** 054.246.3056
인쇄·제책   **삼영정밀인쇄**
펴낸 곳   **도서출판 득수**
출판등록   2022년 4월 8일 제2022-000005호
주소   경북 포항시 북구 장량로 174번길 6-15 1층
전자우편   2022dsbook@naver.com
ISBN   979-11-990236-8-0

값 28,000원

※ 이 책 내용의 전부 또는 일부를 재사용하려면 반드시 저작권자와 도서출판 득수 양 측의 동의를
   받아야 합니다.

※ 이 책은 2025 경북문화재단 예술작품지원사업 보조금을 일부 지원받아 제작되었습니다.